दिल राजी इश्कबाजी

दिल राजी इश्कबाजी

अनुज तिवारी

प्रकाशक

प्रभात पेपरबैक्स

4/19 आसफ अली रोड, नई दिल्ली-110002

फोन : 23289777 • हेल्पलाइन नं. : 7827007777

इ-मेल : prabhatbooks@gmail.com ◆ वेब ठिकाना : www.prabhatbooks.com

संस्करण

प्रथम, 2021

अनुवाद

श्री आनंद भट्ट

मूल्य

दो सौ पचास रुपए

मुद्रक

आर-टेक ऑफसेट प्रिंटर्स, दिल्ली

———— ★ ————

DIL RAAZI ISHQBAAZI

by Shri Anuj Tiwari

(Hindi translation of 'JOURNEY OF TWO HEARTS')

Published by **PRABHAT PAPERBACKS**

4/19 Asaf Ali Road, New Delhi-110002

by arrangement with Srishti Publishers & Distributors

ISBN 978-93-90378-23-4

₹ 250.00

"जीवन में सर्वश्रेष्ठ व्यक्ति पाना एक अच्छी प्रेम-कहानी होती है, लेकिन एक बेवकूफ के साथ प्यार में पड़ना और उस व्यक्ति को होशियार बना पाना, एक हिट प्रेम-कहानी होती है।"

पाखी के परिवार

और

मेरे **माता-पिता**

के लिए

जिन्होंने मुझे सर्वश्रेष्ठ डी.एन.ए. के गुण दिए, क्योंकि मैंने अच्छे दिनों में जीवन का आनंद लिया; और जब सबकुछ खो गया तो भी मैं जीवित रहा। वे लोग, जिन्होंने अकारण मेरा साथ छोड़ दिया।

किसी से प्यार करना कठिन नहीं है,
लेकिन उस व्यक्ति के साथ हमेशा के लिए रहना
असली पराक्रम है

प्रस्तावना

हाय अनुज,

कृपया इस मेल को धैर्य के साथ पढ़ो। अनुज, मैं जानती हूँ कि पिछले कुछ दिनों में हमारे बीच काफी अधिक लड़ाइयाँ हुईं। मैं तुम्हारे साथ कई सारी बातों की याद बाँटना चाहती हूँ, लेकिन हम इस बारे में बात नहीं कर सकते। या तो हम बहुत ज्यादा प्यार में व्यस्त रहे या फिर ज्यादा लड़ाई करने में।

एक लड़की के लिए उसका प्यार ही उसकी दुनिया होता है और वह अपने प्यार को खुश बनाए रखने के लिए सबकुछ करने का प्रयास करती है। एक लड़की कभी भी केवल किसी रिश्ते में शारीरिक रूप से प्रवेश नहीं करती है, बल्कि वह अपने प्यार पर विश्वास करने के लिए आगे आती है, क्योंकि उसकी आत्मा अब उसके प्यार को समर्पित कर दिया है।

मैं जानती हूँ कि मैं ही सारी लड़ाई का कारण हूँ, लेकिन यह भी सही है कि मैं तुम्हें अपने जीवन में सबसे ज्यादा प्यार करती हूँ।

मैं बस तुमसे हमेशा के लिए प्यार करना चाहती हूँ, लेकिन जब भी मैंने प्यार के लिए खुद को बदला, जब कुछ-न-कुछ गलत हुआ और उसके बाद मैंने अपने रिश्ते के लिए कुछ भी प्रयास करना बंद कर दिया। अनुज, मैं तुम्हें बहुत प्यार करती हूँ और तुम्हें खुश देखना चाहती हूँ। कृपया मुझे अपने दिमाग से बाहर निकाल दो, क्योंकि मैं तुम्हें छोड़ना चाहती हूँ।

मैं तुम्हें क्यों छोड़ना चाहती हूँ?

हम एक-दूसरे से बहुत प्यार करते हैं और यह छोड़ने का कारण नहीं है। एक व्यक्ति, जो मेरे जीवन में मेरी हर बात का खयाल रखता है, मैं उसे क्यों छोड़ना चाहूँगी?

एक लड़की अपनी जिंदगी में खयाल रखनेवाला, समझनेवाला तथा प्यारा इनसान चाहती है। तुमने मुझे पूरा कर दिया और हर सुबह तुम मेरे सपने सच करते रहते हो।

तुम्हारा प्यार, तुम्हारा साथ होना एक लड़की के लिए सपना होता है और मैं वह भाग्यशाली हूँ। अनुज, एक तुम ही हो, जो मुझे सुबह जल्दी जगा देते हो, जो सोने से पहले मेरे लिए गाते हो, जब मैं दु:खी होती हूँ तो मेरे चेहरे पर मुसकराहट लाते हो और प्यारे आश्चर्यों से मुझे रुलाते हो।

तुम मेरा एक बच्चे की तरह खयाल रखते हो, जैसे मेरे पापा रखते हैं। मैं तुम में उनको देखती हूँ, क्योंकि कई बार मैं तुमसे कठोरतापूर्वक बात करती हूँ। सच में तुम्हारे बिना मैं कुछ भी नहीं हूँ, अनुज! मैं तुम्हारे बिना अपने जीवन के बारे में सोच भी नहीं सकती। मैं अपनी सफलता देखने के लिए तुम्हारी आँखें चाहती हूँ, खुद को प्रेरणा देने के लिए तुम्हारे शब्द चाहती हूँ, अपने भविष्य में मुसकराहट लाने के लिए तुम्हारे होंठ चाहती हूँ और सोने के लिए तुम्हारा कंधा चाहती हूँ। मुझे उम्मीद है कि यह पढ़ने के बाद हमारे बीच का संबंध और मजबूत होगा।

मैं तुम्हें गले लगाने के लिए इंतजार कर रही हूँ।

तुम्हारी प्यारी
—पाखी

अभिस्वीकृति

कौन कहता है कि किस्मत भगवान् लिखते हैं? मैंने भी जाँच की है, यह अब भी संपादन योग्य है। जब मैं स्कूल में था, तो लोग मुझ पर हमेशा हँसते थे, क्योंकि मैं उन आधुनिक बच्चों की तरह नहीं था, जो महँगे खिलौनों से खेलते थे और उच्च दर्जे के महँगे स्कूलों में पढ़ने जाते थे। मुझे याद आता है कि जब मैं 10 वर्ष का था, मैंने भाषण तैयार किया था और भाषण पढ़ने के दौरान बीच में ही मैं अंग्रेजी के उन शब्दों को भूल गया, जिन्हें एक रात पहले मैंने कंठस्थ किया था। उस समय हर कोई हँस रहा था और मैं रोने जैसा महसूस कर रहा था। लेकिन उससे भी ज्यादा दु:खदायी अहसास तब हुआ, जब मेरी कक्षा के ही बच्चे मुझ पर हँसे। मैं केवल एक ही बात याद कर सकता हूँ कि मेरी माँ कहती थीं—कभी भी हार मत मानो। धैर्य की भी सीमा होती है और मैं धैर्य नहीं रख सका, अगले ही पल मैं रो दिया। मैंने उस भयानक दिन के बारे में किसी से भी चर्चा नहीं की, क्योंकि मेरा मानना था कि मेरी माँ मुझे डाँटेंगी और उन्हें बुरा भी लगेगा। उस दिन मैंने एक बात सीखी, जब आसमान रोता है तो पक्षी चीखना शुरू कर देते हैं, तब आप यह कैसे सोच सकते हो कि अगर आप रोएँगे तो लोग हँसेंगे नहीं। जिंदगी आपकी है और यह आप पर है कि उसे आप कैसे लेते हैं और उसे आप कैसे सँवारते हैं। मैं हमेशा भीड़ से अलग कुछ करना चाहता था, लेकिन कैसे और क्या? यह एक बड़ा सवाल था। जब मैं बच्चा था, तो अपनी माँ को हमेशा कहता था, मैं अपने जीवन में कुछ अलग करना चाहता हूँ। और हर बार मेरी माँ मुझे थप्पड़ लगा देती थी और मुझे पढ़ाई के लिए भेज देती थी। मैंने अपना जीवन एक बहुत ही सामान्य स्कूल से शुरू किया था। जब मैं बड़ा हुआ तो मेरे परिवार ने मुझे एक अच्छा इंजीनियर बनाने का निश्चय किया। ऐसा हमारे समाज में होता है, अगर आपका पड़ोसी एक चिकित्सक

है या एक इंजीनियर है तो आपको भी उनमें से एक होना होगा। दुर्भाग्य से मेरे पास दोनों थे, इसलिए यह निश्चित था कि या तो मैं इंजीनियर बनूँगा या डॉक्टर। पहले दिन से लेकर उस दिन तक हर कोई इंजीनियरिंग की रेस में दौड़ लगा रहा था, जब तक कि उसे किसी बहुराष्ट्रीय कंपनी से नौकरी का लेटर न मिल जाए। जिंदगी सोने से मढ़े लोहे की तरह दिखाई देती है और मैं कभी उस भीड़ में शामिल होना नहीं चाहता था, इसलिए मैं न तो कभी कुछ अलग करना भूला और न अपने चेहरे पर पड़नेवाला माँ का थप्पड़।

जब मैं छोटा था तो मेरे पिता हमेशा मुझसे कहते थे कि एक दिन हम सभी हमेशा के लिए सो जाएँगे, इसलिए तब तक काम करो, जब तक साँसें हैं। उस समय मैं उसे केवल अपने पिता का दर्शन मानता था, लेकिन आज वे शब्द उस समय मुझे एक बार फिर खड़ा होने का साहस देते हैं, जब कभी मैं जीवन में गिर जाता हूँ।

कलम उठाकर इस सच्ची कहानी को लिखने के कुछ कारण थे। इससे पहले कि मैं ज्यादा भावुक हो जाऊँ और आगे बढ़ूँ, उन सभी नामों को मेरा दिल से धन्यवाद, जिन्हें मैंने इसमें शामिल किया है, जिनका मैं ताउम्र आभारी रहूँगा, जिन्होंने मेरी जिंदगी के इस लेखन के सफर को आगे बढ़ाने में मेरा साथ दिया है। मयंक, अंकित और अंकुर, आप सभी का उस दिन से मेरे साथ होने के लिए धन्यवाद, जब मैं ट्यूशन क्लास जाने के लिए आपके दरवाजे की घंटी बजाया करता था।

अनुष्का बिना वजह के भी मदद करने के लिए, तुम्हारा भी धन्यवाद।

मम्मी, पापा और दीदी को प्यार, जिन्होंने हमेशा मेरा ध्यान रखा और मेरा साथ देने के लिए मेरी बातें सुनीं, जो इस किताब से परे है। इसके अलावा उन सभी को धन्यवाद, जिन्होंने बिना हिचकिचाहट के मेरा हाथ थामा। साथ ही उन दोस्तों का भी धन्यवाद, जिन्होंने मुझ पर भरोसा नहीं किया और मेरे बुरे दिनों में मुझे अपनी जिंदगी से बाहर निकाल फेंका। मैं उन सभी को धन्यवाद कहना चाहता हूँ।

और सबसे ज्यादा उन पाठकों को विशेष धन्यवाद, जिन्होंने मुझे इतना प्यार और सहयोग दिया। आप सभी को प्यार।

उन शहरों को प्यार, जहाँ मैंने अपने जीवन के कुछ साल व्यतीत किए—

बरेली—बड़े प्यार से मेरा लालन-पालन करने और जिंदगी में छोटी-छोटी चीजों से खुश कैसे रहा जाए, यह सिखाने के लिए।

लखनऊ—हमेशा मुझसे अपने बच्चे की तरह व्यवहार करने और अत्यधिक प्यार देने के लिए।

कानपुर—जहाँ मैंने अपनी जिंदगी का एक साल बिताया और दोस्ती के बारे में सबक सीखा।

गुना—वह जगह, जिसने मुझे मशीनों का इंजीनियर बनाया और खुद के जीवन का वर्णन करनेवाला बनाने और कॉलेज के जीवन की यादों को खजाने की तरह सहेजने के लिए।

दिल्ली—इस जगह ने मुझे जीवन के बाकी दिनों की यादें दीं।

बेंगलुरु—खुशनुमा मौसम का शहर और बेहतरीन लोग, खासकर शाम को टहलने के दौरान।

मुंबई—अंतिम, लेकिन निश्चित रूप से कम-से-कम नहीं, मुंबई को ऐसा शहर माना जाता है, जहाँ लोग अपने सपने पूरे करने के लिए आते हैं और मैं जानता हूँ कि यह सही है।

अपनी बात

इससे पहले कि आप किताब बंद कर दें, मेरी किताब के माध्यम से मेरे जीवन को जीने के लिए मैं आपका धन्यवाद करना चाहता हूँ। अगर मैंने आपको दुःख पहुँचाया है तो मैं इसके लिए माफी माँगता हूँ। जिन लमहों को मैं किसी के साथ बाँटना नहीं चाहता था, उन्हें लिखना मेरे लिए पीड़ादायक है; लेकिन कई बार हमें अपने जीवन को वापस पाने के लिए कुछ कदम आगे बढ़ाने की आवश्यकता होती है।

अगर हमारी भावनाएँ सही हैं, तो हमें प्यार, जिंदगी, परिवार और दोस्ती को लेकर उम्मीद नहीं छोड़नी चाहिए। हर घटना की कोई-न-कोई वजह होती है और मुझे विश्वास है कि सच्चा प्यार हमेशा मौजूद रहता है, क्योंकि हमने सच्चा प्यार किया था। उम्मीद है कि यह किताब एक दिन उसके हाथों तक पहुँचेगी और वह मेरे पास वापस आ जाएगी।

अब मुझे शपथ लेने दो—अगर यह किताब उसके हाथों में पहुँचती है तो इसके बाद मैं निश्चित रूप से कुछ लिखूँगा। अन्यथा आप मुझे भूल सकते हैं, यह सोचकर कि एक ऐसा लड़का था, जिसने सच्चा प्यार किया था, लेकिन किस्मत से हार गया। मेरे दो दिलों के सफर का हिस्सा बनने के लिए धन्यवाद!

आप मुझे इस इ-मेल आई.डी. पर लिख सकते हैं—anujtiwari.official@gmail.com

अनुक्रम

घंटी बजाओ

थके हुए चेहरे के साथ मैंने अपने शरीर की अकड़न को ठीक किया और उसकी ओर देखा। उसने मेरी ओर एक बजे का इशारा करती हुई घड़ी की ओर इशारा करते हुए दिखावटी ढंग से हाथ जोड़ मेरी ओर मुसकराकर देखा और तब ऐसी आवाज आई, जैसे धातु की दो सतहें आपस में रगड़ खाती हैं। अकसर मेरी घड़ी यह इशारा करती थी कि होस्टल की जिंदगी और घर की जिंदगी कभी भी एक के बाद एक क्रमबद्ध रूप से नहीं चल सकती है, क्योंकि एक से ही दूसरी हो सकती है। अभिभावक कई बातों से अनभिज्ञ रहते हैं और कई बातें उन्हें स्पष्ट रूप से पता होती हैं। एक आवासीय इंजीनियरिंग कॉलेज में हालाँकि संस्कृति पूरी तरह अलग होती है, वहाँ प्रोजेक्ट, अध्ययन का समय (भले ही परीक्षा हो या न हो), शोर के साथ जन्मदिन की रातें, परीक्षा के दौरान भरे हुए कमरे, एक समोसे के लिए झगड़ना, लड़कियों पर शर्त लगाना, जिन्हें हाय या हैलो कहने की किसी की हिम्मत नहीं होती थी। यह पूरी तरह से मथी हुई एशियाई प्रजाति होती है, जिन्हें 'इंजीनियर' कहा जाता है। स्पष्ट रूप से यह कहा जाता था कि इंजीनियर तब जागते हैं, जब बाकी दुनिया सोती है।

हमने हमेशा अपने लक्ष्यों का इंतजार किया था। 15 फरवरी, 2009 की शाम को हम सभी पूरी मस्ती से भरे हुए थे। यह सबसे अधिक प्यारा मौसम होता है, जब दिन मधुर होते थे और रातें ठंडी व सुहावनी। वे दिन पूरी तरह कंबल में घुसे रहने के अहसास के होते थे या फिर दोस्तों के साथ सूर्यास्त के बाद आग जलाकर मस्ती करने के। उन रातों को मैं प्रो. जोशी के असाइनमेंट को पूरा करने के लिए इंजीनियरिंग की किताबों में खोया रहता था। प्रो. जोशी उन शिक्षकों में से एक थे, जिन्हें मेरी प्रतिभा पर भरोसा था और जिन्होंने हमारे पूरे जीवन को यो से ओह में बदलने में महत्त्वपूर्ण भूमिका निभाई थी।

मधुमेह के अलावा कुछ और चीजें भी आनुवंशिक होती हैं, जैसे अगर आपके पिता एक प्रतिभाशाली रचना हैं, तो ऐसी ही संभावना होती है कि आपके अंदर भी उसी तरह का डी.एन.ए. होता है और निश्चित रूप से दोस्तों के बीच में उन घटनाओं पर आप निंदा के पात्र बन जाते हैं, जब आपको अच्छे या अधिक अंक मिल जाते हैं और सौभाग्य कहें या दुर्भाग्य, मेरे साथ ऐसा ही हुआ और इसका कारण यह था कि प्रो. जोशी ने आनेवाली परीक्षाओं में मुझसे अधिक अंक लाने की अपेक्षा की थी।

चूँकि सारे असाइनमेंट्स को रात भर में ही पूरा करने का लक्ष्य था, क्योंकि उगते सूरज के साथ ही डेडलाइन भी नजदीक आनेवाली थी और इस बात की मुझे कल्पना नहीं थी। तीन घंटों और तीस पेजों पर काम के बाद मेरे नए रूममेट उदय और मैंने साथ मिलकर संघर्ष करते हुए इसे पूरा कर लिया। इसके बाद भी कई प्रक्रियाओं की तरह असाइनमेंट्स में लगनेवाली सारी मेहनत अवांछित और कम केंद्रित दिमाग के साथ समाप्त हुई। पर यह तब और खराब हो गया, जब मुझे पता चला कि मेरे दरवाजे पर बहुत कम दस्तक दी गई थी। एक खास तरह की दस्तक का मतलब अवांछित परेशानी थी। पिछले कुछ दिनों से यह मेरे लिए आम बात थी, क्योंकि मैं एक साल वरिष्ठ हो चुका था। उदय पूरी तरह 2009 के फेस्ट उत्सव के आयोजन में शामिल हो गया और उसके शरीर की बनावट उसे देश के दूसरे भागों से आई हुई नई लड़कियों के सामने सनसनी बनाती थी।

मैं और उदय इस साल होस्टल के एक ही कमरे में रह रहे थे। हम अच्छे दोस्त बन चुके थे, क्योंकि हम एक ही शहर बरेली से थे और मेरे पहले जन्मदिन पर जब हर कोई मेरा जन्मदिन मनाने आया था और खासतौर पर मुझे पीटने, लेकिन उसने अपने स्थानीय दोस्तों के साथ मिलकर मुझे बचाया और इस तरह मौज-मस्ती एक बड़ी लड़ाई में तब्दील हो गई थी। हालाँकि अगले चार वर्षों तक मेरा जन्मदिन कॉलेज में सबसे बेहतर जन्मदिन था, लेकिन वे लोग कभी भी किसी भी मौके का जश्न मनाने से नहीं चूकते थे।

'कौन है?' दरवाजे की ओर थकी हुई आँखों से देखते हुए मैंने पूछा।

कोई जवाब न मिलने पर मैंने फिर से पूछा, 'आखिर कौन है?'

'ओह! तुम भूल गए, यह मैं हूँ, मैडी।' उसकी थरथराती हुई आवाज सीधे दरवाजे के अंदर आई।

'ओह, रुको, मैं आ रहा हूँ।' मैंने जवाब देते हुए कंबल और किताबों से

बाहर आने का प्रयास किया। मैडी एक स्टार था, उसके पास हमेशा अच्छा समय होता था। उसके दोस्तों की कमी नहीं थी, इसलिए उसे किसी बात की जरूरत नहीं थी और वह विनम्र था। वह स्क्वेलर में क्षमता से अधिक दोस्तों के साथ रहता था। वह बेहोश होने तक शराब पीता रहता था और खासतौर पर उसमें हमेशा लड़ने-झगड़ने की प्रवृत्ति थी। मैंने दरवाजा खोला। मैडी ने अपना पिछवाड़ा मुझ पर मारा और हमेशा की तरह वह चीनी मूँछ और छोटी दाढ़ी में एक आतंकवादी की तरह दिखाई दे रहा था।

'क्या हुआ?' मैंने पूछा। उसके गले में एक लाल रंग का निशान देखकर मुझे उससे पूछने की जिज्ञासा हुई कि एक लड़की के साथ फिर से एक बार क्या आश्चर्यजनक घटना हुई। उसकी आँखों में चमक आई और वह अंदर आ गया।

उसने नीचे नजर डाली और उसी आवाज में बोला, 'ओह, असाइनमेंट! ऐसे ही करते रहो।'

मैंने अचानक सवाल दागा, 'तुम्हारे गले में यह क्या हुआ है?'

अपने सिर को मेरी तरफ घुमाते हुए मैडी ने अपनी अधिक ऊँची और स्पष्ट आवाज में जवाब दिया, 'कुछ नहीं बस एक छोटी सी झड़प थी, लेकिन अब सबकुछ ठीक है।'

मैं हँसा और उसकी पीठ पर हलका सा हाथ मारा और कहा, 'तो आज के समय में कौन लड़ाई छोड़ता है।'

'छोड़ो यार, बहन के टक्के··· मोफोस।' उसने मेज पर से पानी की बोतल उठाई, जिसका एक पैर कल रात को तब टूट गया था, जब उदय उस पर कूदा था।

उदय और मैं जोर से हँसे, 'मोफोस क्या है?' उदय ने पूछा। पिछले कुछ दिनों से हमने अश्लील फिल्मों के अलावा कुछ भी नया नहीं सुना है, जिसका उदय के पास ताजा कलेक्शन है और वह उसने सन्नी से लिया है।

'मादरचोद, कुतिया।' मैडी हँसा और कागज पर चलते पेन की आवाज सुनने के लिए चुपचाप जमीन पर बैठ गया। कागज हवा में उड़ रहे थे और दिमाग में बातें बिना किसी मदद के उमड़ रही थीं। उसने उँगलियों के बीच में फोन घुमाते हुए अकॉन का एक गाना गाना शुरू कर दिया—लोनली आई एम मिस्टर लोनली। मुझे इस बात पर कोई आश्चर्य नहीं था कि वह कैसे बिना तनाव लिये अपनी जिंदगी जीता है, क्योंकि मुझे याद है कि वह बेजान पत्थर है और इस बारे में मैंने सोचना बंद कर दिया था।

अचानक शांत बैठे हुए मैडी ने मुझसे एक गाना गाने के लिए कहा।

मैंने मजाक किया, 'तुम्हारे लिए गाना और दरअसल मुझे यह काम पूरा करना है, क्योंकि बनर्जी मुझे कम अंक दे देंगे, अगर मैंने कल तक यह जमा नहीं किया। मैं केवल अपनी ड्रीम गर्ल के लिए गाना गाऊँगा।'

ड्रीम गर्ल के लिए सपना देखा¨प्यार¨हर समय तमाशा। वह बिस्तर के दूसरे छोर पर कूदा और कहा, 'और वह ड्रीम गर्ल तुम्हारे जीवन में कभी नहीं आ सकती है, इसलिए अपना घमंड मुझे मत दिखाओ।' उसने व्यंग्य किया और मेरे कंधे पर एक पंच दिया और कहा, 'तुम्हारा गिटार कहाँ है ?'

समय बदल गया, सच्चे दोस्त केवल किताबों में मिलते हैं, लेकिन वहीं दूसरी ओर मैं उतना दुर्भाग्यशाली नहीं हूँ, इसलिए मुझे यह पाप मिला है, पागल और जुनूनी दोस्त और जिंदगी में कॉलेज लाइफ शुरू हो चुकी थी। मैंने गाना शुरू कर दिया और मेरा कमरा कक्षा से भी ज्यादा शांत हो गया।

वह बारिश में है
लेकिन वह मेरी नहीं है
जब मैंने उसकी ओर देखा,
सबकुछ प्यारा हो गया,
मैं तुम्हें प्यार करना चाहता हूँ बेबी¨मेरे पास आओ¨
मैं तुम्हें प्यार करना चाहता हूँ बेबी¨मेरे पास आओ¨
वह बारिश में है,
पर वह मेरी नहीं है
जब मैंने उसकी ओर देखा
सबकुछ प्यारा हो गया
लेकिन मेरा दिल एक लाइन कहना चाहता है,
हो सकता है कि तुम मुझसे प्यार न करो
हो सकता है कि तुम मेरी ओर न देखो
लेकिन मैं तुमसे वादा करता हूँ बेबी
तुम मेरी होगी¨केवल मेरी¨केवल मेरी।
एक बात कहना चाहता हूँ बेबी, ओ बेबी, ओ बेबी¨
केवल एक बात कहना चाहता हूँ बेबी!
मेरे पास आओ¨

मैंने उसकी ओर देखा, जब तक कि मेरी उँगलियाँ रुक नहीं गईं। वह अपने शरीर को हिलाते हुए नाचता रहा।

'हे अनुज, एक बार और गाओ कृपया।' मैडी ने कहा।

'अब भाड़ में जाओ, मुझे अपना असाइनमेंट पूरा करना है, अच्छा।'

मैडी ने मेरे पिछवाड़े पर हाथ मारते हुए कहा, 'मजाक कर रहा हूँ मेरे यार', और यह कहकर वह बिस्तर की दूसरी ओर उदय के बगल में बैठ गया। मुझे नहीं मालूम कि वह मेरे बारे में क्या बात कर रहे थे, लेकिन कुछ मिनटों के बाद मैडी मेरे बिस्तर पर आया और पूछा, 'क्या तुमने अपना असाइनमेंट पूरा कर लिया है?' और कहा, 'ड्यूड, तुम असाइनमेंट को लेकर इतने गंभीर क्यों हो? बस नकल करो और दे दो।'

'मैडी! मैं किसी तरह की नकल करने नहीं जा रहा हूँ।' मैंने प्रतिवाद किया। वह सरका और मेरा मोबाइल ले लिया और ढेर सारे मिस्ड कॉल्स तथा संदेश देखने लगा, जो मोबाइल की स्क्रीन पर थे, फिर उसने उन्हें दरकिनार कर दिया और दो या तीन मैसेज को अपने फोन पर फॉरवर्ड कर दिया। उस समय वॉट्सएप नहीं था, इसलिए मैसेज का अपना अलग महत्त्व होता था।

कुछ देर तक अवांछित शांति के बाद उसने मुझसे सीधे कहा, 'हे, क्या तुम किसी लड़की से बात करना चाहते हो? लेकिन कृपया उसे मेरा नाम नहीं बताना?'

मैंने मान लिया। मैं अविवाहित था और शादी करने के लिए इच्छुक था, लेकिन मैं उनमें से नहीं था, जो किसी भी लड़की से बातचीत करना और उसे कॉल करने लगते हैं। मैंने उसकी बात पर ध्यान नहीं दिया। उसने फिर से कोशिश की और मेरी ओर काफी जिज्ञासावश देखा।

'हे, पहले उसका नाम पूछो।'

'यह बहुत गलत है, मैडी, इस वक्त लोग सो रहे हैं।' यह कहते हुए मैंने अपने असाइनमेंट के दूसरे अंतिम प्रश्न की अंतिम पंक्ति खत्म की।

'देखो, अब सबकुछ ठीक होनेवाला है। हम लोग सोने नहीं जा रहे हैं, क्या सोएँगे? उसने मेरे सेल फोन पर एक नंबर को देखते हुए और उसे दबाते हुए कहा। टेबल पर रखी घड़ी ने 1 बजकर 20 मिनट बजाए, यह रात का चौथा पहर खत्म होने की सूचना थी। 'आधी रात को अगर तुम सो नहीं रहे हो तो इसका मतलब यह नहीं है कि पूरी दुनिया नहीं सो रही है।' मैंने जवाब दिया।

उसने मेरे बाएँ कान पर फोन लगाते हुए कहा, 'हे, बस उससे पूछो और यह

पूछो कि पारस के साथ क्या हुआ?'

'वह लड़की कौन है और यह पारस कौन है? उससे भी अधिक तुम उसकी जिंदगी के बारे में जानकर गुस्से में क्यों हो?' जब मेरे कानों में फोन की घंटी की आवाज सुनाई दी तो मैं चौंका और मेरे दिल की धड़कनें बढ़ गईं। उदय मुँह दबाकर हँसा। मुझे लगा कि उसे इस बारे में पहले से मालूम था।

उसका नाम पाखी माहेश्वरी है, उसने बताया।

'बस उससे यह पूछो, जो मैंने बताया है, तुम यह काम मेरे लिए कर सकते हो। इस बेसुरे फोन को पकड़ो, यह बज रहा है।' उसने जल्दी से फोन देते हुए कहा। मेरे पैरों के बीच से एक अजीब सी सुरसुराहट गुजरी। मैंने ऐसा पहले कभी नहीं किया था। मैंने फोन का स्पीकर बटन दबाया और अब घंटी की आवाज पूरे शांत पड़े कमरे में गूँजने लगी थी। उसने तुरंत फोन छीन लिया और स्पीकर ऑफ बटन दबाकर फिर से मुझे दे दिया। 'मुझे नहीं लगता है कि इस वक्त कोई भी फोन उठाएगा, मेरे दोस्त।' मैंने फिर से कहा।

'कुछ देर तक और घंटी जाने तक इंतजार करो।' मैडी ने अपने नाखूनों को चबाते हुए जोर दिया। अगले ही पल उसने फोन उठा लिया। उसे ठंड लग रही होगी, लेकिन मैंने सोचा कि वह सो रही थी और निर्दयता से उसे आधी रात को उठा दिया। उसने दृढ़ता से कहा, 'हैलो?'

मैं कुछ सेकंड तक रुका रहा, 'हैलो, कौन पाखी?'

'कौन है?' एक लड़की ने नींद में अनमनी-सी आवाज में पूछा।

'क्या तुम पाखी हो?' और अधिक गुस्से से पूछा। उसने फोन काट दिया। मैंने स्क्रीन की ओर देखा, कॉल समरी : 00:00:10। मैडी ने फोन छीन लिया और उसे बिस्तर के नीचे फेंक दिया, इस समय वह हँसते हुए घूमा और बोला, 'वाकई दुर्भाग्यपूर्ण।'

'तो आखिर तुमने क्यों नहीं कोशिश की?' इस वक्त मैं उस पर चिल्लाया। मैंने असहाय होकर उसे देखा, जो झुका हुआ था और छिपकर मुसकरा रहा था। मैं मैडी की ओर घूमा और एक बार फिर उस लड़की का नंबर मैडी ने डायल किया और फोन मुझे दे दिया।

'रुको, यह काम तुम क्यों नहीं कर सकते हो?' मैंने मैडी की ओर देखते हुए पूछा।

'क्योंकि वह पहले से मेरी आवाज को पहचानती है,' उसने जवाब दिया।

मैंने फिर कहा, 'क्या तुम्हें अपमानजनक महसूस नहीं होता है ?' मैंने घबराकर उसे देखा। मैंने फिर से प्रयास किया और परिणाम वैसा ही हुआ। खुद को मैं सँभाल सकने में अक्षम था, तब मैंने मैडी पर गालियों की बौछार कर दी और कहा, 'अब तुम खुश हो ना ?'

'ओह, तुम वाकई एक मूर्ख हो।' उसने मेरा फोन बिस्तर पर फेंकते हुए कहा।

मैंने नाक-भौंह सिकोड़ी। 'अगर मैं मूर्ख हूँ तो इस तरह की बेवकूफाना बातचीत करने के लिए मेरे फोन का उपयोग क्यों कर रहे हो ?' मैंने चिल्लाते हुए कहा।

'मुझे सोना है दोस्तो, शुभरात्रि।' मैंने कहा। मैडी बाहर चला गया और जब वह वापस लौटा तो पहले की तरह चिढ़ा हुआ था।

जब वे प्यार कर रहे हैं, जब वे एक-दूसरे को चूम रहे हैं, जब वे संबंध बना रहे हैं, हाँ, सही में एक-दूसरे के साथ यौन संबंध बना रहे हैं, हम लोग 14 फरवरी को असाइनमेंट पूरा कर रहे हैं, वैलेंटाइन की रात को और यह हमारे लिए दिन की तरह था और उसके बाद कुछ हो रहा है।

□

हॉर्न ओके प्लीज

यदि आप शादीशुदा हो और आपके बच्चे हैं, तो आपको उनकी चड्डी बदलने के लिए सुबह जल्दी उठना पड़ता है, क्योंकि आजकल ये जिम्मेदारियाँ पुरुषों को निभानी पड़ती हैं, क्योंकि महिलाएँ आज शीर्ष पर हैं। यदि आप विवाहित हैं और अभी भी कंडोम का उपयोग कर रहे हैं तो आपकी सुबह हमेशा गीली होगी। यदि आप अविवाहित हैं और अभी भी अपने हाथों से अपने सपनों को पूरा कर रहे हैं तो कभी जल्दी मत उठो।

15 फरवरी, 2009 को वैलेंटाइन डे के दिन के ठीक अगले दिन वह रविवार का दिन था। मैं सुबह सात बजकर 45 मिनट पर उठा, मैं जब उठा तो खिड़कियों के परदे से सूरज की किरणें नृत्य करती हुईं मेरे कमरे में प्रवेश कर रही थीं। परदे का रंग और डिजाइन मेरी त्वचा को सुखद अहसास करा रहा था। मैं उदय और दूसरे लोगों की नाश्ते के लिए जाते हुए सीढ़ियों से उतरने की आवाज सुन सकता था। जैसे ही मैंने बाहर देखा, तो मुझे गहरी धुंध से घिरे हरे-भरे पहाड़ नजर आए। मैंने खिड़की के शीशे से बाहर देखने की कोशिश की, लेकिन बाहर से आनेवाली ठंड ने उस पर धुंध जमा दी थी, जिससे बाहर देखना मुश्किल हो रहा था। मैं उठा और अपनी साँस पर ध्यान दिया, जो ठंडी हवा को सफेद बना रही थी। मैंने सोचा कि कुछ घंटे पहले मैं उस लड़की के साथ बात में व्यस्त था, कहीं अभी भी उसी हालत में तो नहीं हूँ।

क्या मुझे माफी माँगनी चाहिए और अपनी गलती मान लेनी चाहिए? या मैं उसे केवल दरकिनार कर सकता हूँ? मैंने इसे अपना विचार दिया था। वैसे माफी माँगना हमेशा अच्छा रहता है, अगर आपने गलती की है या कई बार यहाँ तक कि आपने कुछ भी नहीं किया हो। उससे जिंदगी और लोगों के बारे में आपके विचार का पता चलता है। मैं पूरी तरह परिपक्व हो गया था और मैंने उसे फोन करने या उसकी आवाज फिर से सुनने का निश्चय किया। चूँकि यह काम मेरे ही फोन से किया गया

था, इसलिए मेरे पास उसका नंबर था। थोड़े सुकून के बाद मैंने फोन के रिडायल बटन को दबाया और फोन काट दिया। ऐसा कई बार हुआ, क्योंकि मैं महिलावाद और हार्मोनवाद के बीच किसे चुनूँ, इसका ठोस निर्णय नहीं ले पाऊँगा। महिलावाद के अनुसार किसी भी अनजानी लड़की को फोन करना अच्छा नहीं माना जाता है और हार्मोनवाद मुझे उसकी प्रतिक्रिया जानने की स्वीकृति देता है। चूँकि मैंने हमेशा की तरह अपने हार्मोन्स के खिलाफ अपना निर्णय लिया है, इसलिए मैंने उसका नंबर डायल किया। दूसरी ओर मुझे सबसे ऊँचा स्वर सुनाई दिया।

यह उसकी ही आवाज होनी चाहिए, अगले ही पल मैंने अंदाज लगाया।

'हैलो, कौन है?' उसने धीमी आवाज में पूछा, जैसे कोई डरपोक हो। मैंने जवाब दिया, 'हैलो।' उसने एक बार और सवाल पूछा। उससे पहले कि उसकी आवाज सख्त हो जाती, मैंने जवाब दिया, 'मैम, मुझे किसी ने आपका नंबर दिया है, इसलिए मैंने रात में आपको फोन किया है।'

'आपको किसने मेरा नंबर दिया है और क्यों? और आप हैं कौन?' उसने सवाल पूछे और कुछ ही सेकंडों में ये सवाल दाग दिए, लेकिन विनम्रतापूर्वक। लड़कियाँ विनम्र होती हैं, खासकर जब वे वास्तविकता नहीं जानती हैं, एक बार उन्हें इस बात की भनक लग जाती है तो उनकी आवाज बदल जाती है। कुछ देर की खामोशी के बाद मैंने पूरे आत्मविश्वास के साथ जवाब दिया, 'मुझे माफ कीजिए, लेकिन मैं आपको उसका नाम नहीं बता सकता।' उसने जवाब दिया, 'ठीक है, अच्छा है, लेकिन मुझे अजनबियों से बात करना पसंद नहीं है।' अभी तक फोन मेरे कानों पर था, लेकिन लाइन कट गई थी। एक बार फिर मैंने वही नंबर डायल किया, पिछली बार जब मैंने उसका नंबर डायल किया था, उसके मुकाबले थोड़ा सहज महसूस किया, अब मैं निडर था। उसने एक बार से अधिक बार घंटी बजने के बाद फोन उठाया। मैंने उसे सहज करने का प्रयास करने के लिए एक बार फिर से माफी माँगी। पर, माफी के आधार पर रिश्ते नहीं बनाए रखे जा सकते, लेकिन कई बार यह जादुई रूप से काम करते हुए रास्ता दिखाते हैं। उसने एक बार फिर पूछा, 'मुझे बताओ कि किसने मेरा नंबर आपको दिया?'

मैंने इस बार निवेदन किया, 'क्या आप समझती हैं कि मुझे उसका नाम बताना चाहिए, मैं नहीं बता सकता।'

'ठीक है, फिर लाइन काटो और मुझे फिर से फोन मत करना, ठीक है?' उसने आक्रोश में आकर कहा।

'ठीक है, आप फोन काट दो।' मैंने कहा और उसके फोन काटे जाने का इंतजार किया, लेकिन ऐसा हुआ नहीं।

'तुमने मुझसे माफी माँगने के लिए मुझे फोन किया है, लेकिन तुम मुझे उसका नाम नहीं बता रहे हो, जिसने तुम्हें मेरा नंबर दिया है। एक लड़की होने के नाते मुझे इसका क्या मतलब समझना चाहिए, तुम मुझे बताओ?' उसने कहा।

दिल्ली की लड़कियाँ केवल चेहरों से ही स्पष्ट नहीं होती हैं, बल्कि दिमाग से भी स्पष्ट विचारोंवाली होती हैं। मैंने ज्यादा विचार नहीं किया और पिछली रात जो कुछ भी हुआ, उसे बता दिया।

'तुम्हारे दोस्त मैडी ने मुझे तुम्हारा नंबर दिया, लेकिन तुम मुझसे वादा करो कि तुम उसे अब फोन नहीं लगाओगी। मैं तुम पर भरोसा करता हूँ।' मैंने निवेदन किया, दोस्ती के खिलाफ एक बड़ा जोखिम लिया, लेकिन मामला जमाने के लिए जोखिम लेना महत्त्वपूर्ण रहता है। 'ठीक है, मैं तुमसे वादा करती हूँ कि मैं उसे नहीं बताऊँगी।' उसने उन्मुक्त होकर जवाब दिया।

'वह कमजोर दिमागवाला है, लेकिन उसे मेरा नंबर कैसे पता चला? तुम उसे कैसे जानते हो?' वह तार्किक थी और उसके हर शब्द अच्छे थे, इसलिए मैंने उसे बीती घटना के बारे में सबकुछ बता दिया, हालाँकि मैंने पूरी तैयारी की थी और जानता था कि निश्चित रूप से कुछ-न-कुछ होगा। उसने मैडी के बारे में मुझे जो कुछ भी बताया, उससे मैडी को लेकर मेरी सोच में परिवर्तन आ गया। अपनी सक्रियता का परिणाम पाने को लेकर मैं बहुत ज्यादा खुश नहीं था और दुःखी था। वह हमेशा उस लड़की को छेड़ता था, क्योंकि वह प्यारी और प्रतिभाशाली थी। इससे मैं और ज्यादा जानकारी के लिए उत्सुक हो गया।

'तुम्हारे दोस्त कहाँ हैं?' मैंने उससे पूछा।

'वह दो साल तक मेरा सहपाठी था और हम केवल प्रतिद्वंद्वी थे।' उसने जवाब दिया।

मैंने उसे 'दोस्त' कहकर संबोधित किया, लेकिन मैं उन दोनों के बारे में और ज्यादा जानना चाहता था, क्योंकि मुझे पता चल चुका था कि मेरे जीवन में 'सबसे प्यारा व्यक्ति' अब 'दुश्मन' बन चुका था, इसलिए यह केवल जाँच के लिए एक बिंदु था।

'कोई मुझे बुला रहा है, इसलिए मुझे जाना होगा, मैं बाद में बात करूँगी।'

उसने प्रत्युत्तर दिया, यह कहते हुए उसकी आवाज में कोई आकर्षण नहीं था और उसने फ़ोन काट दिया।

अच्छा लगता है, जब कोई लड़की यह कहती है कि तुमसे बाद में बाद करूँगी। इसका मतलब यह है कि कुछ समय के बाद आपसे बात करने के लिए वह समय दे रही है।

'कुछ मिनटों तक बात करने के बाद और उसकी आवाज में आकर्षण ढूँढ़ रहा था, बेवकूफ।' मेरे दिमाग ने कहा।

मैं हँसा। मैं उससे बात करने का कोई अवसर गँवाना नहीं चाहता था। मैंने कहा, 'मैं तुमसे कुछ महत्त्वपूर्ण चर्चा करना चाहता हूँ।'

'वह क्या, मुझे बताओ ?' उसने पूछा।

'अब तुम जा सकते हो, लेकिन क्या कुछ समय के बाद मैं इस नंबर पर फोन कर सकता हूँ, जब तुम्हारे पास समय हो।' यह बात कहने में इस बार मेरी जीभ नहीं फिसली।

'ठीक है, जब मेरे पास समय होगा, मैं तुम्हें बता दूँगी।'

'ठीक है, बाय।' फोन लाइन कट गई, मैं अपने आरामदायक बिस्तर से उठ गया। मैंने खुद को भूरे और गुलाबी रंग के कंबल से ढक लिया। एक बार फिर, वह मुझे देखकर मुसकराई और हाथों को कछुए की तरह मोड़कर घड़ी में साढ़े आठ बजे की ओर इशारा किया। मैंने कमरे के दरवाजे के पीछे से बाहर की ओर देखा। मेरा एक हाथ कमर पर था और दूसरे हाथ में फोन था, मैं अपने कमरे की बालकनी में खड़ा था। मैंने छोटी पहाड़ियों को देखा, जो सुबह की ठंड में घने कोहरे में छिप गई थीं। चिड़ियों की चहचहाहट हो रही थी, मैं घने कोहरे की वजह से सूर्य की केवल एक किनारी को देखने में सक्षम था। मैं बालकनी में कुरसी पर आराम से बैठ गया और अपने सिर के पीछे दोनों हाथ रखकर नीले आसमान की ओर देख रहा था। सूर्य बहुत धीमी गति से बढ़ रहा था, मानो समय कुछ देर के लिए ठहर गया हो और गर्मजोशी के साथ करुणा अपनी चमक बिखेर रहा था। मैं अच्छी सुबह की शुरुआत कर रहा था।

रविवार के नाश्ते में समोसा लेने के बाद मैंने अपनी डेनिम की दाईं जेब में रखे फोन को निकाला। स्वत: ही हाल के कॉल्स की सूची में उसके नंबर पर मैं पहुँच गया। मैंने उसका नंबर सेव कर लिया था। मैंने अपने फोन को अँगूठे और बीच की उँगली में घुमाया और उसे अपनी जेब में रख लिया। मैं धीरे-धीरे खुश हो रहा था,

क्योंकि मुझे एक दोस्त मिल गया था, वह ज्यादा खयाल रखनेवाली और देखभाल करनेवाली लग रही थी। मैं बहुत जल्दबाजी में था, लेकिन मेरे दिमाग में मानचित्र आ गया था। मैंने शाम तक इंतजार किया, लेकिन उसकी ओर से कोई संदेश नहीं मिला, जैसा कि उसने कहा था कि समय मिलते ही सूचना दूँगी। उस रात, मैं अपने आरामदायक बिस्तर में करवटें बदलता रहा। हमारी पूरी बातचीत अनगिनत बार मेरे दिमाग में स्वत: ही घूमती रही।

मैं आश्चर्यचकित था, मैं करवट बदल रहा था और नींद से बचने के लिए उस बात पर ध्यान केंद्रित कर रहा था।

'केवल उसे प्रभावित करने के लिए क्या मैं ज्यादा मजाकिया हो गया था? क्या वह कॉल उचित थी या नहीं? क्या मेरा बात करने का तरीका सही था? क्या पाखी भी इस बातचीत के बारे में सोच रही होगी?' मैंने अपने आप से सवाल किया। मैं जाहिर तौर पर दूसरे लोगों से इस सुखद पल के बारे में चर्चा नहीं करना चाहता था। अपने कमरे में अकेले मैं मुसकरा रहा था और मेरे अंदर अलग तरह का अहसास आ रहा था। 'तुम इतने उत्साहित क्यों हो और उससे फिर से बात करने के लिए इतने उत्सुक क्यों हो? तब मुझे महसूस हुआ कि मैं मूर्ख था, लेकिन मेरी सोच सही थी। मैंने आईने में देखा, जो हमेशा मेरी सुनता था, आराम से रहो, हमेशा कल आता है।'

□

दिल्ली के रहनेवाले

अगली सुबह मैं थोड़ा जल्दी उठ गया। मैंने कंबल से अपनी गरदन बाहर निकालकर घड़ी को देखने की कोशिश की, तभी घड़ी का अलार्म बज उठा। मैंने उसे तकिए के नीचे दबाया, लेकिन फिर से नींद के आगोश में जाकर सपने देखना संभव नहीं था। यह पुराने घोंसले की सफाई करने का वक्त था। मैंने अपनी आँखें बंद कर लीं और बिस्तर में ही पड़ा रहा। मैंने अपने हाथ तकिए के नीचे दबाए और आधी खुली आँखों से अपने सेलफोन को देखने लगा। मैंने फोन की स्क्रीन पर आनेवाले संदेशों की जाँच नहीं की और उसे संदेश भेजा, 'हाय।'

मैं अपने फोन को लगातार देख रहा था और उसके जवाब का इंतजार कर रहा था, लेकिन मुझे यह अहसास हो रहा था कि वह जवाब नहीं देगी। जब भगवान् ने महिलाओं को बनाया, तो उसने उनमें खूब सारा प्यार, देखभाल करने की क्षमता, सुंदरता और थोड़ी मात्रा में अहंकार भी भरा था और यही वजह है कि महाभारत से लेकर (उससे भी पहले से) हम महिलाओं के कारण लड़ते रहे हैं। उन्हें इस बात का पता नहीं चलने दो कि आप उनके लिए दीवाने हो, कुछ समय दो और वे आपके पास आ जाएँगी। यह अब भी अनिश्चित था कि दिल की सुने या दिमाग की। दोनों विपरीत दिशाओं की ओर जा रहे थे, एक मेरे अहंकार को समझा रहा था, जबकि दूसरा उसकी आवाज सुनने की इच्छा कर रहा था।

जवाब मेरे दिल से आया और मैंने अपने बेवकूफ दिमाग के प्रस्ताव को दरकिनार कर दिया। मैं आगे बढ़ा और उसका नंबर डायल कर दिया, भले ही यह बहुत जल्दी था, लेकिन अब देर हो या जल्दी, यह मायने नहीं रखता था। उसने फोन रिसीव किया, 'हैलो', वह बोली।

'और क्या ?' मैंने पूछा।

'कुछ नहीं।' जल्दी ही यह पता चल गया कि मैंने उसके बारे में या उसके विरुद्ध कोई भी जानकारी हासिल नहीं की थी, लेकिन उसके पास अनचाही जानकारियाँ थीं, वैसी जानकारियाँ, जो उसे उन लोगों से मिली थीं, जिन्होंने मुझे धोखा दिया था। ये लड़कियाँ काफी जल्दी सूचनाओं का आदान-प्रदान कर लेती हैं (कुछ अव्यवस्थित नेटवर्क)। 'क्या आप दिल्ली में हैं?' मैंने उससे पूछा। उसने कुछ समय लिया। 'हाँ, मैं दिल्ली में हूँ और दिल्ली विश्वविद्यालय के हंसराज कॉलेज से प्राणी विज्ञान में बी.एस-सी. कर रही हूँ।' उसने आखिरी के कुछ शब्दों पर ज्यादा जोर दिया। एक आत्मविश्वास से भरी हुई लड़की ने सारे सवालों का बेबाकी से जवाब दिया और वह निराश नहीं हुई, उसने अपने कॉलेज हंसराज का संबंध एस.आर.के. से भी जोड़ा।

'अच्छा कोई और जानकारी चाहिए?' उसने पूछा।

क्या वह मुझे बाँध रही थी? दिल्ली की लड़कियाँ दूसरे लड़कों से ज्यादा स्मार्ट होती हैं, इसलिए मैंने सोचा कि यह मजाक की तरह हो सकता है। वह यह जानना चाहती थी कि मैं सारी बातों को जानने के बाद भी चुप्पी साध गया था। वह अब तक कुछ अनजाने कारणों से खिसिया रही थी। क्या सभी लड़कियाँ इसी तरह इतनी ज्यादा खिसियाती हैं? मैंने अपने दिमाग में इसे लेकर एक विचार बना लिया, ताकि इसे लड़कियों से आगे होनेवाली बातचीत में उठा सकूँ, जिसके लिए बुद्धिमानी की अधिक आवश्यकता होती है।

'नहीं, अब वह ठीक है।' इससे पहले कि वह मुझसे और ज्यादा मजाक करती, मैंने मुसकराना बंद कर दिया। मैंने अपना परिचय दिया, 'वैसे अब मैं अपना परिचय देता हूँ, मैं बरेली से अनुज तिवारी हूँ।'

उसने भी मुसकराते हुए कहा, 'मेरा नाम पाखी माहेश्वरी है, मैं डिबाई, अलीगढ़ से हूँ और मैं पिछले तीन सालों से दिल्ली में रह रही हूँ।' जब आप किसी लड़की से बात करते हो, वह कहाँ से है, वह कहाँ रहती है और उसके शौक क्या हैं, तो इसके लिए शर्तें क्या होती हैं।' हालाँकि मैं जान गया था कि वह उत्तर प्रदेश के छोटे से शहर अलीगढ़ के डिबाई की रहनेवाली थी और वह अपनी स्कूली शिक्षा पूरी करने के बाद अपने चाचा के घर पर रह रही थी। हालाँकि और भी बहुत कुछ जानने के लिए था, जैसे—वह कैसी दिखती थी? पतली है या मोटी? मैंने कुछ देर सोचा। मैंने काँटेदार चम्मच को मैगी में घुमाया और मुसकराते हुए कमरे में दूसरी ओर देखा।

मैंने पूछा, 'तो तुम अपने कॉलेज के दिनों को खूब मस्ती से गुजार रही हो?'

वह चिल्लाई, 'हाँ!' विभिन्न दिमाग दिल्ली के कॉलेज की सच्चाई दिखाते हैं और दिल्ली की भड़कीली लड़कियों को भी। दिल्ली की लड़कियाँ और भी अधिक खिसियाने और आकर्षित करनेवाली होती हैं। रिसीवर पर दीवार से आवाज टकराकर प्रतिध्वनि गूँज उठी। 'और अब तुम बताओ, अभी पढ़ते हो, सही ना?' उसने मजाक में कहा। मैंने सोचा कि शायद और अधिक अच्छा कहने के लिए होता और मैंने नहीं सोचा था कि इन बातों की उसके साथ चर्चा करूँगा, जो खासतौर पर 'लड़कों की बातें' होती हैं?

'नहीं, यह ऐसा नहीं है।' मैंने अपने जवाब पर जोर देते हुए, उसे भरोसा दिलाने के लिए कहा कि हम भी कॉलेज में मस्ती करते हैं।

'हम मस्ती करते हैं, लेकिन केवल होस्टल में, क्योंकि कॉलेज के बाहर कुछ भी नहीं होता। हम आप लोगों की तरह खुशकिस्मत नहीं हैं।' मैं धीरे से बोला।

एक मीठी आवाज के साथ वह हँसी, 'हाँ, तुम लोगों के पढ़ने के लिए अच्छी जगह है।'

हमेशा वीडियो ही आपको संतुष्ट नहीं कर सकते हैं, कई बार आपको वास्तविक सुंदरता की आवश्यकता होती है, जो कॉलेज में शायद ही मिलती है। ऐसा आठ में एक ही बार होता है कि किसी लड़की के लिए लड़ाई हो, जो कॉलेज की प्रतियोगी परीक्षाओं से कम नहीं होती। मुझे उम्मीद थी कि मैं आई.आई.टी. से बाहर निकलने के बाद मुझे एक बेहतर कायावाली मॉडल मिल जाएगी। मेरी कोशिश सही और गंभीर थी, लेकिन मैं सही समय पर उसे लागू करने में असफल रहा था। हमेशा की तरह हर दिन की तरह मैंने अपना लैपटॉप ऑन किया, समाचार देखे और कुछ देर के लिए दिल्ली के मयूर विहार की एक खबर ने मुझे चौंका दिया। चौंकते हुए, मैंने आवाज तेज कर दी और बहुत ही दुःखदायी खबर सुनी। 'अगर लड़कियाँ हमारी भावनाओं के साथ खेलती हैं तो हम क्यों नहीं ऐसा कर सकते?' यह आम राय थी। मदर मैरी के नाम पर क्या हुआ था? मुझे थोड़ा दुःख हुआ था और कई निराश करनेवाले सवाल भी उठ रहे थे। मैंने अपने दिमाग पर जोर डालकर विस्तार से याद किया। वह भी दिल्ली से है। वह क्या कहती? मैं हँसा और उसके बाद गुस्से जैसा महसूस हुआ, मुझे खीसवाली हँसी के अलावा कुछ भी सुनाई नहीं दिया। उसके आग्रह पर अंकुश लगाना कठिन था, मुझे यह पुष्टि करनी होगी कि वह भरोसेमंद, ईमानदार और सीधा बोलनेवाली लड़की थी, जैसा कि मैं उसे समझता

था। हालाँकि मुझे उससे एक बार फिर क्या पूछना होगा? मुझे उसे फोन करने की कोई वजह मिलने से पहले कुछ देर के लिए इंतजार करना होगा। जब मैंने वह सुना, तो मैं चौंक गया। जब उसने मेरा अपमान किया, तो मैंने खुद को बेवकूफ की तरह व्यवहार पर खुद को गाली दी। मैंने सोचा, लड़के को कैसे नियंत्रित किया जाए, इसकी उसे जानकारी होगी।

'तुम क्या कर रहे थे?' मैंने पूछा और यह भी कल्पना की कि वह मेट्रो में होगी।

'कुछ नहीं।' उसने जवाब दिया और साथ ही कहा, 'देखो, मैं येलो लाइन में हूँ और यहाँ नेटवर्क सही नहीं है। मैं जब कश्मीरी गेट पहुँचूँगी, तब तुम्हें कॉल करूँगी।'

टेबल पर रखी पानी की बोतल तक जाते हुए मैंने जवाब दिया, 'हाँ, बिल्कुल।'

मुझे यह नहीं पता था कि राजीव चौक (सी.पी.) से कश्मीरी गेट की दूरी कितनी थी, क्योंकि मैं पहले कभी दिल्ली नहीं गया था। इसलिए उसके कॉल के इंतजार में मैं मिनट-दर-मिनट गिन रहा था। करीब आधे घंटे के बाद मेरे फोन पर उसका संदेश आया, 'देखो, मैं अपनी बहन के साथ हूँ, तुमसे बाद में बात करूँगी।' मेरी दोनों भौंहें एक साथ केंद्र में आ गईं, उसकी बात से मुझे बुरा लगा कि वह मुझे बाद में फोन करेगी। दिल्ली की लड़कियाँ। अब एक शरीफ लड़की होने के बजाय मैंने उसे बेशर्मी से फोन किया। उसने फोन उठाया और पूछा, 'तुम क्या कर रहे हो?'

'मैं अभी कक्षा से वापस आया हूँ।' मैंने जवाब दिया।

'तो तुम कुछ देर आराम क्यों नहीं कर लेते? हम बाद में बात करेंगे।' उसने आग्रह किया। मैं उससे बात करने के लिए काफी उत्सुक था। 'क्या तुम व्यस्त हो?' मैंने पूछा। उसने बड़े प्यार से कहा, 'नहीं, बस अपनी बहनों के साथ थी।'

'ठीक है, तुम अपनी बहनों के साथ मस्ती करो।'

'ठीक है, बाय।' उसने फोन काट दिया। कितनी चालाक होती हैं वे? हे भगवान्, तुम इन लड़कियों में क्या भरते हो, जब ये अपनी माँ के पेट में होती हैं। मैं बड़बड़ाया।

□

आपके लिए संदेश

डी का मतलब दिल्ली और डी का मतलब दिलवाले, लेकिन वह दिलवाली जैसी नहीं थी।

प्यार और पसंद में बहुत अंतर होता है। आप किसी को पसंद कर सकते हैं, भले ही वह व्यक्ति आपके सामने मौजूद न हो, लेकिन प्यार तभी हो सकता है कि जब दो आँखें मिलें और एक साथ सपने देखें। मैंने उसे पसंद करना शुरू कर दिया था, लेकिन यह प्यार नहीं था और मैं भी उसके साथ प्यार में पड़ने की जल्दबाजी में नहीं था, क्योंकि उसके साथ केवल बातचीत हुई थी, जो किसी रिश्ते की स्थापना करने के लिए मजबूत आधार नहीं था। आप किसी भी रिश्ते को आगे नहीं बढ़ा सकते, यदि उसका कोई भविष्य न हो और हमारा भी कोई भविष्य नहीं होता है, इसलिए मैं इस अनाम रिश्ते के साथ खुश था। हमें फोन पर बात किए हुए एक सप्ताह हो चुका था। मैं उसे सामान्य शुभरात्रिवाला संदेश भेजता था और एक मिनट के अंदर ही उसी तरह का संदेश जवाब में उसकी ओर से आ जाता था, मैं मुसकराता और मुझे सुखद नींद लेने के लिए वह काफी था और मैं सोच रहा था कि यह एक संकेत है कि कोई मेरा खयाल रखता है। मैं भी कितना मूर्ख था?

हम भारतीय लोग हमेशा भावुक होते हैं, क्योंकि आज भी हम 'कुछ-कुछ होता है' और 'दिलवाले दुलहनिया ले जाएँगे' के एस.आर.के. को अपना आदर्श मानते हैं। इसकी एक और वजह यह हो सकती है कि उन्हें मीडिया द्वारा ऐसा दिखाया जाता है और खासकर लड़कियों के माध्यम से, जो उन्हें रुला देने के लिए काफी मानती हैं, आपको जरूरत है अपने अंदर एक वास्तविक व्यक्ति को ढूँढ़ने की।

आज की तकनीकी दुनिया में उसने एक सामान्य बौद्धिकता के साथ जवाब

दिया था, यह क्या था, यह केवल हमारे बीच पहला संदेश था, जिसे मैंने ड्राफ्ट में सेव कर लिया था और एक यादगार संदेश बना दिया था, कितना प्यार और कितनी मूर्खतापूर्ण बात थी यह ?

वे दिन सामान्य थे, लेकिन रात को ठंड ज्यादा थी। अगली सुबह जब मैंने अपना आरामदायक बिस्तर समेटा, तो उसकी अचानक आनेवाली कॉल से मेरा फोन बजने लगा, मेरे अंदर जान आ गई और घड़ी में सुबह के 8 बजकर 20 मिनट हुए थे। मैंने उसकी कॉल का जवाब दिया, उसने भी बेहतरीन अंदाज में जवाब दिया। उसकी आवाज चॉकलेटी थी, इसलिए उसे अपना दिन बेहतर बनाने के लिए मैंने काफी ज्यादा पसंद किया और उसने कहा, 'हे, गुड मॉर्निंग।'

'गुड मॉर्निंग।' मैंने उसे जानबूझकर शराबी की तरह जवाब दिया।

वह अचानक बोली, 'क्या तुम सो रहे हो ? अब उठ जाओ, क्या तुम्हें कॉलेज नहीं जाना है ?'

'मुझे जाना है।' घड़ी में आठ बजकर 20 मिनट हुए हैं और मेरी कक्षा शुरू होने में 40 मिनट और बाकी हैं। मैंने उस ठंडी सुबह में खुद को कंबल से ढक लिया था।

'कक्षा शुरू होने में 40 मिनट बचे हैं और तुम अभी तक बिस्तर में ही हो ?' वह तेज आवाज में बोली।

'हाँ।' मैंने माइक्रोफोन के और करीब आकर प्यार से कहा, असल में मैं उस पल को अपने बिस्तर में गले से लगाना चाहता था, मैं अपने बिस्तर में सिकुड़ गया था।

'अब उठ जाओ।'

'हाँ, ठीक है, 10 मिनट और।' मैंने सावधानी से कहा और चाहता था कि वह मुझे उठने के लिए कहे।

'सर, उठ जाओ। इस तरह से सोना स्वास्थ्य के लिए अच्छा नहीं होता, ठीक है।' उसने कहा। मैं खर्राटे ले रहा था।

'अरे, उठो, मतलब उठो।' उसने दोबारा कहा। जब सुबह में आपको कोई उठाता है और आप नहीं उठने के सारे बहाने बोलते हैं तो यह खास अहसास होता है।

'ठीक है, शुभरात्रि, बाय।' मैंने फोन को काटने के लिए उँगलियाँ फोन पर घुमाईं।

'रुको, ठीक है, सुनो। अब अपनी बालकनी में आओ।' उसने कहा। मैं अब तक उस जैसी सीधी-सादी लड़की से नहीं मिला था। जब एक लड़की शराफत जैसा व्यवहार करे, तो उसके पीछे कोई बड़ा कारण होता है। मैं चौंक गया था।

'क्या ?' अब मैं उठ रहा था।

'अनुज, अपनी बालकनी में आओ,' अपने आप से कहा। पाखी ने आदेश दिया, ऐसा लगा कि जैसे हम एक-दूसरे को काफी लंबे समय से जानते हैं। मैं बालकनी की ओर बढ़ा। ठंडी हवा मेरी ओर आ रही थी और ऐसा लग रहा था कि जैसे ठंडा पानी हो, जो कभी नहीं दिया जाए। मैंने गहरी साँस ली।

'ठीक है, मैं अब बालकनी में हूँ, अब क्या ?' मैंने अशांति से पूछा।

'अब नाचो।' उसने कहा और जोर से हँसने लगी।

'आह, तुम यह मेरे साथ कैसे कर सकती हो ?'

वह अब तक हँस रही थी, 'इस ठंड में तुमको कैसा महसूस हुआ ?' ठंडी हवा हर नस को हिला चुकी थी। मैं काँप रहा था। हालाँकि मुझे कुछ अलग महसूस हो रहा था और हो भी क्यों ना, ऐसा मेरे साथ पहली बार हुआ था, हाँ, और मैं पहली बार जल्दी उठ गया था।

'हाँ, बहुत गर्मजोशी भरा, धन्यवाद।'

'मैं बस मजाक कर रही थी, अनुज! अब क्लास के लिए तैयार हो जाओ।'

मैंने आह भरी, कहा, 'ठीक है' और रुक गया। मैं बढ़ा और अपार खुशी से लगभग उछल पड़ा। ताजी हवा के साथ ऊर्जा किसी काम की नहीं थी। मैं फिर से बिस्तर में घुस गया, तकिए को दबाया और कुछ सेकंड के लिए अपनी आँखें बंद कर लीं, पिछले दस मिनट नींद लेना काफी सुखद अनुभव था, हमेशा स्वर्ग जैसा अनुभव। आखिरी दस मिनट हमेशा महत्त्वपूर्ण होते हैं, भले ही यह परीक्षा से पहले का हो या सुबह में उठना हो।

मुझे अपनी क्लास के लिए दस मिनट की देरी हो गई थी। मैंने लेक्चर हॉल में प्रवेश किया, प्रो. महाजन स्थिर और अस्थिर तंत्र पर व्याख्यान दे रहे थे। जब मैं कक्षा में पहुँचा तो पूरी तरह अस्थिर था। मैं शारीरिक तौर पर तो उस कक्षा में उपस्थित था, लेकिन मानसिक तौर पर मैं इच्छाओं के पक्षियों की तरह दिन के सपनों में खोया हुआ था। अचानक वह मेरे सामने आ गए और उन्होंने मुझसे स्थिरता की आवश्यक परिस्थितियों से जुड़ा प्रश्न पूछा।

अब मेरे होश उड़ गए। मैं कुछ पल के लिए सोच में पड़ गया। क्लास में

पूरी तरह खामोशी छाई थी। मैंने उन्हें देखा, जो अब तक मुझसे कुछ जवाब की अपेक्षा रख रहे थे और मेरे मुँह से कुछ नहीं निकल रहा था। मैंने इस परिस्थिति से उबरने में कुछ समय लिया और आत्मविश्वास के साथ जवाब दे दिया। जब उन्होंने कहा, 'ठीक है, बैठ जाओ और कक्षा में बने रहो', तब मेरी जान-में-जान आई। पूरी कक्षा को एक धक्का-सा लगा। पाँच मिनट के ब्रेक के बाद मैं दूसरी लड़ाई के लिए तैयार था। मैंने कक्षा में प्रवेश किया और यह निश्चय किया कि मैं वही चीज दोबारा नहीं करूँगा।

पर कल्पनीय रूप से दूसरी कक्षा में कुछ भी नहीं बदला था और प्रो. मोहंती ने मुझसे कहा, 'तुम क्रमांक संख्या 20, क्या तुम कक्षा में हो या कहीं और? कक्षा से बाहर निकल जाओ।' उन्होंने तो मुझे कुछ भी जवाब देने तक का अवसर नहीं दिया। मैंने सोचा था कि मैं जवाब दे पाऊँगा और कक्षा में बना रहूँगा।

'सर, मैं तो केवल…,' मैंने बोलने की कोशिश की।

उन्होंने फिर से कहा, 'कक्षा से बाहर निकल जाओ।' मुझे अफसोस हुआ और मैं कक्षा से बाहर निकल गया।

'मेरे साथ क्या गलत हुआ था… ?' मैं आया और अपने बिस्तर में घुस गया और अपना लैपटॉप खोलकर फेसबुक खोला व उसे एक संदेश भेजा। एक लड़की आपकी किस्मत बदल सकती है, इस तथ्य का मुझे अहसास हो चुका था। मेरे जीवन में चीजें बदल रही थीं, खासकर व्याख्यान हॉल में। मेरे दोस्त अपनी महिला मित्र से बात करने के लिए रिलायंस सी.डी.एम.ए. फोन का इस्तेमाल करते थे। उनके लड़कियों के साथ संबंध थे, लेकिन मेरे साथ ऐसा नहीं था, लेकिन कुछ दिनों में मैंने ऐसा प्रयास किया था, हालाँकि मेरे लिए रिचार्ज कूपन के साथ मैनेज करना थोड़ा मुश्किल था।

शाम को बड़े अजीब ढंग से मैंने उससे पूछा, 'क्या तुम रिलायंस का फोन ले सकती हो, ताकि मैं तुम्हें फोन कर सकूँ?'

उसने तपाक से जवाब दिया, 'लेकिन यह तो अच्छा है, तुम्हें इससे क्या परेशानी है? क्या कोई परेशानी है?'

'नहीं, यह ठीक है।' मैंने जवाब दिया, लेकिन नहीं जानता था कि एक के जेबखर्च से दो का खर्च नहीं चल सकता है। वह वहीं पर नहीं रुकी रही और बोली, 'अधिकतर प्रेमी जोड़े इसका उपयोग करते हैं और हम तो केवल दोस्त हैं।' यह उसकी आखिरी गोली थी, जिसने मेरी साँसें छीन लीं। मेरे पास उसे रिलायंस

सी.डी.एम.ए. के लिए मनाने के लिए कोई दूसरी वजह नहीं थी। मैं खड़ा हो गया, थोड़ा पानी पीया और जवाब दिया, 'ठीक है, अच्छा, कोई परेशानी नहीं।'

हम एक-दूसरे के दैनिक जीवन के भाग बन चुके थे और साथ ही अच्छे दोस्त भी। मैं अपने फोन को हमेशा साइलेंट या वाइब्रेशन मोड पर रख रहा था। यहाँ तक कि कक्षा में भी मेरी उँगलियाँ कीपैड पर होती थीं और आँखें व्हाइट बोर्ड पर, इस तरह मैं प्यार की इंजीनियरिंग का प्रबंधन कर रहा था।

हरेक दिन पहलेवाले दिन से अलग था और मुझे हमारे बारे में कुछ जानकारी मिली। बेशक लड़कियाँ ईश्वर की बेहतर संरचना होती हैं, लेकिन वे अप्रत्याशित संरचना होती हैं, जिनके अंदर सभी रहस्य छिपे होते हैं। उससे बातचीत की अवधि मेरे मासिक खर्च के लगभग बराबर हो गई थी और अब मेरा बटुआ ज्यादा हलका हो रहा था।

जब आप पढ़ाई या अपना कॅरियर बनाने के लिए बाहर जाते हैं तो आपके पास दो विकल्प होते हैं—या तो आप उड़ें और बीयर की बोतलों को गिनते रहें या फिर आप जिंदगी के अच्छे मार्ग पर खुद को प्रशस्त करें। ऐसा कौन है, जो उड़ना नहीं चाहता है, लेकिन मैंने अलग रास्ते का अनुसरण किया था। जब मैं छोटा था, तब मैंने देर रात तक अपने दफ्तर में काम करते हुए अपने पिता को देखा था। वे कभी न नहीं कहते थे और ज्यादा माँगते नहीं थे। उन्होंने मुझे जो कुछ भी दिया, मैंने उसी से अपना गुजारा किया और वह मेरे लिए काफी होता था। अब मैं एक के खर्च से दो की व्यवस्था सँभाल रहा था।

□

उप्स! उससे भी ज्यादा

जब चीजें हमारे दिमाग में आती हैं, तब हम उनका महत्त्व और प्रभाव समझ पाते हैं। कई बार जिंदगी में ऐसी परिस्थितियाँ आती हैं और हमें उसी राह पर चलने का संदेश देती हैं, ठीक वैसे ही जैसे कोई राजकुमार जिंदगी के सबक सीखने के लिए अपने घर से बाहर निकलता है या सबसे शरारती लड़की माँ बन जाती है और अपने बच्चे की सारी जिम्मेदारियों को वहन करती है या हिप-हॉप टाइप के लड़के पिता बन जाते हैं और अपने परिवार की सारी जिम्मेदारियों और उनकी इच्छाओं का भार उठाते हैं।

एक दिन उसने मुझे फोन किया और हम दोनों ने आधे घंटे से ज्यादा समय तक बात की, अचानक फोन कट गया। मैंने वापस फोन किया और पूछा, 'क्या हुआ?' उसने मायूस होकर कहा, 'बैलेंस खत्म।' यह सबसे अच्छा समय था, क्योंकि लोहा गरम था और अवसर भुनाने का सबसे बेहतर समय था।

मैंने उँगलियाँ घुमाते, कंधे उचकाते हुए जोर देकर कहा, 'मेरे पास रिलायंस फोन है, यदि तुम रख सकती हो तो हम काफी देर तक मुफ्त में बात कर सकते हैं।'

उसने गंभीर होकर कहा, 'मेरे पास तो नहीं है, लेकिन मेरी चचेरी बहन के पास है, इसलिए मैं उसका फोन ले सकती हूँ, पर इसके लिए आश्वस्त नहीं हूँ।'

'कोई बात नहीं।' मैंने लंबी साँस ली, थोड़ा हलका हुआ...मुसकराया...खुश हो गया। मेरा ध्येय पूरा हो गया था। हालाँकि मेरी आँखें अभी तक नहीं मिली थीं, लेकिन हमारे अहसास सैटेलाइट के माध्यम से बादलों में कहीं-न-कहीं मिल चुके थे। हम चौबीसों घंटे एक-दूसरे से संपर्क में रहते थे।

जब एक लड़की अकेली रहती है तो उसके पास कई बातें होती हैं, दूसरों से करने के लिए, क्योंकि हर दिन वह कई मुश्किलों का सामना करती है और खासकर

दिल्ली की लड़कियाँ तो बातचीत में काफी माहिर होती हैं। उसने अपने शरारतपूर्ण विचारों को मुझे बताना शुरू किया—उसकी समस्याएँ, मूर्खतापूर्ण बातें और कई बातें, जिनके बारे में बात करना उतना जरूरी नहीं होता है, लेकिन हमने ये सब बातें कीं। समय के साथ चलना अच्छा होता है, यदि इसमें सेक्स न हो। जब हम सेक्स करते हैं तो हमें सावधानियाँ बरतने की जरूरत होती है, अन्यथा हम देश की जनसंख्या में वृद्धि करने में ज्यादा योगदान दे सकते हैं। अगर उसको समस्या थी तो मेरे पास उसका समाधान था।

जब हम अपने घर और परिवार से दूर होते हैं तो हमें अपनी बातें कहने के लिए लोगों की जरूरत होती है। यदि हमें सही व्यक्ति मिल गया तो हम सात सौगंधों तक उसे साथ रखते हैं।

किसी भी रिश्ते में आप कैसे नजर आते हैं, यह बहुत महत्त्वपूर्ण होता है। कॉलेज में हम एक-दूसरे के विवाहित होने या न होने का पता लगाने में वर्षों गुजार देते हैं, लेकिन अपनी वैवाहिक स्थिति बदलने या जानने की कोशिश नहीं करनी चाहिए, आप अनाम रिश्तों का केवल लुत्फ उठाते हैं और उन्हें महसूस करते हैं।

मैं भी यह नहीं जानना चाहता था कि हमारी बातचीत किस दिशा में जा रही है। मैं अपनी जगह सही था और अगले कई सालों तक उसके लिए वैसा ही रहने के लिए तैयार था। वह अपने परिवार से दूर अपने चाचा के घर में रहती थी, इसलिए कई बार उसे अपने परिवार की याद आती होगी। मैं खुद को उसका सच्चा दोस्त बताना चाहता था। मैं जानता हूँ कि अपने घर को भुलाना कितना मुश्किल होता है और वह भी तब, जब आप अपने पापा की सबसे प्यारी बेटी हो। कई बार जब वह अपनी पुरानी यादों के बारे में बात करती थी, तो मेरी आँखों से आँसू निकलकर गालों को गीला कर देते थे। हर किसी की पिछली जिंदगी होती है, कुछ लोगों के पास अच्छी यादें होती हैं और कुछ की यादों से अच्छा सबक मिलता है। वह अपने परिवार से कभी दूर नहीं जाना चाहती थी, लेकिन उसके पिता के लकवाग्रस्त होने के बाद उसके बड़े भाई ने आगे की पढ़ाई के लिए उसे चाचा के घर भेज दिया।

ऐसा लगा, जैसे कुछ ही दिनों में उसे सबकुछ मिल गया हो। उसे बस एक दोस्त की जरूरत थी, जो उसकी बातें सुन सके और अब उसके पास ऐसा दोस्त था। हालाँकि मैं उसका समर्थन कर रहा था, लेकिन मैं कोई सुपरमैन नहीं था। मैं उम्र में उससे कुछ ही महीने बड़ा था। हमेशा यह अच्छा रहता है, जब दो कम अनुभवी विचार एक बेहतर व समझदारी भरा निर्णय लेते हैं। ये केवल हमारे विचार

थे, जिनका आपस में गठजोड़ हो गया था और वे इतने घुल-मिल गए थे कि एक शेक की तरह उनका स्वाद हो गया था। कैसे मम्मी का प्यारा बेटा जिम्मेदार इनसान बन गया था, मुझे भी इस बात का अहसास नहीं हुआ।

एक दिन अचानक उसने मुझे फोन किया, 'मैं माँ से बात नहीं करना चाहती हूँ और हर कोई मुझसे नफरत करता है।'

'पाखी, तुमसे कोई नफरत नहीं करता है।' मैंने तुरंत जवाब दिया और ध्यान से सारी बात सुनकर आगे कहा, 'तुम्हारी माँ तुम्हें सिर्फ सुझाव दे रही है, सही या गलत, फिर तुम क्यों दुःखी हो रही हो? मैं हमेशा तुम्हारे साथ हूँ, ठीक हूँ।' मैंने काफी विनम्रता से जवाब दिया और अगले ही पल वह रोने लगी।

मैं उसे काफी समय से अच्छी तरह जानता था, लेकिन मुझे लगा कि कुछ तो है, जो मुझसे छिपाया था और मुझे इसकी जानकारी नहीं थी। उसके बदलते हुए स्वभाव से मैं असमंजस में था। उसकी जिंदगी में पहले भी कुछ हुआ था, लेकिन मैंने उस बारे में कभी नहीं पूछा, क्योंकि मैं उसे उदास नहीं करना चाहता था। मैं तो उसे सिर्फ यह महसूस कराना चाहता था कि वह इस दुनिया में सबसे बेहतर लड़की है। इस दुनिया में कोई भी संपूर्ण नहीं है, पर आपको उन लोगों को यह अहसास करना चाहिए कि वे महत्त्वपूर्ण और उपयुक्त हैं।

'देखो पाखी, इस दुनिया में तुम सबसे बेहतर लड़की हो, मैं जानता हूँ, मैं तुमसे कुछ वापस लेना चाहता हूँ।'

'तुम मुझसे क्या चाहते हो?' उसने सहजता से पूछा।

'क्या मैं तुम्हें गले लगा सकता हूँ, जो मेरे लिए अमूल्य है।'

'चुप रहो, तुम पागल हो।'

मैंने उसे खुश करना चाहा, मेरे पागलपनवाले और उसके मूर्खतापूर्ण जवाब से हम अनभिज्ञ नहीं थे, लेकिन कहीं-न-कहीं हम नई यादें सँजो रहे थे। हमने अपनी दोस्ती का सुनहरा घोंसला बना लिया था, सच में गहरा और मजबूत और वाकई मजेदार भी।

'क्या तुम हमेशा मेरे दोस्त रहोगे?'

'नहीं, मैं वादा नहीं कर सकता हूँ।'

'तब जाओ।'

हम हँसे। किसी व्यक्ति को जानने, उसे नियंत्रित करने और दूसरे से अलग अपनी पहचान बनाने के लिए मजाक करने की अच्छी क्षमता होनी महत्त्वपूर्ण होती

है। वास्तव में, आंटियाँ और माँ के साथ बैठकर मैंने लड़कियों की भावनाओं और उन्हें समझने का प्रयास किया था—उन्हें क्या पसंद है, वे कैसा सोचती हैं और वे क्या महसूस करती हैं। उसमें बचपना था, वह आश्रित, लापरवाह और उससे भी कहीं अधिक थी। वह हमेशा सुबह में दूध पीना भूल जाती थी और सोने से पहले कभी नहीं लेती थी और मैं हमेशा चिल्लाता था।

'सुबह में कैसे मैं दूध का गिलास और सैंडविच ले सकता हूँ?'

'कई लोग सुबह में बहुत ज्यादा खाते हैं, ताकि वे पूरे दिन ज्यादा काम कर सकें। क्या हमें बात. नहीं करनी चाहिए?' और मेरे पत्ते हमेशा काम करते थे। वह मुझे शांत करती थी और कॉलेज से आने के बाद वह मुझसे इसका बदला लेती थी और मैं हमेशा उसका पसंदीदा गाना उसे सुनाकर सजा भुगतने के लिए तैयार रहता था।

उस दिन जब वह कॉलेज जा रही थी, तब उसने मुझे संदेश भेजा।

पाखी : मुझे स्वर्ग की जरूरत नहीं है। मैं तुम्हारे साथ बस एक दोस्त की तरह रहना चाहती हूँ। मेरी भावनाएँ सच्ची हैं। हम दोनों बहुत अच्छे दोस्त हैं। मैं उन लोगों को गलत साबित करना चाहती हूँ, जो लोग कहते हैं कि एक लड़की और एक लड़का अच्छे दोस्त नहीं बन सकते।

मेरा संदेश : मैं हमेशा तुम्हारे साथ हूँ और अब तुम अपनी जिंदगी का लुत्फ उठा सकती हो, क्योंकि यह फिर वापस नहीं आएगी।

उस दिन, मैंने खुद से वादा किया कि मैं उसका हमेशा अच्छा दोस्त बनकर रहूँगा, फिर इससे फर्क नहीं पड़ता है कि मैं उसके साथ कैसे संबंध निभाऊँगा और खासतौर पर जब वह तुमसे काफी दूर होती है।

□

वैवाहिक स्थिति : अविवाहित, प्रतिबद्ध या उलझा हुआ?

जब आपकी जिंदगी में कोई लड़की आती है तो कुछ बातें निश्चित रूप से होती हैं, जैसे—केवल जाँचने के लिए सुबह में जल्दी उठना कि आप अपने फोन में कोई संदेश या कॉल से वंचित तो नहीं हैं, जो हमेशा वाइब्रेशन पर रहता है, जब आपके पास समय हो खुद को आईने में देखना, चेहरे पर एक फुंसी भी आपको परेशान कर देती है, बजाय इसके कि अगले दिन आपको कोई असाइनमेंट जमा करना हो या जिंदगी में खुद के द्वारा उठाए जानेवाले कदमों के बारे में सुझाव देना हो। जब शाम को मैं उठा तो सूर्यास्त का समय था, क्योंकि उससे बात करने के लिए मुझे देर रात तक जागना था।

जब मैं बालकनी में खड़ा था तो मेरे दोस्तों ने नीचे से आवाज लगाई, 'अनुज, चलो क्रिकेट खेलने, इतनी ज्यादा नींद मत लो।'

'मैं अभी उठा हूँ, दोस्तो, तुम लोग खेलो।' मैंने अपनी आँखें मलते हुए और उबासी लेते हुए जवाब दिया, फिर मैं अंदर गया और फिर से बिस्तर पर गिर गया, अपने हाथों को तकिए के नीचे दबाया, फोन लिया और उसे संदेश भेजा, 'हाय!'

अभ्यास से कोई भी बेहतर बन जाता है, मेरी उँगलियाँ कीपैड को नहीं देख रही थीं और इसके बावजूद आधी खुली आँखों से ही वह काफी तेजी से चल रही थीं और यह मैंने कक्षा में अध्ययन करते समय सीखा था, जब आँखें तो व्हाइट बोर्ड पर होती थीं और उँगलियाँ फोन के कीपैड पर चलती थीं।

मेरा पेट बिस्तर पर था, एक हाथ दाहिने गाल पर और तभी उसके संदेश से मेरे फोन में चमक आई।

'हे, मैंने तुमसे कहा था कि मेरा दोस्त प्रतीक आज मुझसे मिलने आ रहा है,

मैं उससे दोपहर में मिलूँगी, इसलिए मैं तुम्हें फोन नहीं कर सकी।'

प्रतीक उसके स्कूल का दोस्त था, जो नोएडा के जे.पी. संस्थान से इंफॉर्मेशन टेक्नोलॉजी में इंजीनियरिंग कर रहा था। जब किसी दूसरे लड़के के बारे में बात होती है तो आपका पूरा ध्यान उस पर रहता है। मैंने अगले ही पल जवाब दिया, 'हे! तुम कैसी हो?' पर मेरे संदेश का जवाब देने के स्थान पर उसने मुझे फोन कर दिया। मैंने उसका फोन उठाया और जवाब दिया, 'मैं ठीक हूँ और आज मैंने खूब मस्ती की।' उसकी आवाज में खुशी झलक रही थी और अपनी साफ आवाज में उसने कहा, 'मैं प्रतीक से आज मिली और वह बहुत शांत दिखाई दे रहा था।'

आमतौर पर समस्याओं की शुरुआत इससे होती है। 'हमने उसके सार्थ पूरा दिन लुत्फ उठाया और वह काफी शांत दिखाई दे रहा था।' मैंने इस पर कुछ नहीं कहा। मुझे जलन महसूस हुई और इसकी पुष्टि इस बात से हुई कि मैं भावनाओं से भरा एक इनसान था। जब वह उन बातों को बता रही थी तो मुझे गुस्सा आ रहा था। यह केवल प्यार नहीं था, लेकिन एक दूसरा रिश्ता भी था, जिसे आप किसी और के साथ बाँटना नहीं चाहते हैं।

'और तुम जानते हो, मैंने उसे तुम्हारे बारे में बताया।' उसने कहा।

तभी मैंने उसे रोकते हुए कहा, 'तुमने उसे मेरे बारे में क्या बताया?' मैं यह जानना चाहता था कि वह अच्छा है या बुरा, निश्चित रूप से मैं किसी से भी अपनी पहचान की तुलना करना नहीं चाहता था, खासकर उसके अच्छे दोस्त के साथ।

'उसने मुझे मोटा कहा था। क्या मैं मोटी हूँ… ?' उसने कहा और अपनी अंतिम बात पूरी नहीं कर सकी।

'नहीं, तुम मोटी नहीं हो।' मैं तुरंत जवाब दिया, हालाँकि मेरी अब तक उसके साथ मुलाकात नहीं हुई थी। अब मैं असमंजस में था कि क्या वाकई वह मोटी है? इससे भी अधिक, यदि हाँ तो कितनी मोटी, यह काफी मजाकिया बात थी, लेकिन इसने कुछ देर के लिए मेरा पूरा ध्यान खींच लिया था।

मैंने मेज पर रखे सेब को उठाकर एक बड़ा हिस्सा दाँतों से काटा और कहा, 'अनुज, वह तुम्हारी दोस्त है, इसलिए इससे कोई फर्क नहीं पड़ता कि वह मोटी है या पतली।'

'मैं आज काफी खुश हूँ।' उसने शांति को तोड़ा।

'क्यों?' मैं सेब के साथ अपने बिस्तर पर घूमा और थोड़ा और सेब खाया।

'प्रतीक ने मुझे आज प्रस्ताव दिया।' उसने कहा और कुछ समय के लिए

सबकुछ ठहर गया। मैं दु:खी था और आधा खाया सेब छोड़कर बिस्तर पर बैठ गया।

'क्या?' मैंने सेब के बचे हिस्से को मुँह में डाला और थोड़ी देर के बाद आश्चर्य से पूछा।

'हाँ, प्रतीक ने आज मुझे प्यार का प्रस्ताव दिया।' उसने उसी आवाज में वही बात दोहराई।

'क्या तुम प्रतीक से प्यार करती हो?' मैंने अपने मुँह को पोंछते हुए यह सवाल किया। मैंने बिना कुछ सोचे यह सवाल पूछा था।

'मुझे नहीं मालूम, पर हम दोनों पिछले कुछ सालों से बहुत अच्छे दोस्त हैं, अब वह इंजीनियरिंग कर रहा है, वह काफी प्रतिभाशाली है और शांत स्वभाव का भी…' वह अपना वाक्य पूरा नहीं कर पाई। जो शब्द कभी नहीं कहे जाते, वे काफी नुकसानदायक होते हैं। उसका अंतिम वाक्य मेरे हर सवाल का कारण था।

'इसलिए… ?' मैंने बिना धैर्य रखे पूछा।

'मैंने उसका प्रस्ताव स्वीकार नहीं किया, लेकिन मैं सोचती हूँ कि मैं उसके साथ खुश रहूँगी।' उसने मेरे दिल पर गोली-सी चला दी थी।

'क्या तुम उससे प्यार करती हो?' मैंने जल्दी से पूछा। मैं उसकी ओर से नकारात्मक जवाब सुनना चाहता था।

'नहीं जानती।' उसने असमंजस से भरा जवाब दिया। मैंने फोन काट दिया।

अब हम काफी नजदीकी दोस्त थे। हमारे दिन की शुरुआत एक साथ होती थी और समाप्ति भी एक साथ। मैं खुश हूँ और वह लुत्फ उठा रही थी। यह प्यार नहीं था, लेकिन मैं उसे खो देने से डरता था। उसने मुझे फोन करना शुरू किया, लेकिन मैंने उसका फोन नहीं उठाया। लगातार फोन आने के बाद, मेरा फोन उसके संदेश से बज उठा।

पाखी : प्लीज मेरा फोन उठाओ। तुम कहीं भी हो, प्लीज मेरा फोन उठाओ। अनुज, एक बार तो मेरा फोन उठाओ।

मैंने उसके सारे फोन का एक ही सवाल से जवाब दिया, 'क्या तुम प्रतीक से प्यार करती हो?'

'क्या हुआ?' उसने पूछा।

'मैं तुम्हें खोना नहीं चाहता…' मेरी आँखों से आँसू बह निकले और गाल व होंठ गीले हो गए।

'तुम मेरे साथ ऐसा कैसे कर सकती हो ? तुमने मुझे पहले क्यों नहीं बताया, क्यों ? मैं तुमसे अब बात नहीं करना चाहता, प्लीज मुझे अकेला छोड़ दो।'

'मैं उससे प्यार नहीं करती। मैं तो केवल मजाक कर रही थी और प्लीज तुम मत रोओ, अनुज!'

'तुम झूठ मत बोलो, तुम प्रतीक से प्यार करती हो। उसने तुम्हें प्रस्ताव दिया था, तुमने बताया। तुम मेरी अच्छी दोस्त हो, लेकिन तुमने इस बारे में मुझे जानकारी तक नहीं दी।' मैंने कहा, मैंने अपना मुँह तकिए पर रगड़ा और अपने आँसू पोंछे।

'ऐसा नहीं है, मैं उससे प्यार नहीं करती। मैं तो केवल मजाक कर रही थी, मेरा विश्वास करो।' पाखी ने जवाब दिया।

'मैं तुम्हारी दोस्त हूँ, इसलिए रोना बंद करो और मेरी बात सुनो, ऐसा नहीं है, यह केवल एक मजाक था।' उसने मुझसे जोर देकर ऐसे कहा, जैसे मैं उसका बच्चा हूँ।

'प्रतीक ने मुझे यह बेवकूफी भरा विचार दिया था, ताकि तुम्हारी जाँच कर सकूँ। उसने कहा था कि तुम मुझसे प्यार करते हो।' यह कहकर उसने मेरे जलते हुए दिल पर बर्फ के कुछ टुकड़े डाल दिए थे। 'तुम जल रहे हो, है ना।' साथ ही उसने यह भी कहा।

'मैं तुमसे इस तरह बात नहीं कर सकता।' मैंने अपनी आवाज ऊँची की और अपने गुस्से को बाहर निकालना चाहा।

'क्या हुआ ?' उसकी आवाज धीमी हो गई थी, अब वह अव्यवस्थित और असहाय थी।

'कुछ नहीं, मैं तुमसे बाद में बात करता हूँ।' मैंने फोन काटने से पहले कहा, वह माफी माँग रही थी, 'तुम फोन नहीं काट सकते, समझे।'

जब आपको कुछ महत्त्व मिल जाता है तो आप राजा की तरह हो जाते हैं और आपको ऐसा लगता है कि आप ही केवल एक मुख्य व्यक्ति हो, इसलिए मैंने फोन काट दिया।

एक के बाद एक दोनों फोन बजने शुरू हो गए। मैंने फोन उठाकर बात करना चाही, लेकिन कई बार आप पास आने के लिए दूर हो जाते हो। मैंने अपनी फोन साइलेंट पर रख दिया, उसके संदेश से सेल फोन बजने लगा।

पाखी : मैं मजाक कर रही थी। मैं वास्तव में माफी माँगती हूँ, अगर तुम्हें दुःख पहुँचा। मेरा मतलब वह नहीं था।

पाखी : प्लीज मेरा विश्वास करो, प्लीज मेरा फोन उठाओ।

पाखी : कम-से-कम मुझसे बात तो करो। प्लीज एक बार मेरा फोन उठाओ, प्लीज।

पाखी : प्लीज एक बार, प्लीज।

हालाँकि मैंने उसका फोन उठा लिया और हमने आपस में सारी गलतफहमियाँ दूर कर लीं और चीजें वापस एक ही रास्ते पर आ गईं। अब हमारे बीच का रिश्ता टूटा नहीं था, बल्कि वह और मजबूत बंधन से बँध गया था।

'मैं तो मजाक कर रही थी और यह पूरी तरह काल्पनिक था। मैं वाकई माफी माँगती हूँ। अगर मैंने तुम्हारा दिल दुखाया है, तो मेरा ऐसा मतलब नहीं था।' उसने कहा। ऐसा लगा कि उसकी आँखें भी गीली थीं।

अधिकतर जब लड़कियाँ दुःखी होती हैं, उनके पास कहने के लिए एक ही बात होती है कि तुम्हें दुःख हुआ, इसके लिए मुझे माफ करो, लेकिन मेरा मतलब तुम्हें दुःख पहुँचाना कतई नहीं था।

'ठीक है, मैं तुम्हें किसी और के साथ नहीं देख सकता। मैं तुम्हें खोना नहीं चाहता।' मैंने कहा।

'मुझे खोने का मैं तुम्हें कोई मौका नहीं दूँगी।' उसने वादा किया। हमने अपनी दोस्ती को और ज्यादा प्यार, देखभाल और समर्पण से गहरा किया। मैंने पल भर के लिए सोचा, हमारी दोस्ती किस ओर जा रही थी।

कॉलेज के बाद क्या होगा? जैसा दूसरे रिश्तों में होता है, वैसा?

□

तुम बहुत दूर हो, लेकिन मेरे दिल के करीब हो

खुशी के दिन काफी तेजी से गुजर रहे थे, लेकिन बीच-बीच में धीमी गति से दु:ख भी आते थे। वह एक सप्ताह के लिए अपने घर जा रही थी। अब घर में उससे बात करना मुश्किल होनेवाला था।

'मुझे ज्यादा याद मत करना। मैं एक सप्ताह के बाद आ जाऊँगी। मैंने तुमसे पहले कई बार वादा किया है, अब तुम्हारी बारी है। मुझसे वादा करो कि तुम अपना रात का खाना, नाश्ता और दिन का भोजन करना नहीं भूलोगे।' उसने कहा और ऐसा लगा कि उसकी आवाज में थोड़ा भारीपन है, जैसे वह जाना नहीं चाहती हो। मैं भी उसके जाने से ज्यादा खुश नहीं था और 'हम्म' कहकर अपनी बात खत्म की, लेकिन अपनी बातें नहीं दोहराईं, 'मैं तुम्हें बताना चाहता हूँ कि मुझे ज्यादा याद मत करना।' अगले ही पल मैं उसकी भावनाओं को महसूस कर सकता था।

मेरी भी आँखें गीली थीं, 'हे, क्या हुआ ?' मैंने पूछा।

'मैं तुम्हें याद करूँगी।' उसके शब्द आँसुओं के रूप में बह निकले।

'मैं जानता हूँ, लेकिन मत रोओ। तुम अपने घर जा रही हो, इसलिए शांत हो जाओ।' मैंने फोन के माइक के और करीब आते हुए कहा और साथ ही कुछ प्यार भरी बातें कहीं, जो उसे हमेशा खुश रखेंगी।

'जितनी मस्ती कर सकती हो, करना, खाना और अपने शरीर के मोटापे को लेकर ज्यादा मत सोचना, हम लोग बाद में इसे देख लेंगे।' यह कहते हुए मैं हँसा। मैं जानता था कि अगले सात दिन बिना मस्ती, खुशी और शरारत के गुजरनेवाले हैं। मुझे उसकी कमी बहुत खलेगी। अगली सुबह उसे जाना था और उसने सुबह में एक संदेश मेरे लिए छोड़ा—

'मैं जा रही हूँ, प्लीज रोना मत। तुम्हारी परीक्षा है, इसलिए आराम से पढ़ाई करो। तुम्हें अच्छे अंक लाने हैं और प्लीज मुझे याद मत करना। अपने दोस्तों के साथ रहो और अपने कमरे में समय से आ जाना, ठीक है। मुझे वाकई तुम्हारी याद आएगी, अपना खयाल रखना।'

उन दिनों मैंने एक भी क्लास नहीं छोड़ी और किसी भी प्रोफेसर को मुझे क्लास से बाहर निकालने का मौका नहीं दिया, क्योंकि समय बिताने के लिए वह बेहतर जगह थी और वहाँ उसकी याद भी नहीं आती थी। कई बार आप कुछ ऐसी बातों में शामिल हो जाते हैं, जिससे आपको दूसरी बातों में मदद मिलती है।

यह केवल तीसरी सुबह थी, जब मैं उसका ऑनलाइन जी-टॉक पर इंतजार कर रहा था। मेरे लैपटॉप की स्क्रीन पर दाहिनी तरफ उसका संदेश आया।

पाखी : हाय।

मैं : हाय, मैं पिछले एक घंटे से तुम्हारा इंतजार कर रहा था।

मैं : तुम कैसी हो ?

पाखी : मैं माँ के साथ थी। मैं अच्छी हूँ। तुम कैसे हो ? क्या तुमने नाश्ता कर लिया ?

मैं : मैं अच्छा हूँ।

पाखी : मेरी याद आती है ?

मैं : नहीं।

पाखी : मेरी कसम खाओ ?

लड़कियों का यह स्वभाव होता है कि वह जो सुनना चाहती हैं, वही सुनती हैं। मैं अपनी भावनाओं पर नियंत्रण नहीं रख पाया और उसे बता दिया कि मैं उसे बहुत याद कर रहा हूँ।

मैं : मैं तुम्हें काफी याद करता हूँ। तुम कब वापस आओगी ?

पाखी : बुधवार को।

मैं : जल्दी आओ, क्या तुम बुधवार से पहले नहीं आ सकती हो ?

पाखी : मैं बुधवार को अपने भाई के साथ आऊँगी। तुम अपने दोस्तों के साथ समय बिताओ, तुम मुझे याद मत करो, और तुम्हारी परीक्षा कैसी रही ?

उसने बात करने का विषय बदल दिया और मेरी परीक्षा के बारे में पूछा और मैं समझ गया कि वह भी मेरी कमी महसूस करती है।

मैं : अच्छी रही··· लेकिन वह परीक्षा नहीं थी, वह तो केवल एक सामान्य टेस्ट था और वह अच्छा रहा।

मैंने क्या टाइप किया, उसे समझ नहीं आया, 'ठीक है···' मैं और ज्यादा···

पाखी : हम्म।

उसके 'हम्म' के जवाब से यह पता चल गया था कि उसके पास कोई जवाब नहीं था। जब लड़कियों के पास कोई निश्चित जवाब नहीं होता है और वे असमंजस में होती हैं, तो वे 'हम्म' टाइप कर देती हैं।

मैं : ठीक है, बताओ कि परिवार के साथ तुम्हारे दिन कैसे बीत रहे हैं?

पाखी : बहुत अच्छे, बिंदास। हर समय मैं बस खाती और सोती हूँ। माँ तो बस यही कहती रहती हैं, आखिर मैं किताबें लेकर क्यों आई हूँ, जब मुझे पढ़ने की जरूरत नहीं है। एल.ओ.एल.।

मैं : वह तो बहुत अच्छा हुआ। तुम मजे लो, लेकिन पढ़ाई पर भी ध्यान दो।

चैट का संदेश आया।

पाखी : कृपया मेरी माँ मत बनो।

मैं : मैं मजाक नहीं कर रहा हूँ, तुम्हारे पास पढ़ने के लिए काफी समय है, तुम्हें समय बरबाद नहीं करना चाहिए।

पाखी : हम्म, ठीक है, मैं ऐसा ही करूँगी।

'हम्म' का मतलब होता है, क्या होनेवाला है, यह कौन जानता है।

मैं : प्रॉमिस करो।

पाखी : ठीक है, प्रॉमिस्स्स!

उसके जवाब में 'प्रॉमिस' शब्द में ढेरों 'एस' सुनाई दिए, जिससे यह पता चल गया कि वह मेरे कहे अनुसार काम नहीं करनेवाली है।

मैं : तुम्हारी याद आती है।

पाखी : मैं भी तुम्हारी कमी महसूस करती हूँ।

मैं : जल्दी आओ।

पाखी : माँ बुला रही हैं।

मैं : जाओ···नाश्ते का समय हो गया, मैं जानता हूँ कि तुम्हें अभी कुछ कहना है!

पाखी : हे, अभी नहीं, किसी और दिन कहूँगी।

मैं : ठीक है, अब जाओ, तुम्हारी माँ बुला रही हैं।

पाखी : तुम्हारी बहुत याद आती है, अपना ध्यान रखना, बाय।

मैं : मैं भी तुम्हें याद करता हूँ, क्या तुम वहाँ हो?

पाखी अब ऑफलाइन हो चुकी थी। पाखी जब ऑनलाइन आएगी, तब वह मेरा संदेश देखेगी।

उसने कहा है कि वह मुझसे कुछ कहना चाहती है, लेकिन अभी नहीं। मैंने सोचा, हो सकता है कि वह मुझसे बहुत प्यार करती हो और सही समय का इंतजार कर रही हो या फिर उसके कहने का मतलब है कि उसे घर पर मेरी बहुत कमी महसूस हो रही होगी।

'निश्चित रूप से' वह मुझसे प्यार नहीं करती है। आखिर कोई केवल फोन पर प्यार कैसे कर सकता है? यह सोचकर मैंने अपनी बात खत्म की और जी-टॉक से बाहर आ गया। मैं उस हरे निशान को देख रहा था, जो मेरे ऑफलाइन के बाद ग्रे रंग का हो गया था। मैं खड़ा हो गया, लेकिन एक बार फिर स्टेटस की जाँच करने के लिए वापस बैठ गया कि शायद वह ऑनलाइन आ गई हो। मैं बातचीत की हिस्टरी पर गया और एक बार फिर से हमारी सारी बातचीत पढ़ी। यह करके मुझे अच्छा महसूस हुआ। मैंने उसे एक मेल यह अपेक्षा करते हुए भेजा कि अगले दिन वह उसे पढ़ेगी।

मुझे अपनी हर धड़कन के साथ तुम्हारी कमी महसूस होती है, मुझे नहीं मालूम क्यों? एक तुम ही तो हो, जिसे लेकर मैं काफी ज्यादा सोचता हूँ; एक तुम ही हो, जिसे लेकर मैं दु:खी होता हूँ; और तुम ही हो, जिसकी वजह से मेरे होंठों पर मुसकराहट आती है। मुझे तुम्हारी बहुत कमी महसूस होती है। जल्दी आओ, अपना खयाल रखो।

अकेले समय काटना हमेशा मुश्किल होता है, जब ऐसा पहले कभी नहीं हुआ हो। समय हर घाव भर देता है, लेकिन इसमें कितना समय लगेगा, हम कभी नहीं जान पाते हैं। इस तरह की घटना मेरे साथ पहली बार हो रही थी और हर अगला दिन पहले दिन के मुकाबले ज्यादा चमकदार और खुशनुमा हो रहा था। मैं बस उसके वापस आने का इंतजार कर रहा था।

एक सप्ताह के बाद वह दिल्ली वापस लौटी और उन सवालों का जवाब देने का सबसे बुरा समय आ गया था, जिन्हें हम कभी अपनी परीक्षा के पेपर में आने की अपेक्षा नहीं करते हैं। अंक मायने नहीं रखते, बल्कि जानकारी मायने रखती है, लेकिन आखिर माता-पिता इस बात को क्यों नहीं समझ पाते हैं। वह लड़का, जो कक्षा में छात्र की बेंच पर बैठता है, असल में वह होस्टल में शिक्षक की कुरसी पर

बैठ रहा होता है। हाँ, इंजीनियरिंग का एक छात्र होने के नाते उसे गणित पढ़ाना मेरी जिम्मेदारी थी, क्योंकि वह चिकित्सा क्षेत्र से थी और अपने जीवन में उसने विज्ञान विषय ही पढ़ा था और गणित से संबंधित कुछ ही विषय रहे थे।

यह हमारा आधुनिक शिक्षा तंत्र है। एक ओर हमारी सरकार तरक्की की बात करती है और दूसरी ओर वे यह तक नहीं जानते हैं कि क्या और कैसे पढ़ाना चाहिए। यहाँ तक कि सबसे मुश्किल परीक्षाओं में से एक आई.आई.टी.-जे.ई.ई. और इसके प्रतिष्ठित क्षेत्र में अभी भी हम पुराने पाठ्यक्रम से पढ़ते हैं। अगर मेडिकल के छात्रों को मेडिकल में गणित विषय पढ़ना हो, तो स्कूल में उन्हें गणित क्यों नहीं पढ़ाया जाना चाहिए और अगर उन्हें मेडिकल में गणित पढ़ने की जरूरत नहीं होती, तो उनके पाठ्यक्रम में यह विषय क्यों रहता है? यह ठीक ऐसा है, जैसे आप किसी का पैर काट दें और फिर उससे रेस जीतने की अपेक्षा करें। मैंने सोचा कि मैं सीधे अपने देश की जनता के मतानुसार मतदान कर सकता हूँ। आप केवल तभी वोट दें, जब आपके नागरिक होने की इच्छा पूरी हो। हम अभी भी उन यंत्रों के बारे में अध्ययन करते हैं, जो या तो मौजूद नहीं हैं या फिर उपयोग में नहीं आते, लेकिन डिग्री लेने के लिए आपको भारतीय शिक्षा प्रणाली के नियमों और प्रावधानों का पालन करना पड़ता है।

जैसा कि पाखी ने कहा कि मैं उसकी आवाज में परीक्षा का डर महसूस कर सकता हूँ, 'मैं जीव-विज्ञान विषय की छात्रा रही हूँ और मैंने दसवीं कक्षा के अलावा गणित की पढ़ाई नहीं की है, ऐसे में मैं कैसे परीक्षा में अच्छे अंक ला सकूँगी। मैं केवल कुछ ही अध्याय पढूँगी, ताकि परीक्षा तो कम-से-कम उत्तीर्ण कर लूँ।'

'अगर तुम मेरे साथ पढ़ाई करो, तो परीक्षा में 75 प्रतिशत अंक लाने में कोई मुश्किल नहीं होगी।' वह हँसने लगी।

'गणित में 75 प्रतिशत अंक, क्या तुम मजाक कर रहे हो? वह मेरे वश की बात नहीं है, इंजीनियर! मैं तो बस उत्तीर्णांक 33 प्रतिशत लाना चाहती हूँ, जो इस साल के लिए मेरा सपना है।'

'ऐसा नहीं है।' मैंने उसे आश्वस्त किया।

'मुझे इंटीग्रेशन, डिफ्रेंशिएशन के बारे में कुछ भी पता नहीं है, तब मैं कैसे अंक ला सकूँगी?'

आत्मविश्वास के साथ मैंने अपने लैपटॉप में कैलेंडर देखते हुए उसे आश्वस्त किया, 'तुम्हें गणित, इलेक्ट्रॉनिक्स और भौतिकी के बारे में चिंता करने की कोई

आवश्यकता नहीं है, मैं तुम्हें पढ़ाऊँगा और तुम रसायनशास्त्र और जीव-विज्ञान पढ़ना शुरू करो, बल्कि मैं तुम्हें रसायन में भी मार्गदर्शन दे दूँगा।'

जीवन का सारा रसायनशास्त्र इसी विषय के साथ होता है। उसे यह विषय पढ़ाने के बहाने मैं उसके साथ और ज्यादा समय बिता सकूँगा।

मैं मुसकराया, 'तुम्हें मेरे साथ कड़ी मेहनत करनी होगी। हम यह कर सकते हैं।'

'बिना मस्ती के जीवन कुछ भी नहीं है…।' उसने एक चुटकुला सुनाया।

'तुम्हारा कुछ नहीं हो सकता।' हम दोनों एक साथ यह कहते हुए हँस पड़े, 'लेकिन हमें अच्छे अंक लाने की आवश्यकता है।'

'75 फीसदी से अधिक, सही है ना।' वह जोर से हँसी।

'मैं मजाक नहीं कर रहा, समझी। अगर तुम अच्छे अंक लाओगी, तो इससे तुम्हें उच्च शिक्षा हासिल करने में मदद मिलेगी और तुम जानती हो कि कल मैं तुम्हारे साथ रहूँ या नहीं, लेकिन तुम्हें मुझ पर गर्व होगा।' मैं हँस पड़ा।

'नौटंकी, तुम कहीं भी जाओगे, तो मैं तुम्हारे साथ वहीं आ जाऊँगी, वह भी तुमसे पूछे बिना।' उसने मुझे मुसकराने को मजबूर और साथ ही थोड़ा भावुक कर दिया।

'निश्चित रूप से।'

मैंने उस कुख्यात लड़की को अपने वश में करने के लिए अपना सर्वश्रेष्ठ प्रयास किया और अपनी सारी प्रबंधकीय क्षमताओं का इस्तेमाल किया। मैं चालाकी से उस पर चिल्लाता था, लेकिन वह हमेशा काम में आता था। हमें रेस जीतने के लिए फरारी के साथ दौड़ना होगा।

'मैं यह करने के लिए सक्षम हूँ, अनुज!'

'पाखी, यह केवल परीक्षाओं के बारे में नहीं है, हम अच्छे अंक ला पाएँ या नहीं, मैं तुम्हें अपना शत-प्रतिशत देना चाहता हूँ, उसके बाद भले ही हम पीछे रह जाएँ, कोई भी तुमसे कुछ नहीं कहेगा। कम-से-कम हम तुम्हें अपना सर्वश्रेष्ठ दे सकते हैं।'

'आंटी ने तुम्हें क्या खाकर पैदा किया है?' यह कहकर वह हँसी।

'पा…खी…'

'ठीक है, मुझे माफ करो, मैं वह करूँगी। अब मुझे पढ़ने दो, उसके बाद हम बात करेंगे।'

जब मैं खयाल रखता हूँ, जब मैं माँ की तरह खयाल रखता हूँ और एक पिता की तरह सुनता हूँ, जब वह अपने रहस्य बताती है, वह एक बहन की तरह अपनी बातें बताती है और जब वह रोती है, मैं हमेशा उसे लाड़ करने के लिए मौजूद रहता हूँ। हम जिंदगी, दोस्ती और समर्पण की कोई नई परिभाषा नहीं बना रहे थे। हम दोनों जिस तरह से जीना चाहते थे, बस वैसे ही जीते गए और एक नया युग बना गए। वह मुझ पर आश्रित होती जा रही थी और मैं उसे ऐसा कभी नहीं बनाना चाहता था। मैं उसे उन्मुक्त उड़नेवाली लड़की बनाना चाहता था, जो अपने उन सपनों के साथ जीना चाहती है, जो उसने देखे थे, लेकिन कभी भी उस बारे में किसी से चर्चा नहीं की।

तेरे लिए तो हर हद से गुजर जाता,
एक बार तेरे लबों को मौका तो देते।

□

तसवीर 0179.जेपीजी

जब आपकी प्रतिष्ठा की बात आती है तो असल में बात यह आती है कि आप कैसे चीजों का प्रबंधन करते हैं, कैसे आप चीजों को नियंत्रित करते हैं और कैसे आप खुद के साथ किसी और को आरामदायक महसूस कराते हैं?

हर दूसरी भारतीय लड़की यह मानती है कि हर वह व्यक्ति, जो गोरा है और अच्छी शारीरिक बनावटवाला है, उसके लिए श्रेष्ठ है। हम इस तथ्य को स्वीकार नहीं करते हैं, लेकिन यह सच है। यदि आप इस तरह के वर्गीकरण में नहीं पड़ते हैं, तो आप उससे ऊपर हैं।

एक लड़के के लिए यह महसूस करना कठिन होता है कि वह लड़की उसके लिए श्रेष्ठ है। एक अच्छा जीवनसाथी होने के लिए आपके अंदर किस तरह की प्रतिभाएँ होनी चाहिए—

1. आपको बहुत अधिक समझदार होना चाहिए और उसे खुद से सोचने और दुनिया में विचरण करने के लिए जगह देनी होगी।
2. मस्ती करनेवाला—हर चीज का हल गंभीरता नहीं होती है, खासकर जब बात प्यार, जिंदगी, परिवार और दोस्ती की हो। जिंदगी में कई परेशानियाँ आती हैं, जिनका हल खुशी से किया जा सकता है, लेकिन हम रोते हैं और तब ऐसा करते हैं। इसका ज्यादा प्रभाव नहीं पड़ता है, लेकिन अगर आप मुसकराहट के साथ ऐसा करते हैं तो यह आपको अपने जीवनसाथी के साथ बाकी जिंदगी में एक मीठा अहसास देता है, वह भी बिना किसी रुकावट के।
3. मजाक करने की अच्छी क्षमता—अब समय बदल गया है, आप अपने जीवनसाथी के साथ बैठें और उसके सपनों के साथ उसे केवल प्यार करें, यह संभव नहीं हो सकता है। नहीं, आपको व्यावहारिक होने की

आवश्यकता है। किसी को रिश्ते में खुश करना कोई आसान काम नहीं होता है। आपको रचनात्मक होना होगा। रोमांटिक होना अच्छा है, लेकिन आपको रचनात्मक रूप से रोमांटिक होना होगा। आर्चिज से एक कार्ड खरीदना और किसी को तोहफे में देना रोमांटिक हो सकता है, लेकिन एक कार्ड बनाना और उसके बाद उसे उपहार में देने से बड़ा प्रभाव पड़ सकता है और ऐसा करने के लिए ज्यादा मेहनत करने की जरूरत होती है। अपने काम में आप जितना ज्यादा प्रयास करते हैं, जिंदगी में आपको उसका एक छोटा सा हिस्सा ही करना होता है। दरअसल हम इन छोटी बातों को खो देते हैं और उसके बाद कहते हैं—अब चीजें बदल गई हैं, वे दिन कुछ और थे, जब हम ज्यादा खुशी से रहते थे। प्यार एक नौकरी की तरह नहीं है, लेकिन उससे थोड़ा ही कम है। इसमें मेहनत की आवश्यकता होती है और आपको यह करना होगा तथा उसके बाद देखेंगे कि जादुई रूप से आपकी जिंदगी एक बार फिर से खुशनुमा बन गई।

4. उसके परिवार के हर सदस्य की आपको इज्जत करनी होगी। हर व्यक्ति सम्मान का हकदार होता है और यह बात मायने नहीं रखती है कि वे आपके ससुराल पक्ष के लोग हैं। साले-सालियाँ भी हमारे परिवार के सदस्यों की तरह अच्छे होते हैं, केवल एकता कपूर ने ही उन्हें बुरा दिखाया। यदि आप सम्मान देते हैं तो आपको सम्मान मिलता भी है। यदि आप अंतर करते हैं तो आपको भी वैसा ही परिणाम मिलता है।
5. आपको उसकी इच्छाओं व सपनों का सम्मान करना चाहिए। हर पक्षी को उड़ने के लिए बनाया गया है, आप केवल यह सोचकर कि कोई उड़ नहीं सकता (बेहतर लगता है), उसके पंख नहीं काट सकते। हर व्यक्ति के सपने होते हैं और आपको उनकी इज्जत करनी चाहिए। हो सकता है कि दो व्यक्तियों का लक्ष्य और सपना अलग-अलग हो, लेकिन वे दोनों के लिए एक समान महत्त्वपूर्ण होते हैं।
6. एक खयाल रखनेवाले व्यक्ति बनें। आपको उसकी चिंता करनी चाहिए, क्योंकि वह आपकी है, यदि आप उसका खयाल नहीं रखेंगे तो कौन आएगा, यदि आप ऐसा सोचते हैं तो आपको ऐसा नहीं सोचना चाहिए, उसका ध्यान रखने के लिए कई लोग हैं, तब आपको दु:खी होने की जरूरत नहीं है।

मुझे इस बात की पूरी जानकारी थी। इन बातों, परिस्थितियों और सावधानियों को याद करते हुए मैं राते के खाने के लिए मेस जा रहा था। उसने मुझे बुलाया, 'हे, तुम कहाँ हो, मेरा रिजल्ट आ गया है।'

'तुमने देखा नहीं?' मैंने उत्सुकतावश पूछा।

'नहीं…'

'इंतजार करो, मैं अभी देखता हूँ।' मैंने जवाब दिया। मैं यह जानने के लिए ज्यादा उत्सुक था। मैं आश्वस्त था कि उसका परिणाम अच्छा होगा, लेकिन 'परिणाम' शब्द से थोड़ा भयभीत भी था। मैं होस्टल की ओर मुड़ा और www.du.ac.in खोलकर उसके क्रमांक 4046417 को देखा। जब उसका परिणाम वहाँ प्रकाशित हुआ तो उसे देखकर मैं आश्चर्यचकित रह गया, एक पल के लिए मुझे विश्वास नहीं हुआ, लेकिन मैंने सच्चाई को स्वीकार किया और अगले ही पल उसे फोन करके पूछा, 'क्या तुमने देखा?'

'नहीं, तुम मुझे बताओ, तुम देख रहे हो ना। क्या हुआ, क्या तुमने नहीं देखा?' वह थोड़ा डर गई थी।

'क्या तुम्हारी परीक्षा अच्छी नहीं रही थी।' मैं स्क्रीन पर अब भी नजरें गड़ाए हुए था और उससे पूछा और प्रतिशत की गणना करने के लिए सभी विषयों के अंक जोड़ना शुरू कर दिया।

'क्या हुआ?' उसने घबराए हुए स्वर में पूछा।

'नहीं, कुछ नहीं, सब अच्छा है।' मैंने जवाब दिया।

'अनुज, कृपया बताओ, क्या मैं पास नहीं हुई।' उसने हड़बड़ाहट में पूछा।

'नहीं, तुम पास हो।' मेरी आवाज धीमी थी और मैं उसे सच बताना चाहता था, लेकिन ऐसा नहीं किया, क्योंकि वह अपनी भावनाओं को नियंत्रित रखने में असफल रहती।

'क्या हुआ?' उसने फिर पूछा।

'कुछ नहीं।'

'अनुज, अब बता भी दो।'

मैंने काफी धीमी आवाज में उसे जवाब दिया, 'तुमने 70 प्रतिशत अंक प्राप्त किए हैं।'

'क्या मैंने…' वह केवल इतना ही कह पाई।

'तुम मजाक तो नहीं कर रहे हो?' वह भरोसा नहीं कर पा रही थी कि उसने

इतने अच्छे अंक हासिल किए हैं।

'70 प्रतिशत।' हम दोनों एक साथ चिल्ला पड़े।

'हाँ, हमने यह कर दिखाया है।' मैं उसकी खुशी से उछलने की आवाज को महसूस कर सकता था।

कुछ दिनों के बाद जब उसे अंक-पत्र मिला, तो उसने गणित में 78 अंक हासिल किए थे, जो उसकी कक्षा में दूसरा सबसे ज्यादा था। हम इन पलों के साथ जिंदगी में रहते हैं। किसी को मुसकराहट देना या किसी को खास समझना एक अलग अहसास देता है और उस समय दूसरी किसी चीज के बारे में सोचने का मौका नहीं था।

मैं उन दिनों को कैसे भूल सकता हूँ, जब मैंने तुम्हारे लिए गाना गाया।
मैं उन दिनों को कैसे भूल सकता हूँ, जब तुम मेरे गीतों के साथ सोई,
मेरी आवाज तुम्हारी ताकत थी,
तुम्हारी मौजूदगी मेरे लिए काफी थी,
मैं उन दिनों को कैसे भूल सकता हूँ? जब तुमने मेरे साथ मस्ती की थी।

वह दिन खास था और मैं उसे और ज्यादा खास बनाना चाहता था। मैं उसे देखना चाहता था, कम-से-कम उसकी तसवीर, क्योंकि फेसबुक पर बहुत ज्यादा तसवीरें नहीं थीं और फेसबुक पर कोई भी तसवीर अच्छी दिखाई देती है, मैं उसकी वास्तविक तसवीर देखना चाहता था। दूसरे दिन की तरह, वह उस दिन ऑनलाइन नहीं आई। इसका कारण जानने के लिए मैंने उसे फोन लगाया। उसने मेरा फोन उठाया, 'कौन कहता है कि मैं पढ़ाई नहीं करती हूँ। मैंने 70 प्रतिशत अंक प्राप्त किए हैं।' वह अपने डर से बाहर निकल आई थी।

'क्या हुआ, तुम इतनी उत्साहित क्यों हो?' मैंने मजाक किया।

'मैंने 70 प्रतिशत अंक हासिल किए हैं और कक्षा में शीर्ष दस में शामिल हूँ।' उसने बड़े गर्व से कहा।

'हाँ, क्योंकि तुम प्रतिभाशाली हो।' मैं मुसकराया और मुझे अच्छा महसूस भी हुआ, क्योंकि वह इस सफलता का सारा श्रेय मुझे दे रही थी।

'हँसो मत अनुज तिवारी, मेरे पास टकीला शॉट था।' उसने कहा और इस दौरान उसकी जबान फिसल गई।

'क्या तुमने पी रखी है?' मुझे उसके शराब पीने और उसके बाद उसके बात करने की अपेक्षा बिल्कुल नहीं थी।

'हाँ, मैं अपना जीवन जीना चाहती हूँ, पारो चाहती है कि उसका देवदास उड़े, पारो उड़ना चाहती है।' उसने पूरी तरह पी रखी थी। मुझे उससे इस तरह के जवाब की अपेक्षा नहीं थी।

'सुनीता, क्या तुम वहाँ हो?' उसने पूछा।

'हाँ, मैं केवल यहीं हूँ, क्या तुमने पी ली?' अब उसकी आवाज के साथ मैं बिल्कुल सहज नहीं था।

'सुनीता, क्या तुम मेरी सबसे अच्छी दोस्त हो, तुम मेरी श्रेष्ठ शिक्षक हो, तुमने मुझे पढ़ाया है, मैं कई बार चिल्लाई, लेकिन तुमने एक बार भी जवाब नहीं दिया, सुनीता, आज यह पारो उड़ने जा रही है…'

'पाखी, मेरे साथ ठीक तरह से बात करो।'

'पारो आज उड़ेगी, मुझे आज मत रोको, मैं तुम्हारी बात नहीं सुनना चाहती।' वह ठीक तरह से बात करने की हालत में नहीं थी। काश! मैं वहाँ होता और उसे एक जोरदार थप्पड़ मारता। यह क्या बेवकूफी है, उसने पी रखी थी।

'हम्म… तुमने कहाँ शराब पी?' मैंने किसी उदारता के पूछा, असल में इस समय मैं काफी कठोर हो गया था।

'तुम्हारे साथ।' उसने जोर-जोर से हँसना शुरू कर दिया और बोली, 'मैंने पी नहीं थी।'

'मैं तुम्हारी जान ले लूँगा।'

'क्या तुम दुःखी हो गए थे।' पाखी ने पूछा, वह अभी भी हँस रही थी।

'बिल्कुल नहीं।' मैंने जवाब दिया

'नहीं देवदास, नहीं…।' अपनी मधुर आवाज के साथ वह खुशी से झूम रही थी।

'तुम पागल हो गए थे।'

'तुम कहाँ हो?' उसने पूछा।

'पहले की तरह, उसी पुल पर।' मैंने जवाब दिया।

'ओह, प्यार के पुल पर।' उत्साहित होकर उसने पूछा और साथ ही कहा, 'उसके बाद मेरे लिए एक गाना गाओ।'

'नहीं…'

उस पुल की कई कहानियाँ थीं। उस जगह से कई कहानियाँ शुरू हुई थीं और हमारा पहला अनुभव यह था कि हमारी दोस्ती की शुरुआत उस जगह से हुई थी।

'प्लीज, मैं सुनना चाहती हूँ।' उसने आग्रह किया।

'तुम जाओ और शराब पियो।' मैंने उसे छेड़ा।

'ठीक है, अब कभी मुझसे बात मत करना।'

वहाँ पूरी तरह से खामोशी छा गई थी और वह किसी के सपनों और इच्छाओं को पूरा करने के लिए उपयुक्त जगह थी। उसने पूछा, 'क्या तुम वहाँ हो?'

तू है आसमाँ में, तेरी ये जमीं है,
तू जो है तो सबकुछ है, ना कोई कमी है,
तू ही दिल है, तू ही जाँ भी है
तू खुशी है, आसरा भी है··
तेरी चाहत जिंदगी है, तू मोहब्बत, तू आशिकी है,
तू आशिकी है··

'क्या तुम वहाँ हो?' मैंने एक लंबी साँस लेकर पूछा। मेरे गाना शुरू करने से पहले वहाँ पूरी तरह खामोशी छाई हुई थी। मैंने फिर पूछा, 'तुम हो?'

कुछ सेकंडों के बाद उसने गहरी साँस ली, 'मुझे कभी मत छोड़ना, तुम मेरे सबसे अच्छे दोस्त हो।'

'हे, क्या हुआ?' वह भावुक हो गई थी, इसलिए मैंने उससे प्यार से पूछा।

'जिस दिन से तुम मेरी जिंदगी में आए हो, मुझे अच्छा महसूस होता है। मैं चिल्लाई और तुमने कभी भी एक शब्द भी नहीं कहा, तुम सबसे अच्छे हो।' यह कहकर उसने रोना शुरू कर दिया। मैंने कुछ नहीं कहा, बल्कि एक लड़की के जीवन को समझने लगा, जब अपने परिवार से वह दूर होती है। उसे दोस्त के रूप में जीवन में एक इनसान की जरूरत थी और मैं कभी इस दोस्ती को तोड़ना नहीं चाहता था।

'हे, मान जाओ, मत रोओ, तुम पागल लड़की हो, मैं हमेशा तुम्हारे साथ हूँ।' मैंने माइक्रोफोन के करीब आते हुए उसकी भावनाओं को रोक दिया। मैं उसकी मौजूदगी महसूस कर सकता था। जब आपकी किसी के प्रति मजबूत भावनाएँ होती हैं तो वहाँ दूरी मायने नहीं रखती है। वह मुझसे काफी दूर थी, लेकिन एक भी दिन ऐसा नहीं हुआ, जब वह अकेली सोई हो। वह हमेशा मेरी कहानियों और गानों के साथ सोई।

तुम बहुत नजदीक हो और दूर भी।
तुम मेरी खुशी हो और मुसकराहट भी।

तुम मेरे दिल का सुकून हो और उत्साह भी।

तुम मेरी दुनिया हो, तुम मेरा जीवन हो और सबकुछ हो।

जब वह सोती थी, तो मैं गूगल पर विश्लेषण करके अपना काम खत्म करने के काम में जुट जाता था। मेरी जिंदगी में गूगल ने हमेशा महत्त्वपूर्ण भूमिका अदा की है। अगर आपकी पत्नी आपसे नाराज है तो गूगल कीजिए, अगर आप कुछ मस्ती ढूँढ़ रहे हैं तो बस गूगल कीजिए। यह कहने में कोई हिचक नहीं है कि एक बार इंजीनियरिंग पूरी करने के बाद गूगल को भी डिग्री देनी चाहिए।

एक संदेश स्क्रीन के दाहिनी ओर नीचे के हिस्से में दिखाई दिया। चूँकि वे लिंक प्रक्रिया में थे, इसलिए मैंने संदेश पर क्लिक किया। वह पाखी थी।

पाखी : हाय।

मैं : हाय, तुम अभी तक सोई नहीं?

पाखी : निन्नी आ रही है।

मैं : मैं जानता हूँ। अच्छा, तुम अपनी परीक्षा छोड़ दो और सो जाओ, पढ़ाई मत करो। अब सो जाओ, बाय और कॉल मत करना।

पाखी : क्या हुआ, बस पाँच मिनट। लॉग-ऑफ मत करना, बस दस मिनट मुझसे बात करो, ठीक है?

पाखी : नेट पर कुछ और देर चैट करो, उसके बाद मैं पढ़ाई करूँगी और तुम मुझे पढ़ाना।

मैं : अगर तुम सो नहीं रही हो, तब क्या मैं तुम्हारी तसवीर देख सकता हूँ?

कुछ बातें हैं, जो आपको एक लड़की से कभी नहीं पूछनी चाहिए—एक लड़की की उम्र, उसका वजन, उसकी तसवीर और उसका फिगर। यदि आप कुछ भी पूछते हैं तो अपने जोखिम पर पूछें।

पाखी : क्यों?

मैं : मैं देखना चाहता हूँ।

पाखी : नो…

उसके 'नो' में पाँच 'ओ' थे, मुझे लगा कि उसकी तसवीर देखने की थोड़ी संभावना होगी।

मैं : क्यों? मैं देखना चाहता हूँ, हम दोनों एक महीने से भी ज्यादा समय से एक-दूसरे से बातें कर रहे हैं।

पाखी : तो क्या?

एक महीने से अधिक समय हो गया था और हम दोनों तब से बात कर रहे थे और मुझे उसकी तसवीर देखने का अधिकार था, लेकिन वह नहीं समझी और अपनी तसवीर मुझे नहीं दिखाई, जिससे मैं चिंतित हो गया और उसके द्वारा 'तो क्या' लिखने के पीछे के कारण को जानने को उत्सुक हो गया।

मैं : मैं मजाक नहीं कर रहा हूँ।

पाखी : मेरे पास कोई तसवीर नहीं है।

दिल्ली की कॉलेज जानेवाली लड़की के पास तसवीर न हो और वह भी खास के पास, यह भरोसा करने लायक बात नहीं थी। कुछ तो गलत था। मेरे दिमाग में एक बात तेजी से कौंधी कि वह क्या है?

मैं : झूठ मत बोलो, ठीक है, तुम्हारे पास तसवीर है।

पाखी : लेकिन यह ठीक नहीं है।

मैं : तो क्या, वह तुम्हारी है, ठीक है, अच्छा।

पाखी : वह काफी पुरानी है।

मैं : मैं इंतजार कर रहा हूँ।

पाखी : हम्म।

मैं : ???

पाखी : इंतजार करो।

मैं सौ फीसदी उत्साहित था और पचास फीसदी घबराया हुआ। मैं पहली बार उसे देखने के लिए उत्साहित था और मुझे डर था कि अगर वह खूबसूरत नहीं हुई तो जैसा कि मुझे उसकी आवाज से लगा था। कोई बात नहीं? नहीं, वास्तव में, लेकिन कई बार ऐसा होता है। चूँकि उसकी आवाज काफी मीठी थी, इसलिए मेरे दिमाग में उसकी खूबसूरत तसवीर बन गई थी और मैं सपने देख रहा था। अभी तक हम दोनों बस दोस्त ही थे। मेरा पचास फीसदी डर मेरे उत्साह को खत्म करने के लिए काफी था, लेकिन इसका अवसर काफी कम था, मैंने साथ-ही-साथ जी-मेल पर लॉगिन कर लिया, कई बार पेज रिफ्रेश कर लिया। कुछ देर के बाद मुझे 16vool@gmail.com से एक विषय के साथ इ-मेल प्राप्त हुआ।

मैंने तसवीर 0179 पर क्लिक किया। मेरा पचास फीसदी डर अब शून्य हो गया था, 100 फीसदी उत्साह भी ठंडा हो गया, लेकिन खुशी 200 फीसदी हो गई।

मेरे चेहरे पर मुसकराहट थी, मुँह के कोने अलग-अलग दिशाओं की ओर इंगित कर रहे थे।

'बहुत बुरा भी नहीं।' मैंने हवा में कहा। वह मोटी दिखी, लेकिन प्यारी थी। मैंने खुद को आईने में देखा, 'वह तुम्हारी दोस्त है, महिला मित्र नहीं और यह काफी पुरानी तसवीर है।' मैंने सी ड्राइव में वह तसवीर सेव की, ताकि कोई और उसे नहीं देख सके। मैंने मुसकराहट के साथ उसे जवाब दिया।

मैं : धन्यवाद।

पाखी : खुश।

मैं : धन्यवाद, नहीं, कोई बुरा भी नहीं है, यह ठीक है।

पाखी : हम्म।

मैं : यह अच्छा है, तुम स्मार्ट हो। हा हा हा।

पाखी : हाँ, लेकिन लड़कियाँ सुंदर होती हैं, होशियार नहीं, ...डंबो।

पाखी : वह कैसा था?

तीन बार प्रश्नवाचक चिह्नों ने मुझ पर तसवीर के बारे में बात करने के लिए दबाव डाल दिया।

मैं : इंतजार करो, सिस्टम तसवीर 0179 को स्कैन कर रहा है, सिस्टम में कुछ वायरस आ गए हैं।

पाखी : सिस्टम में कौन से वायरस आ गए हैं? मिस्टर एंटीवायरस?

मैं : सिस्टम में पता चला है कि नाक बड़ी है, चेहरा झुका हुआ है और आँखें काफी छोटी हैं।

पाखी : और कुछ?

मैं : मजाक कर रहा हूँ, तुम अच्छी दिख रही हो, धन्यवाद।

पाखी : धन्यवाद क्यों?

मैं : मेरी इच्छा।

अब उठ जाओ और पढ़ाई करो।

पाखी : अब तुम मेरे साथ हो, मैं दूसरे विषयों में भी अच्छे अंकों से उत्तीर्ण हो गई हूँ।

मैं : लेकिन तुम्हें पढ़ाई करनी चाहिए? मैं केवल तुम्हारी मदद कर सकता हूँ।

पाखी : हम्म।

लड़कियों के 'हम्म' का मतलब पूरी तरह से 'नहीं' होता है।

मैं : उठ जाओ, ठीक है?

पाखी : ठीक है।

ढेर सारे के साथ उसके जवाब का मतलब पूरी तरह झूठ होता है।

पाखी : अब तुम अपनी दिखाओ।

मैं : मैं तुम्हें कैसे अपनी दिखा सकता हूँ··हा हा हा ?

मैं जोर से हँस पड़ा, मेरे दिमाग में शरारती विचार आ गए थे। हम काफी अच्छे दोस्त थे और कई बार हमने उन विषयों पर बात की है, जिन्हें किसी लड़के या लड़की के बीच में नहीं किया जाता है, पर हमने ऐसा किया था।

पाखी : चाँटा खाना है ? कृपया अपनी तसवीर दिखाओ।

मैं अपनी कुछ तसवीरें मेल करना चाहता था, इसलिए डेस्कटॉप से कुछ तसवीरें निकालीं। मैंने अपने कॉलेज की एक लेटेस्ट तसवीर को चुना।

मैं उन्हें पिकासा में संपादित करना चाहता था, लेकिन फिर मैंने वास्तविक तसवीर को भेजना सुनिश्चित किया, लेकिन बाद में मैंने महसूस किया कि मैं इसे और अच्छा बना सकता हूँ।

मैं उसके उत्साह की एक झलक पाना चाहता था, इसलिए मैंने कई सारे 'ओ' के साथ नहीं का जवाब दिया।

'नहीं,' मैंने उन तसवीरों को एक फोल्डर में रखकर उसे माई_फोटोग्राफ नाम देकर अपना जवाब दिया।

'कृपया··कृपया··कृपया,' पाखी ने ऐसे निवेदन किया, जैसे जेनरेटर चल पड़ा हो।

'नहीं··नहीं··नहीं,' एक ही आवाज में, एक ही अंदाज में मैंने जवाब दिया।

'ठीक है, बाय।' उसने अपना बचपना दिखाया।

'तुम गुस्सा हो गई··हे हे हे··रुको।' मैंने उसे फुसलाया।

मैंने जी-टॉक पर उन तसवीरों को अपलोड किया। मैं जानता था कि उसका अगला सवाल होगा कि 'क्या तुम अपनी तसवीर मेल कर सकते हो ?'

'मैं वहाँ तुम्हें देख सकती हूँ, लेकिन क्या तुम मुझे मेल कर सकते हो ?' अगले ही पल उसने सवाल किया।

'मैं अपरिचितों को अपनी तसवीरें नहीं देता हूँ।' मैं माइक्रोफोन के करीब आकर फुसफुसाया।

'ओकेएएएएए,' उसने कहा और चुप हो गई।

'पहले तुम मुझे अपनी कम-से-कम 100 तसवीरें मेल करो।' मैंने पूछा और उसके साथ शरारत करने की कोशिश की।

'अच्छा मजाक है···मेरे पास अब नहीं है, मैं खींचूँगी और तब तुम्हें भेज दूँगी, अब तुम कृपया अपनी तसवीर मुझे भेजो या फिर मैं तुमसे बात नहीं करूँगी।' इस बार वह गंभीर थी, लेकिन एक बार फिर उसने झूठ बोला कि वह मुझसे बात नहीं करेगी।

'मैंने तुम्हें पहले ही तसवीरें भेज दी हैं, तुम अपना मेल चेक कर सकती हो।' मैंने सेंट पर क्लिक करते हुए जवाब दिया।

'पूरी तरह पैक्ड तसवीरें।' वह हँसी।

'मैं जैकेट में था, यह फोटो तब की है, जब मैं आठ महीने का था, अच्छा, यह कैसी है?' मैंने दूसरी ओर से सकारात्मक जवाब की अपेक्षा करते हुए पूछा।

'बहुत बुरी नहीं, हेहेहेहे। मेरा मतलब है कि बहुत अच्छी है।' उसने जवाब दिया। अभी भी सच नहीं आया था, इसलिए मुझे विश्वास नहीं था कि उसे मेरी तसवीरें पसंद आईं या नहीं।

'मैं तुम्हारी तरह मोटू नहीं हूँ।' मैंने कहा और हँसा, लेकिन असल में मैं यह जानना चाहता था कि क्या वह वास्तव में मोटी दिखाई देती है या वह उसकी पुरानी तसवीर थी।

'क्या मैं मोटू हूँ?' उसने जवाब दिया और मुझ पर सवाल भी दागा।

'नहीं मेरी बच्ची, तुम तो दुनिया में सबसे पतली लड़की हो, है ना?' मैंने मजाक किया, उठा और इतनी अँगड़ाई ली, जितनी ले सकता था।

उसने जम्हाई ली। मैंने अपने बिस्तर में जाते हुए फिर कहा, 'अब हमें पढ़ाई करनी चाहिए। उठो, आज के लिए इतना काफी है, चलो उठो, और अब सोना नहीं।'

'ओकेके··· मुझे दो घंटे दो, मैं वापस आऊँगी। पाखी जल्दी ही वापस आएगी।' उसने आत्मविश्वास के साथ कहा।

'बाय, अपना खयाल रखना और अपने साथ पानी की बोतल रखना और जब भी तुम्हें नींद आए, तो थोड़ा पानी लेकर अपना मुँह धो लेना।' मैंने तकिया लिया और फिर से बिस्तर में घुस गया।

'ओके···बाय।' फोन कट चुका था।

□

घर मत जाओ

वह जगह, जहाँ हम रह सकते हैं या कम-से-कम शारीरिक, मानसिक एवं बौद्धिक रूप से हमें आराम मिलता है, उसे 'घर' कहते हैं। हालाँकि कुछ और निश्चित चीजें हैं, जिन्हें याद रखने की जरूरत होती है। आपको सुबह जल्दी उठना होगा, फिर इसका कोई मतलब नहीं होता कि आपके पास इसके कारण हैं या सुबह उठने का कोई कारण नहीं है।

आप बाहर जाते हैं तो अपनी माँ को इसके बारे में बताना न भूलें, वरना हो सकता है कि आप खुशी से वापस घर न लौट पाएँ। आपके फोन की घंटी भी लगातार कई बार नहीं बजती है, वरना आपको कई सवालों का जवाब देना पड़ेगा। अंत में आप अपने बालों की नई स्टाइल भी नहीं रख सकते। आखिरकार इन सारे दायित्वों, कानूनी दायित्वों और सीमाओं के बाद भी वह 'घर' ही कहलाता है। वह ऐसी जगह है, जहाँ आप अपना पूरा जीवन व्यतीत करते हैं और कुछ ही पलों में बिना दु:ख के किसी साये के वह 'घर' ही कहलाता है।

जब आपके पिता आपके बाल कटवाने पर आपको डाँटते हैं तो वह खास अहसास होता है, आपका नया लुक उनको बुरा नहीं लगता है, लेकिन वह आपको केवल जिंदगी के दूसरे स्तर पर देखना चाहते हैं। जब आपका फोन हमेशा बजता है तो आपसे सवाल पूछे जाते हैं, असल में यह माना जाता है कि आपकी कोई गर्लफ्रेंड या बॉयफ्रेंड होगा, लेकिन एक माँ हमेशा यह जानने के लिए पूछती है कि आपके जीवन में वह व्यक्ति कौन है ? इससे भी अधिक वह पूछती है, क्योंकि बाद में वह आपको टूटे हुए दिल के साथ या रोते हुए नहीं देख सकती। जब आपको देरी होती है तो वह आपको डाँटती है, लेकिन इस समय उसकी आँखों में चमक होती है। जैसे वह आपको बचपन में खाना खिलाती थी, वैसे ही रात में भी खाना देती है।

इसमें केवल इतना अंतर होता है कि उस समय आप बच्चे थे और अब बड़े हो चुके हो, लेकिन भावनाएँ वही होती हैं। आपके पिता अलस्सुबह आपकी चादर खींचकर आपको उठाते हैं, इसलिए नहीं, क्योंकि वह आपको सोता हुआ नहीं देख सकते हैं, बल्कि वह आपको स्वस्थ और दुनिया का नेतृत्व करते हुए देखना चाहते हैं। एक पिता के वही सपने होते हैं, जिन्हें वह अपने जीवन में पूरा नहीं कर पाए थे। आपकी हर सुबह में वह हमेशा सपने देखते हैं।

माँ ने सुबह मुझसे कहा, 'शुभकामनाएँ बेटा। आज तुम्हारी आखिरी परीक्षा है।'

'हाँ माँ, लेकिन यह केवल एक परीक्षा है, आप चिंता मत करो।' मैंने जवाब दिया।

'अब उठ जाओ और नाश्ता करो, पाँच बज चुके हैं।'

'माँ, अभी तो चार बजकर पचास मिनट हुए हैं, न कि पाँच।'

'बेटा, तुम लेट हो जाओगे, उठो।' उन्होंने अपनी बात दोहराई और साथ ही कहा, 'तुम कब आ रहे हो, आज या कल सुबह?' मैंने इस बात का जवाब नहीं दिया, क्योंकि मेरी घर जाने की कोई योजना नहीं थी। मैंने पाखी से बात करने के लिए अपना रिलायंस फोन ले लिया था और उसे देखा, मेरे फोन पर तीन मिस्ड कॉल थी।

'क्या हुआ?' माँ ने पूछा।

'मुझे पढ़ाई करनी है। मुझे अच्छे अंक लाने हैं, ठीक है, इसलिए मैं आपसे बाद में बात करूँगा, बाय।' मैंने माँ को उत्तर दिया। दूसरे फोन पर पाखी आ चुकी थी।

'ठीक है बेटा, शुभकामनाएँ।'

'धन्यवाद माँ।'

'मुझे पढ़ना है। मुझे अच्छे अंक लाने होंगे, ठीक है, इसलिए मैं आपसे बाद में बात करूँगा, बाय झूठे।' आश्चर्य के साथ उसने हँसना शुरू कर दिया।

'हाँ, मैं अच्छे अंक लाऊँगा।' मैं भी मुसकराया।

'ठीक है, अब तुम पढ़ाई करो। जब तुम वापस लौटो, तब मुझे फोन करना, मुझे तुमसे कुछ महत्त्वपूर्ण बात करनी है।' कॉल कट गया और मैं परीक्षा के लिए निकल गया।

आपके किसी भी महत्त्वपूर्ण काम के लिए निकलने से पहले कोई खास ऐसा

होता है, जो आपको शुभकामनाएँ देता है। वह इनमें से मेरे लिए एक थी। इस बात से कोई फर्क नहीं पड़ता कि वह बहुत व्यस्त थी और उसने मुझे केवल शुभकामना देने के लिए फोन किया था। मैं शुभकामनाओं और प्रार्थनाओं में भरोसा नहीं करता हूँ, लेकिन आपके पास हमेशा विश्वास और साथ था, जिसने बेहतर काम किया था।

जब मैं परीक्षा देकर वापस लौटा, तो उसने जो पहला प्रश्न पूछा, वह था कि मैं घर कब जाऊँगा? जब भी मैं घर जाता था, तो वह काफी भावुक हो जाती थी, क्योंकि घर जाने के बाद हम इस तरह से कभी बात नहीं कर पाते थे।

मैंने जवाब दिया, 'मैं शाम को जा रहा हूँ।'

'अच्छा है, तुम अपनी छुट्टियाँ अपने परिवार के साथ बिताओगे, तुम्हें छुट्टियाँ मुबारक हों।' उसने जवाब दिया। यदि आप भारतीय संस्कृति से अच्छी तरह परिचित हैं तो एक लड़की की भावनाओं और उस लड़की को जानना काफी आसान होता है।

'तुम भी अपनी छुट्टियाँ अच्छी तरह मनाओ।' मैंने कहा।

'हम्म।' पाखी ने काफी धीमी आवाज में जवाब दिया।

'ओह, वाकई···हम्म, मैं तो केवल मजाक कर रहा था। मैं आज नहीं जा रहा हूँ।' मैंने कहा और उसके शब्दों में खुशियों से भरे जवाब का इंतजार करने लगा।

'तुम मुझसे मजाक नहीं कर रहे हो।' उसने आश्चर्यचकित होकर कहा।

'हाँ, मैं मजाक नहीं कर रहा हूँ।'

'सच्ची···,' उसे अब तक विश्वास नहीं था कि मैं पूरी रात उससे बात करने के लिए ही रुका था।

'मुच्ची, मैं आज नहीं जा रहा हूँ।'

'पर कल तो तुम जाओगे।' उसके शब्दों से हमारा वह रिश्ता नजर आ रहा था, जो पिछले कुछ महीनों में हमारे बीच बना था।

'चलो, अब यह मत सोचो कि कल क्या होगा, क्या हम आज अच्छा समय बिता सकते हैं?'

'बिल्कुल-बिल्कुल, दार्शनिक।' वह अब खुश थी और उसने मेरे होंठों पर भी मुसकराहट ला दी।

उस रात हम दोनों नहीं सोए, हमारी आँखें लाल हो चुकी थीं, लेकिन अब भी उनमें चमक थी। फोन की बैटरी गरम हो चुकी थी, लेकिन अब भी मैं उसकी खुशबू महसूस कर सकता था। हम काफी दूर थे, पर साथ थे, हमेशा के लिए दोस्ती और

समर्पण की भावना में जिंदगीरूपी धागे से जुड़े हुए थे।

अगले दिन मुझे जाना था। मैं एल.बी. (लव ब्रिज) से बाहर आया, पूरी तरह शांति थी, पक्षी चहचहा रहे थे, सूर्य लाल था और धीरे-धीरे चमकदार हो रहा था, हवा बह रही थी और मेरे गालों को छू रही थी और तभी मैंने अपने कानों में कुछ फुसफुसाहट सुनी, 'तुम उसकी कमी काफी ज्यादा महसूस करोगे।'

मैंने उससे पूछा, 'पाखी, क्या तुम मेरी कमी महसूस करोगी?'

'नहीं…'

'हम्म, मैं भी…' मैंने उसे छेड़ा। उस समय मेरे 'मैं' भी कहने पर उसने जवाब दिया, 'बिल्कुल, मैं तुम्हारी कमी महसूस करूँगी, मुझे पढ़ाएगा कौन? कौन पढ़ाई, दिन के खाने और रात के खाने के लिए मुझे जगाएगा? कौन मेरे लिए गाने गाएगा? जब मुझे अकेलापन महसूस होगा, तो कौन मुझे खुश करेगा? जब मैं तुम्हारा खयाल नहीं रखूँगी, तो कौन मुझे रुलाएगा?'

मेरी आँखें गीली हो चुकी थीं और अगले ही पल आँखों से आँसू बाहर निकल पड़े, लेकिन आँसुओं की वे बूँदें जब मेरी आँखों से निकलकर होंठों पर गिरीं, तो मुझे काफी सुखद अहसास हुआ, अंत में वे मेरी ठुड्डी पर गिरी और फिर नष्ट हो गईं। जब कोई आपका खयाल रखता है तो आँसू की एक बूँद भी काफी कीमती होती है और हम दोनों एक-दूसरे के लिए ऐसा कर चुके थे।

'मेरी कमी महसूस मत करना, हम बात करेंगे…निराश मत हो।' मैंने फोन पर कहा। उसने बीच में ही कहा, 'लेकिन इस तरह नहीं, मैं जानती हूँ कि हम दोनों इस तरह से बात नहीं कर पाएँगे।'

'हम लोग सिर्फ इसी तरह बात कर पाएँगे, मैं तुम्हें खुद को भूलने का एक भी मौका नहीं देना चाहती, उसके यह कहते ही मुझे अपने पेट में खालीपन महसूस हुआ, जैसे कुछ पल के लिए मुझसे कुछ खो गया था।' वास्तव में मैं डर गया था, पता नहीं क्यों?

'मैं भी तुमसे वादा करता हूँ, लेकिन तुम भी मुझसे वादा करो कि तुम अपना नाश्ता, दिन का खाना और रात का खाना सही तरीके से समय पर लोगे और सबसे बड़ी लापरवाही की बात यह होती है कि जब तुम पढ़ाई करने बैठती हो, तो अपने पास पानी की बोतल नहीं रखती हो और तब डॉक्टर तुम्हें डिहाइड्रेशन की गोलियाँ देते हैं, इसलिए कृपया अपना ध्यान रखना। तुम्हारे पेट में संक्रमण रहता है, इसलिए बाहर का कुछ भी मत खाना।' मैंने कहा।

मैं बच्चा नहीं था। 'जाओ और मुझसे रोज बात करना और मैं नहीं चाहती हूँ कि तुम मेरा फोन काटो, इसलिए एक बार मेरा फोन उठाओ।'

मैं जानता था कि वह एक पल के लिए भी मुझसे दूर नहीं होना चाहती। हमारी जिंदगी अँधेरे और सफेद चित्र की तरह थी, जब हम एक साथ होते थे तो हम इनमें रंग भर देते थे।

मैं कई बार...जोकर...कई बार...गायक...कई बार...उसका हीरो...सबकुछ था। जब वह उठती थी तो मैं अपनी मुसकराहट से उसका स्वागत करता था। जब वह अकेलापन महसूस करती थी तो मैं अपना वेबकैम ऑन करता था और उसके कमरे को शोर से भर देता था। जब वह बोर होती थी, तो में वेबकैम के सामने डांस भी करता था, मैं कितना पागल था, लेकिन यह सब करके मैं खुश था।

मैं उसे मुझे याद नहीं करने का कोई मौका नहीं देना चाहता था। यह कठिन था, लेकिन संभव था। हम देर रात तक बात करते थे। कई बार मेरी माँ ने मुझे बिस्तर में तकिया सिर पर रखकर किसी से बात करते हुए पकड़ा था। उस समय मैं यह बताता था कि नहीं माँ, मैं तो केवल गाने सुन रहा था। बिना जोखिम लिये जिंदगी में कुछ भी संभव नहीं है और उसकी मौजूदगी अपने चारों ओर लाने के लिए मैं कुछ भी करने को तैयार रहता था। सबकुछ नहीं तो थोड़ी चीजें, जो प्यार और जंग में जायज हों।

मैं 30 मई को बस उसके जन्मदिन का इंतजार कर रहा था, जो मेरे साथ उसका पहला जन्मदिन था और मैंने फोन पर बोलने के लिए एक अच्छा सा लंबा भाषण भी तैयार कर लिया था। हालाँकि जब दूरी किसी सपने से कम न हो, तब रास्ता और कठिन हो जाता है। मेरे पिता की तबीयत ठीक नहीं थी और मैं उनके सिर की मालिश कर रहा था और गीली रूई उनके माथे पर रख रहा था। अपने परिवार का बेटा होने के नाते यह मेरी जिम्मेदारी थी और ऐसा करना मेरी आदत भी थी, जो मुझे अपने पिता से मिली थी।

मैंने रात 12 बजे से एक मिनट पहले 11 बजकर 59 मिनट पर उसके लिए एक संदेश छोड़ा, क्योंकि संदेश जाने में एक मिनट तो लग सकता है और उसे यह संदेश ठीक 12 बजे मिला, क्योंकि मैं चाहता था कि उसे जन्मदिन की बधाई देनेवाला पहला व्यक्ति मैं ही रहूँ। संदेश में लिखा था—

हे, जब मैंने सुबह 7:50 बजे तुमसे बात की थी, तब मुझे यह दिन 15 फरवरी अच्छी तरह याद आया था। अब मुझे अहसास हो रहा है कि ऐसा क्यों हुआ था?

तुम्हें जन्मदिन की बहुत-बहुत शुभकामनाएँ। मेरे पास ज्यादा कुछ लिखने को नहीं था, केवल कुछ शब्द हैं कि मैं तुम्हारे साथ खुश हूँ और तुम्हें हमेशा मुसकराते हुए और हमेशा खुश देखना चाहता हूँ। आज हमने अपनी आत्मीयता के 104 दिन पूरे कर लिये हैं और मुझे उम्मीद है कि हम इसी तरह कई शतक मारेंगे।

तुम मेरी अलार्म घड़ी नहीं हो, लेकिन मैं हमेशा तुम्हारी प्यारी आवाज से उठता हूँ।

तुम मेरे परिवार में नहीं हो, लेकिन तुम्हें इसका एक भाग होने का अहसास करता हूँ।

तुम मेरी किताबों की अलमारी में नहीं हो, लेकिन एक पवित्र किताब की तरह तुमने मेरा मार्गदर्शन किया है।

तुम यहाँ नहीं हो, लेकिन अपने चारों ओर तुम्हारी मौजूदगी महसूस कर सकता हूँ।

मैं तुम्हारे लिए हमेशा वहाँ मौजूद हूँ, क्योंकि मेरे पास तुम्हारे जैसी दोस्त है।

अपनी जिंदगी का पूरे आसमान में लुत्फ उठाओ।

जितना चाहे जियो, जाओ और उड़ो।

□

याद रखा जानेवाला सफर

जब आप किसी चीज से दूर होते हो, तभी आपको उस चीज की कीमत का पता चलता है। इससे भी बढ़कर कौन जान सकता है कि मेरे जैसे कभी परिवार से दूर जाना नहीं चाहनेवाले व्यक्ति को कैसा महसूस होता होगा। यद्यपि मेरे जीवन में यह सबसे बेहतरीन पल था, लेकिन मैंने हमेशा बरेली में अपने घर में दिनों का लुत्फ उठाया है। मैं शर्मा आंटी से मिलकर अपने घर वापस आ रहा था, क्योंकि उन्होंने मुझे दिन के खाने पर बुलाया था, जहाँ उन्होंने मुझसे इंजीनियरिंग के बाद कॅरियर के बारे में हजारों सवाल पूछ लिये थे। मैं बस आई.टी. की नौकरी के बारे में उनको अच्छा सा जवाब दे पाया। मेरा फोन थरथरा उठा, मैंने बाइक खड़ी की और देखा तो वह पाखी थी। मैंने खुशी से उसका फोन उठाया। जब भी हमें अपने प्रिय व्यक्ति की ओर से अनचाहा फोन आता है तो वह हमारे लिए खुशी का पल होता है।

'हे, तुम कैसे हो?' मैंने खुशी के मारे उससे पूछा।

'क्या तुमने मैडी को इस बारे में बताया है?' उसने बिना कोई दूसरी बात किए मुझसे यह सवाल किया। मैं समझ नहीं सका कि वह पूछना क्या चाहती है?

'तुमने मैडी को मेरे बारे में बताया है। तुमने और मैडी ने मुझसे मस्ती करने की योजना बनाई थी। तुम ऐसा कैसे कर सकते हो, अनुज? अब मुझे कभी फोन मत करना। मैं अपना नंबर बदलने जा रही हूँ। मैंने तुम्हें पहचान लिया, तुम एक घटिया लड़के हो, जो पिछले कुछ महीनों से मेरी भावनाओं से खेल रहा है। मुझे विश्वास नहीं हो रहा कि तुमने मेरे साथ ऐसा किया है। मुझे कभी फोन मत करना। मैं ही मूर्ख थी, जो तुमसे बात की।'

मैं समझ ही नहीं सका कि वह क्या बात कर रही थी और इससे मेरा दिमाग खराब हो गया। मैं दु:खी था। 'क्या हुआ, मुझे बताओ? तुम क्या कह रही हो, मैं नहीं समझ पा रहा हूँ?'

'झूठ मत बोलो। अब मैं सबकुछ जान गई हूँ। तुम फालतू लड़के हो, अच्छा होगा कि मुझसे बात करना बंद कर दो, नहीं तो मैं अपना नंबर बदल दूँगी, निकल जाओ मेरी जिंदगी से।'

'प्लीज, मेरा विश्वास करो, मैंने कुछ नहीं किया है। प्लीज, मुझे बताओ कि क्या हुआ है?' इससे पहले कि वह फोन काट देती, मैंने जल्दी से पूछा। मुझे पता नहीं क्या हुआ था, लेकिन मैं असहाय था।

उसने फोन काट दिया। मैंने कई बार उसे फोन लगाया, लेकिन उसने फोन नहीं उठाया और अगर वह फोन उठाती भी, तो मेरी कोई बात सुनने को तैयार नहीं थी। उस समय मैं मैडी को जितनी गालियाँ दे सकता था, दे दीं। मैं समझ चुका था कि मैडी ने मेरी जिंदगी में अपनी नाक घुसा दी थी। एक अभिनेता कभी फिल्म का निर्देशन नहीं कर सकता है और एक निर्देशक कभी अभिनेता नहीं बन सकता है, इसलिए इससे कोई फर्क नहीं पड़ता है कि मैं कितना स्मार्ट था, लेकिन जब यह मुझ पर आई, तो मुझे नहीं पता था कि इस स्थिति को कैसे नियंत्रित करूँ। मैं एक ही बात जानता था कि उसके साथ इतनी दूर तक निकल जाने के बाद मैं कभी वापस नहीं मुड़ सकता था। मैंने उससे मिलने के लिए दिल्ली जाने का निर्णय लिया। मैंने कभी नहीं सोचा था कि हमारी पहली मुलाकात इस तरह से होगी। यह विचार केवल मेरे गुस्से को भड़का रहा था और मैडी भाग्यशाली था कि इस वक्त वह मेरे साथ नहीं था। मैं घर पहुँचा और अपनी माँ से बोला कि मुझे जरूरी काम से नोएडा स्थित जे.पी. संस्थान जाना है, जो जे.पी. ग्रुप ऑफ इंस्टीट्यूशंस की कई शाखाओं में से एक था।

'लेकिन अचानक···' उन्होंने पूछा।

'माँ, यह बहुत जरूरी है, मैं कल तक वापस लौट आऊँगा। मुझे कॉलेज के काम के सिलसिले में जाना है, नहीं तो वे मेरी प्लेसमेंट रोक देंगे।' मैंने उँगलियाँ क्रॉस करते हुए जवाब दिया।

अगले दिन सुबह मैंने बरेली से नई दिल्ली की ट्रेन पकड़ी और सुबह के साढ़े नौ बजे पहुँच गया।

जब भी मैं कॉलेज के लिए निकलता था, मेरे पिता हमेशा मुझे याद दिलाते थे कि बटुए को हमेशा सामनेवाली जेब में रखा करो।

पहली बार मैं यह बात भूल गया और दिल्ली ने साबित कर दिया कि पुलिस के सामने डकैती कितनी आसान है। जब मैं ट्रेन से उतरा, तो मेरा बटुआ खो चुका था। मेरा सबकुछ उस बटुए में था, लेकिन अब मेरे पास कुछ नहीं था, बस 20

रुपए का एक नोट मेरी जेब में पड़ा था, जिसे मैंने पानी की बोतल खरीदने के बाद जेब में रख लिया था।

'मुझे क्या करना चाहिए? क्या मुझे स्टेशन मास्टर से मिलना चाहिए, लेकिन वह क्या करेगा?'

'क्या पापा को बताना चाहिए?'

अगर मैंने उन्हें बताया तो सबसे पहले तो वह मुझ पर गुस्सा करेंगे और उसके बाद कॉलेज में मेरे दोस्तों को फोन करेंगे और वह काम बहुत बुरा होनेवाला है।

मैंने वह बेवकूफाना विचार छोड़ दिया और अपने दोस्त का नंबर डायल किया, जो नोएडा में अपने घर पर था।

'नमस्ते आंटी, मैं अनुज हूँ, शुभम का दोस्त। क्या मैं उससे बात कर सकता हूँ?' मैंने उनसे पूछा और साथ ही हिसाब लगाया कि मुझे उसके घर पहुँचने में कितने रुपए लगेंगे।

'बेटा, वह तो शहर से बाहर गया है, कल वह वापस आ जाएगा।'

उन्होंने कहा और उन्हें धन्यवाद कहते हुए मैंने फोन काट दिया। जिंदगी हमेशा मीठी नहीं होती है और कल से मेरे जीवन की गाड़ी दूसरे ट्रैक पर चल रही थी। डूबते को तिनके का सहारा। मेरे पुराने दोस्तों में से एक नोएडा के सेक्टर-62 में रहता था, लेकिन उसका नंबर नहीं लग पा रहा था। मैं उससे बातचीत करना ही भूल चुका था। अब पछताए होत क्या, जब चिड़िया चुग गई खेत। मेरे कई दोस्त थे, लेकिन जब मैं उनकी ओर देखता हूँ तो एक भी नजर नहीं आता। मैं समझ गया कि मुझे ही किसी तरह इस परिस्थिति का सामना करना है। मेरा गला सूख रहा था और आँखों में भी आँसू आ चुके थे, इसलिए मैं थोड़ी देर बैठ गया। मैं पाखी को फोन कर रहा था, लेकिन वह मेरा फोन नहीं उठा रही थी। जब सोचने के लिए कुछ भी नहीं रहा, तब मैंने टहलना शुरू कर दिया। अब मैं प्यासा था, लेकिन मैंने स्टेशन पर पानी की बोतल खरीदने के बजाय स्टेशन का नमकीन पानी पीने को प्राथमिकता दी। कुछ ही देर के बाद मैं समझ गया कि गरीब कैसे जिंदा रह पाते हैं।

मैं कुछ मिनटों तक पैदल चला और किसी गाड़ी से लिफ्ट लेने की कोशिश की, लेकिन मैं कोई लड़की नहीं था, इसलिए किसी ने मुझे देखा तक नहीं, मैंने कार या बाइक से गुजरनेवाले हर एक व्यक्ति को गाली दी। मुझे नौ किलोमीटर तक पैदल चलना पड़ा, जिसे मैंने दो घंटे में पूरा किया।

दोस्ती कितनी मुश्किल हो सकती है, मैंने कभी नहीं सोचा था, लेकिन मुझे

उम्मीद थी कि जिस काम के लिए मैं जा रहा था, उसका मुझे परिणाम मिलेगा। मुझे पूरी उम्मीद थी कि वह मुझसे बात करेगी और सारी समस्याएँ खत्म हो जाएँगी।

जून के शुरुआती दिन थे। पूरा एन.सी.आर. जल रहा था और आखिरकार मैंने उन 25 रुपयों से पानी की बोतल खरीद ली। पानी की उन घूँटों को मैं पूरी उम्र नहीं भूल सकता। वास्तव में, यह एक याद रखा जानेवाला सफर था, ऐसा सफर जिसने मुझे जिंदगी, समर्पण और दोस्ती के मायने सिखा दिए।

किसी भी तरह मैं जग्गी के घर तक पहुँचा। मेरी त्वचा काली पड़ गई थी और चेहरा उस चरवाहे की तरह लग रहा था, जिसने कई दिनों से स्नान न किया हो। जब मैंने उसके दरवाजे को बजाया, तो मुझे देखकर वह चौंक पड़ा था। उसकी माँ घर पर नहीं थी, जिससे सारी चीजें आसान हो गईं।

'अरे अनुज, तुम्हारे साथ क्या हुआ?' वह समझ ही नहीं पाया कि क्या कहा जाए? वह मुझे अंदर ले गया और मैं सोफे पर बैठ गया।

'अरे, कुछ नहीं और माफ करना, मैं बिना पूर्व सूचना के तुम्हारे यहाँ आया।' इसके अलावा कहने के लिए मेरे पास कोई विकल्प नहीं था।

'सबकुछ ठीक है, मेरे दोस्त! कई सालों के बाद तुमसे मिलकर मैं काफी खुश हूँ, लेकिन इस तरह से आओगे, मुझे कल्पना नहीं थी।' वह मेरी ओर देखकर मुसकराया। इससे पहले कि मैं नहाता, मैंने उसे बता दिया कि मैं क्यों अचानक वहाँ आया था, लेकिन मैंने उसे पूरी बात नहीं बताई, क्योंकि हम कई सालों के बाद मिले थे।

मैंने उसे फिर से फोन लगाया और एक बार फिर उम्मीद थी कि निराश होने के बाद एक बार फिर वह मेरा फोन उठाएगी और मैं उसे बताऊँगा कि मैं उससे मिलने ही आया हूँ।

'क्या हुआ अनुज, प्लीज मुझे फोन मत करो।' उसने बिना मेरी बात सुने गुस्से में वही बात दोहरा दी। जब मैं बालकनी में उसके साथ बातें कर रहा था, तब जग्गी की माँ घर में आ गई।

'वह कौन है?' उन्होंने जग्गी से पूछा।

'वह किससे बात कर रहा है?' उन्होंने जग्गी से फिर पूछा।

'मैं नहीं जानता।' जग्गी ने यह बात अपनी माँ को बताई, तब मैंने सुना और उसके बाद निराशा में अपना मुँह छिपाने की कोशिश की। मैं असहाय और थका हुआ था। जब कुछ समय के बाद मुझसे यह बर्दाश्त नहीं हुआ, तो मैंने पागलों की तरह उसे फोन करना शुरू कर दिया और उससे कहा, 'मैं जानता हूँ कि तुम मुझसे

बात नहीं करना चाहती हो, लेकिन मैं दिल्ली सिर्फ तुमसे मिलने आया हूँ, क्या मैं तुमसे मिल सकता हूँ?'

'मैं तुमसे मिलना नहीं चाहती अनुज, मैंने पहले भी तुमसे कहा था कि मैं तुमसे बात नहीं करना चाहती। तुम क्यों बार-बार मुझे फोन कर रहे हो?' उसने कठोरता से जवाब दिया। उस पल मैंने खुद को असफल होने के लिए काफी गालियाँ दीं। जग्गी की माँ ने एक बार फिर मेरी ओर देखा, लेकिन मैंने ऐसे दिखाया, जैसे मैं अपनी माँ से बात कर रहा हूँ।

मैंने उससे याचना की, 'कृपया एक बार, मैं तुमसे मिलना चाहता हूँ।'

'तुमने दिल्ली से आने से पहले मुझसे एक बार भी नहीं कहा, इसलिए वापस चले जाओ, मैं तुमसे मिलना नहीं चाहती।' उसने उसी आवाज में जवाब दिया। कुछ भी नहीं बदला था। अगर कुछ बदल रहा था तो वह मेरा चेहरा था, मेरी भावनाएँ और मेरी आँखें, जो आँसुओं से भरी हुई थीं। मेरे शरीर पर पसीना बह रहा था, चेहरा लाल और सिर जल रहा था और मैं काफी दु:खी था।

'तुम इस तरह से क्यों बात कर रहे हो? प्लीज मैं तुमसे मिलना चाहता हूँ, मैं तुमसे सारे गिले-शिकवे दूर करना चाहता हूँ, बस एक बार, कम-से-कम एक बार मुझे खुद को साबित करने का मौका दो।' मैंने इस बार उससे आग्रह किया।

'तुम क्या चाहते हो, तुम जानो, लेकिन मैं तुमसे मिलना नहीं चाहती, अच्छा होगा कि तुम वापस चले जाओ।' उसने काफी गुस्से में कहा और फोन काट दिया।

उस पल के बाद मैं केवल मैडी को फोन करना चाहता था और उस बदमाश को गालियाँ देना चाहता था, लेकिन जब वह कुछ सुनना नहीं चाहती थी तो इस बात का कोई मतलब नहीं था। जग्गी ने कहा, 'अरे अनुज, कुछ नाश्ता कर लो।'

'हाँ, आ रहा हूँ।' मैं अपने आँसू छिपाते हुए कमरे की ओर जाने लगा। एक पल के लिए मैंने खुद को कोसा कि मैं यहाँ आया ही क्यों? मैंने अपनी माँ से भी झूठ बोला। मैंने अपनी आँखें बंद कीं और आँखों से आँसू बाहर आ गए। मुझे बहुत बुरा लगा कि एक लड़की, जो मेरे लिए दु:खी होती थी, उसने मुझे रुला दिया। मैंने अपना चेहरा पोंछा और दिल में काफी खालीपन लगा। मैंने उसे संदेश भेजा—मैं गलत नहीं था पाखी। मैं जानता हूँ कि समय मेरे साथ नहीं है, लेकिन मैं कोई घटिया लड़का नहीं हूँ। मैंने तुम पर भरोसा किया और तुम्हारी इज्जत की। तुम असमंजस में हो। कृपया मेरा विश्वास करो। मैं तुम्हें याद करता हूँ।

□

एक यू-टर्न

दो दिनों में कई बदलाव हो गए। दिल्ली से वापस आने के लिए जब मैं अपना बैग पैक कर रहा था, तब बाहर धुंध थी, तभी मेरा फोन बज उठा। वह अनुष्का थी, मेरी अच्छी दोस्त, लेकिन लंबे वक्त से हम मिले नहीं थे, क्योंकि हम दोनों अपनी-अपनी जिंदगी में व्यस्त थे। वह मेरी चचेरी बहन काव्या की अच्छी दोस्त थी। मुझे याद है, अनुष्का से जब मैं पहली बार मिला था। वह एक रेस्तराँ में हॉट डॉग पर बुरी तरह से टूट पड़ी थी और मैं काफी तेजी से उस पर हँस पड़ा था। हालाँकि उसकी कीमत अब मैंने चुकाई, लेकिन यह एक अच्छी डील थी, बदले में एक अच्छा दोस्त मिला था। शहद के रंग जैसे लंबे बाल, सुर्ख लाल गुलाब की तरह होंठ, दिल के आकार जैसा चेहरा और उसकी चमकदार नीली आँखें हमेशा मेरा ध्यान खींचती हैं। उसका बड़ा मुँह और गालों पर पड़नेवाले आकर्षक गड्ढे, उसके शरारतपूर्ण, लेकिन मीठे हाव-भाव हमेशा दूसरों के दिल जीत लेते थे। गालों के गड्ढे, चमकदार मुसकराहट और लंबी भौंहें, वह काफी खूबसूरत थी। वह मेरी बहुत अच्छी दोस्त बन गई थी और वह मेरी सबसे शरारती दोस्त थी। वह पंजाबी परिवार से थी। पंजाबी लड़कियाँ हमेशा धमाका करती हैं, ऐसा वह हमेशा मुझसे कहती थी। दिल्ली के कनॉट प्लेस में हम दोनों ने घूमते हुए काफी अच्छा समय व्यतीत किया था। कई बार उसका देखभाल करनेवाला व्यवहार मुझे अचंभित कर देता था। मेरे प्रति उसका सम्मान और मुश्किल परिस्थितियों में मेरी मदद करने का उसका जज्बा मुझे सोचने को मजबूर कर देता था कि कहीं वह मुझसे प्यार तो नहीं करती। उसके लिए दोस्ती का बहुत अलग अर्थ था और वास्तव में वह प्यार से भी ज्यादा शांत और पवित्र था। इसलिए मैंने कहा कि पंजाबी दिल हमेशा धमाका करते हैं और पंजाबी लड़कियाँ हमेशा हॉट होती हैं।

'हे, मैं अनुष्का। तुम कैसे हो ? तुम कहाँ हो और तुम्हारी जिंदगी कैसी है ?' उसने मुझसे पूछा।

'तुम्हें इस बारे में कैसे पता चला,' एक पल को मैंने सोचा और जवाब दिया, 'मैं अच्छा हूँ, किसी काम से अभी ही दिल्ली आया था।'

'काम ?' उसने आश्चर्यचकित होने का नाटक करते हुए पूछा और साथ ही कहा, 'बच्चा अब बड़ा हो गया है। कल शाम को सी.पी. में मिलती हूँ तुमसे।'

'अरे, मेरी शाम को ट्रेन है। मुझसे सुबह 11 बजे मिलना।' मैंने कहा।

'बिल्कुल, मैं तुम्हें फोन करूँगी।' वह मुझसे मिलने को लेकर खुश थी, लेकिन मेरा किसी से मिलने का मन नहीं था। हमने कुछ समय तक पढ़ाई के बारे में बातें कीं और कुछ बातों को कल के लिए टाल दिया।

अगले दिन हम दोनों सी.पी. के सी.सी.डी. में मिले। हमने उन दिनों की यादें ताजा कीं, जब हमारी मुलाकात हुई थी और गरमी की छुट्टियों में दिल्ली में घूमे थे। उसने मुझसे कॉलेज के बारे में पूछा और दिल्ली में किस काम के लिए आया था, यह भी पूछा। मैं झूठ नहीं बोलना चाहता था, क्योंकि मैं पहले ही अपनी माँ से झूठ बोल चुका था और उसका परिणाम भी मुझे मिल चुका था।

'तुम दोनों कितने समय से डेटिंग कर रहे हो ?' काफी उत्साह से उसने मुझसे पूछा।

'ऐसा नहीं है। हम दोनों किसी रिश्ते में नहीं हैं, बस दोस्त हैं।'

'क्या तुम उससे मिले हो ?' उसने मुझे असमंजस में देखकर सवाल किया।

'नहीं।'

'कभी नहीं ?' अपने हाथ में कॉफी पकड़े हुए वह आश्चर्यचकित होकर मुझे देख रही थी।

मैंने सिर हिलाया, 'हाँ।' फिर मैंने सारी बातें बतानी शुरू कीं कि कैसे हमारी बात शुरू हुई, लेकिन मुझे उस तरफ से वैसी प्रतिक्रिया नहीं मिली, जैसी मुझे अपेक्षा थी। मैं इस बारे में किसी ओर से ज्यादा चर्चा नहीं करना चाहता था।

'तुम्हें दिल्ली आना पड़ा, क्योंकि वह गुस्से में है। है ना ?' उसने कॉफी का एक और घूँट पीते हुए कहा और पहले खुश, भ्रमित और उसके बाद मुसकराती दिखी। मैंने फिर 'हाँ' में सिर हिलाया।

'क्या तुम उससे प्यार करते हो ?' उसने यह आशा करते हुए कि मैं 'हाँ' में जवाब दूँगा, इस अपेक्षा में मुझसे सवाल किया।

'नहीं, हम दोनों किसी रिश्ते में नहीं हैं।' मैंने कहा।

'तुम किसी रिश्ते में नहीं हो और तुम्हें उससे मिलने दिल्ली आना पड़ा, क्योंकि वह गुस्सा है। क्या यह एक सपना नहीं है?'

मैं बस मुसकराया और बोला, 'मैं उसका संदेह दूर करना चाहता हूँ, क्योंकि कुछ गलत बातों के लिए मुझ पर आरोप लगा है।'

'वह सब तो ठीक है, लेकिन मुझे तुमसे कुछ बातों को साफ करना है। क्या तुम उसे पसंद करते हो?'

'हाँ, करता हूँ।'

'क्या तुम उससे प्यार करते हो?' कप को टेबल पर रखते हुए उसने अगले ही पल सवाल किया। मैं इस सवाल का जवाब दे सकता था। मैंने उस दिन के बारे में सोचना शुरू कर दिया, जब मैंने उसके साथ बात करनी शुरू की थी और एक आज का दिन है, जब सबकुछ खत्म हो गया है।

'क्या तुम उसे प्यार करते हो?' उसने एक बार फिर पूछा और कॉफी का एक घूँट पीने के लिए मेरी ओर बढ़ा दिया।

'मैं नहीं जानता।'

'अगर यह प्यार नहीं है तो और क्या है?' तुम दोनों पिछले चार महीनों से बात कर रहे हो और सबकुछ अच्छा था। वह गुस्से में है और तुम्हें उससे मिलने के लिए दिल्ली आना पड़ा, वह क्या है?'

'मैं कुछ नहीं जानता, लेकिन अब मेरी हर चीज अनुष्का पर खत्म हो रही है।' मैं दूसरी तरफ देखने लगा। मैं पाखी को खोना नहीं चाहता था। मैं घर से काफी दूर आया था और वापस जाने के अलावा कोई विकल्प नहीं था। मैं हर चीज सामान्य करने का प्रयास करना चाहता था।

'रुको अनुज, सबकुछ ठीक है। भागो मत, उसे कुछ समय दो। सबकुछ ठीक हो जाएगा।' उसने मेरा हाथ अपने हाथों में ले लिया, जो मेरे लिए अनपेक्षित था। उसने मेरी आँखों में देखा, मुसकराई और अपना हाथ हटा लिया।

'अगर वह तुमसे मिलना नहीं चाहती थी तो तुम यहाँ क्यों आए?' उसने अचानक पूछा।

'मैं उसे चौंकाना चाहता था।' मैंने कप को अपने हाथों में पकड़ते हुए जवाब दिया।

'रोमियो, हे भगवान्।' वह हँसी और वे कुछ बातें मुझे याद दिलाईं, जो अकसर मेरी माँ मुझसे कहती थीं।

'हम सभी इनसान हैं और हम सबके पास भावनाएँ हैं। अगर हम किसी से कुछ अपेक्षा करते हैं और हमें वह मिल जाता है, तब हम खुश होते हैं और उस व्यक्ति को हमेशा के लिए दिल में बसा लेते हैं, लेकिन जब हम जो चाहते हैं, हमें नहीं मिलता है, तब हम नाउम्मीद और नाखुश हो जाते हैं। यह ठीक ऐसा होता है कि हम किसी से 90 प्रतिशत की अपेक्षा करते हैं और हमें केवल 80 प्रतिशत मिलता है, तब हम असंतुष्ट हो जाते हैं और हमें बुरा लगता है।

'फिर उसी व्यक्ति से जब हम कोई उम्मीद नहीं करते हैं या 50 प्रतिशत ही चाहते हैं और उस वक्त अगर हमें 80 प्रतिशत मिल जाता है, तब हमें खुशी होती है, क्योंकि हमें उम्मीद से भी बढ़कर मिलता है। इन दोनों स्थितियों में हमें एक ही जैसा व्यवहार मिलता है, जो हमारी जरूरत के हिसाब से होता है, बस अंतर होता है खुशी और दुःख में। आपकी बातों से मैं इस निष्कर्ष पर पहुँच सकता हूँ कि आप किसी भी लड़की के लिए अच्छे होते हो, जो आपसे सच्चा प्यार, देखभाल, समर्पण और दोस्ती की अपेक्षा रखती है। और मैं कह रहा हूँ कि वह प्यार है और कुछ नहीं, इसलिए जाओ और प्यार करो।'

'हे, तुम्हारा बहुत-बहुत धन्यवाद। अब मैं ठीक हूँ।' मैंने कहा।

'अब आओ, हम दोनों पानी-पूरी खाते हैं।' उसने मेरा हाथ खींचा और हम घूमने लगे।

मैं बस उसकी बातों पर सोच रहा था कि यह प्यार है और मैं उससे प्यार करता हूँ। शाम को मैं अपने घर वापस आया। भावनाएँ किसी भी चीज पर हावी हो जाती हैं और हमारा रिश्ता उतना कमजोर नहीं था। मैं जानता था कि पाखी मुझे फोन करेगी और मैं उस पल का उत्सुकता के साथ इंतजार कर रहा था।

'क्या यह प्यार है?' मैंने कई बार सोचा, कई बार अपने दिल से लड़ाई की, लेकिन जवाब वही था। 'तुम झूठे हो, जो कुछ भी हो रहा था, वह प्यार था, न कि दोस्ती। अगर यह दोस्ती है, तब वह क्या था, जब तुम उसके लिए सुबह जल्दी उठ जाते थे, जब तुम उसकी खुद से ज्यादा देखभाल या चिंता करते थे और वह क्या था, जब तुम उसके लिए गाना गाते थे और उसे अच्छी नींद देते थे। क्या तुमने ऐसा ही व्यवहार अपने दोस्तों के साथ कभी किया है?' मैं उससे प्यार करता था, लेकिन उसके बारे में पूरी तरह सुनिश्चित नहीं था।

तीन दिनों के बाद ही मुझे उसकी ओर से फोन आया और मेरे फोन उठाते ही वह जोर-जोर से रोने लगी।

'क्या हुआ?' मैंने पूछा।

'मुझे माफ कर दो। मैं तुम्हारी गलती न होने के बावजूद तुम पर चिल्लाई। मैं जानती हूँ कि मैंने तुम्हें काफी परेशान किया। अब ऐसा कभी नहीं होगा। प्लीज मुझे माफ कर दो। मैं बहुत शर्मिंदा हूँ।' उसने महसूस किया कि मैंने कुछ नहीं किया था। मैं खुश था कि कोई तीसरा व्यक्ति हमारे रिश्ते को तोड़ नहीं सका। हमारे रिश्ते की परीक्षा थी और हम दोनों इसमें मजबूत बनकर उभरे थे।

'मैं बस यह कहना चाहता हूँ कि मैंने झूठ नहीं बोला। मैं तुम्हें कभी दुःख देना नहीं चाहता था। तुम मुझ पर भरोसा करो।' मैंने कहा और प्रसन्नता महसूस की। मैंने उससे पूछना चाहा कि क्या वह मुझसे प्यार करती थी, लेकिन ऐसा पूछना जल्दबाजी होती, क्योंकि हम अभी तुरंत ही अपने भावनात्मक दुःखों से उबरे थे।

जून का महीना आँसुओं और मुसकराहट में ही बीत गया, जुलाई महीना हँसी में और अगस्त हमारी दोस्ती और समर्पण की यादों को लिखने में बीत गया, जो अभी बढ़ रहा था। मैं असमंजस में था और अभी तक अनुपयुक्त था। जब मैंने अनुपयोगी कहा, तो इसका मतलब है कि मेरे होंठ अभी तक सूखे थे, मेरे सपने किसी रोमांटिक या रॉम-कॉम फिल्म के बजाय एक्शन से भरी फिल्म की तरह ही थे।

हालाँकि एक बात मेरे दिमाग में स्पष्ट थी कि एक लड़का और लड़की कभी दोस्त नहीं हो सकते, अगर वे ऐसे हो सकते हैं तो मैं उन संतों में से नहीं था, जो 'केवल इंतजार करो' का संदेश देते हैं। आखिरकार मैं खुद को आईने में देखकर मुसकराया और खुद को प्यार में होने की बात स्वीकार की।

□

पूरे अहसास के साथ हाफ गर्लफ्रेंड

'किसी लड़की के सामने प्यार का प्रस्ताव कैसे दिया जाता है?'

'फोन पर किसी लड़की को प्यार का प्रस्ताव देने का सबसे अच्छा तरीका कौन सा है?'

मैंने प्रस्ताव देने के सबसे अच्छे रास्ते की खोज शुरू कर दी थी। इससे कोई फर्क नहीं पड़ता है कि आप कितने स्मार्ट हो, लेकिन जब आप ऐसी स्थिति का सामना करते हैं, तब आपकी क्षमता की असली परीक्षा होती है। यह बहुत अच्छा तरीका नहीं था, लेकिन चौंकाने के लिए और बेहद रोमांटिक तरीका था। हालाँकि मुझे उसे प्यार का प्रस्ताव देने के लिए कोई बेहतर तरीका नहीं मिला था। भावनाओं को तकनीक नहीं हरा सकती है और मैंने अब तक वास्तविक और पारंपरिक रास्ते का चुनाव किया था। 'दिखावे की आवश्यकता नहीं थी, बस लाइट बंद करो और उसे प्यार का प्रस्ताव दो,' ऐसा मेरे दिल ने कहा। इस समय मेरे दिमाग ने दिल का साथ दिया और मुझे लगा कि मेरे रोंगट खड़े हो गए, मैं मुसकराया···हँसा···पागल हुआ···दीवाना हुआ···आशिक हुआ।

'तुम वास्तव में उससे प्यार करते हो? या यह केवल आकर्षण मात्र है?'

'मैं उससे प्यार करता हूँ।' मेरे दिल ने एक मीठी सी मुसकराहट के साथ जवाब दिया।

'अगर वह तुम्हें मना कर दे, तब?' मेरे पागल दिमाग ने सवाल किया।

'कोई जवाब नहीं···' मेरे रोमांटिक दिल में पूरी तरह खामोशी छा गई।

'लेकिन मैं आश्वस्त था कि वह मेरे प्रस्ताव को मना नहीं करेगी, देर रात तक वह मुझसे बात करेगी। वह मेरी देखरेख करती है, वह मुझे जानती है और वह मेरे लिए उस दिन रोई थी, इसका मतलब है कि उसके दिल में मेरे लिए प्यार है।' मेरे

दिल ने सटीक जवाब दे दिया था और दिमाग ने चतुराई से इस स्थिति को पहचान लिया था, 'तुम लोगों के साथ यही समस्या है। अगर लड़की आपसे अच्छी तरह बात कर ले, तो वह आपसे प्यार करती है और अगर आपकी देखभाल करती है, तब वह आपसे प्यार करती है, आपके साथ यह क्या हो गया है। तुम दोनों एक-दूसरे से मिले नहीं हो, ऐसे में आप कैसे कह सकते हो कि वह तुमसे प्यार करती है। हो सकता है कि वह अब तक तुमसे प्यार करती है, लेकिन आधिकारिक रूप से प्यार होने के लिए एक महत्त्वपूर्ण मुलाकात तो जरूरी होती है।' अब मैं स्तब्ध हूँ, क्योंकि मेरे पास स्वीकार करने के लिए वे सारे कारण थे, जिनके बारे में मैंने सोचा था।

यद्यपि हम एक ही दिशा में बात कर रहे थे, लेकिन उसे लेकर मेरी भावनाएँ बदल गई थीं। मैं उससे प्यार करता था और इसमें मुझे एक महीना और लगा। सितंबर आ चुका था और तारीख 6 सितंबर, 2009 थी। पिछले एक महीने से मैं सिर्फ उसके बारे में सोच रहा था और मुझे अपना सबसे अच्छा दोस्त बता रही थी। सभी चीजें अलग रास्ते पर थीं और मुझे सभी को एक ही रास्ते पर लाना था। मेरे रोंगटे खड़े हो गए, मैं मुसकराया, हँसा, दीवाना और आशिक हो गया।

मैं अपने बिस्तर पर उछला, फोन लिया और अगले ही पल उसका नंबर डायल कर दिया। कुछ घंटी के बाद उसने फोन उठा लिया, 'हैलो।'

'हाय, क्या हो रहा है?' मैंने एक लंबी साँस लेते हुए पूछा। उसे कुछ अलग सा महसूस हुआ, क्योंकि मेरी आवाज बदली हुई थी।

उसने असमंजस भरे अंदाज में जवाब दिया, 'कुछ नहीं, तुम बताओ, क्या चल रहा है?'

'कुछ नहीं,' मैंने धीमी आवाज में जवाब दिया और अब तक नाखून से टेबल पर कुरेद रहा था। वही जगह, वही टेबल, जहाँ कुछ महीने पहले मैडी ने उसका नंबर डायल किया था।

इससे पहले कि मैं कुछ कहता, उसने पूछा, 'क्या हुआ अनुज, क्या सबकुछ ठीक है?'

'हाँ, सबकुछ ठीक है।' मैंने अपनी उँगलियाँ रगड़ते हुए जवाब दिया। मैंने कागज को टुकड़े-टुकड़े कर दिया था।

'फिर तुम इस तरह बात क्यों कर रहे हो, मैं तुम्हारी दोस्त हूँ, क्या हुआ, मुझे बताओ, तुम कुछ कहना चाह रहे हो?' उसने फिर पूछा। हालाँकि उसकी बातों में मेरे प्रति चिंता थी, लेकिन 'मैं तुम्हारी दोस्त हूँ, ठीक है', इस लाइन ने मुझे विचलित

कर दिया और मैंने उससे बात करने के लिए जो साहस जुटाया था, वह मेरी नसों में खो गया। आप किसी से प्यार करते हैं, यह उससे कहना आसान नहीं होता। अपने सपने को सच्चा करने के लिए आप जितनी इच्छा करते हैं, उतना ही यह मुश्किल होता है। हमेशा की तरह सही समय पर मेरे दिमाग ने मुझे गलत संकेत दिया—सच्चाई हमेशा कैमरे के पीछे मौजूद रहती है और आप उससे नहीं मिल सके तो अच्छा होगा कि वास्तविकता में रहें, क्योंकि यह एक काल्पनिक विचार है। उससे मिले बिना, तुम उसे प्यार का प्रस्ताव देने जा रहे हो?'

'तुम वहाँ हो?' उसने पूछा।

'हाँ, माफ करना, कुछ नहीं, हाँ, मैं केवल यहीं हूँ।'

'बात पूरी करो कि तुम क्या कर रही हो, हम लोग बाद में बात करेंगे। तुम व्यस्त लग रही हो।' वह निराश लग रही थी।

'मैं तुम्हें पाँच मिनट में वापस फोन करूँगी।'

'ठीक है।'

फोन कट गया था। जिस वक्त फोन कटा था, मैंने कुछ भी नहीं सुना था, क्योंकि जितना अधिक आप सुनते हैं, उतना ही अधिक आपको सदमा होता है। हमें हमेशा अपनी आत्मा की आवाज सुननी चाहिए, ऐसा मेरा केवल सुझाव है। मैंने उसे फोन किया।

'अरे क्या हुआ, मुझे बताओ?'

'क्या तुम्हारा इंटरनेट काम कर रहा है? मुझे कुछ काम है, पर मेरा इंटरनेट काम नहीं कर रहा है।'

'हाँ, मुझे बताओ, क्या मुझे अपने लैपटॉप पर लॉग ऑन करना चाहिए?'

'नहीं, कोई बात नहीं, मैं फिर से कोशिश करता हूँ, तुमसे बाद में बात करता हूँ।'

'तुम सच में कमजोर लड़के हो,' न तो मेरे दिल और न ही मेरे दिमाग ने मेरा साथ दिया।

हालाँकि यह कहना मुश्किल था, लेकिन कई बार मैं अपने सबसे अच्छे दोस्त को खोने से डरता था। एक दोस्त आपका प्यार नहीं हो सकता और प्यार कभी भी दोस्त नहीं बन सकता, यह सही है। मैं उसे बताना चाहता था, लेकिन मैं उससे प्यार करता था, लेकिन इन शब्दों को बोलकर किसी को भी खोना नहीं चाहता था। मैंने पानी के कुछ घूँट पिए और उसे अंतिम बार फोन किया, 'मैं तुमसे बात करना

चाहता हूँ।' वह समझ गई कि कुछ होनेवाला है, 'थोड़ा रुको, मैं अपने कमरे में जा रही हूँ, फोन होल्ड करो।' फोन होल्ड करने का समय मेरे लिए फिर से असहज था, लेकिन इस बार कुछ करो या गधे बन जाओ।

'क्या तुम कुछ छिपा रहे हो, मुझे बताओ, क्या हुआ, क्या सबकुछ ठीक है?' उसकी आवाज में असमंजस दिखाई दिया और उसने अनुमान लगाया कि कुछ हुआ है।

'सबकुछ ठीक है, मैं अकेलापन महसूस कर रहा था, इसलिए तुमसे बात करना चाहता था।'

'तुमसे किसने कहा कि तुम अकेले हो, मैं हमेशा तुम्हारे साथ हूँ। क्या तुमने खाना खाया?'

अँधेरे में मैं वह बात बताने को सहज था, हालाँकि यह मूर्खता थी, लेकिन मैंने पहले ही सारी लाइट बंद कर दी थी।

'मैं तुमसे प्यार करता हूँ…'

कुछ पल के लिए वहाँ खामोशी छा गई।

'क्या?' उसने कहा।

'मैं तुमसे प्यार करता हूँ…'

भले ही निर्जीव चीजें आपको साहस दे रही हों, लेकिन उस वक्त भी आप खुद को असहाय महसूस करते हो। मैंने कुरसी को कसकर पकड़ लिया था, मैंने जवाब दिया, 'मैं मजाक नहीं कर रहा हूँ, मैं तुमसे प्यार करता हूँ।'

'अनुज! मैं तुम्हें मार डालूँगी।' उसने मेरी बातों को मजाक की तरह लिया।

'मैं तुमसे प्यार करता हूँ, मैं मजाक नहीं कर रहा हूँ।'

'तुम क्या कह रहे हो? हम दोनों दोस्त हैं।' कुछ देर के लिए उसकी आवाज में घुरघुराहट आ गई, लेकिन बाद में सही हो गई।

'मैं नहीं जानता, लेकिन वाकई मैं तुमसे प्यार करता हूँ।' भावनाएँ, अहसास, साहस सबकुछ मेरी आवाज में थे, मैं सिर से निकलता पसीना पोंछ रहा था। सितंबर के महीने में मुझे काफी तेज पसीना आ रहा था, यह मेरी स्थिति बताने के लिए काफी था। एक साहसिक लड़के की तरह मैंने फिर से कहा, 'पाखी! मैं तुमसे प्यार करता हूँ। मैं तुमसे पहले ही यह बात बोलना चाहता था, लेकिन कह नहीं सका। मैं तुम्हारे साथ जिंदगी बिताना चाहता हूँ।'

'अनुज, तुमने मुझे नहीं देखा है। तुम ऐसा कैसे कह सकते हो?'

'वह मेरे लिए मायने नहीं रखता है।' मैंने आत्मविश्वास के साथ जवाब दिया। मैंने सोचा कि या तो वह हाँ कहेगी या कूटनीतिक तौर पर ना, लेकिन उसने रोना शुरू कर दिया।

'अरे, तुम रो क्यों रही हो?' मैंने उससे पूछा।

उसने जोर से साँस ली, 'मैंने कभी इस बारे में नहीं सोचा, मैं तुम्हें खोना नहीं चाहती हूँ, अनुज!'

'मैं भी तुम्हें खोना नहीं चाहता, मैं तुम्हारे जवाब का इंतजार कर रहा हूँ।'

'अगर मैं जवाब नहीं दूँगी, तो क्या तुम मुझे छोड़ दोगे। मैं तुम्हें खोना नहीं चाहती हूँ, तुम मेरे सबसे अच्छे दोस्त हो और मैंने कभी इस बारे में नहीं सोचा था, आखिर यह सब क्या हो गया?' जिस तरह से वह ये सारी बातें कह रही थी, मुझे उसकी खुशी के बारे में समझ आ गया था।

'अरे, कृपया रोना बंद करो।'

'क्या तुम मुझे छोड़ दोगे?' उसने मुझे खोने के डर से सवाल किया।

'मैं तुम्हें छोड़कर नहीं जा रहा हूँ। तुम मेरी सबसे अच्छी बेबी हो, इसलिए कृपया रोना बंद करो और पानी पीओ।' मैंने उसे पुचकारा। 'लेकिन मुझे अकेला कभी मत छोड़ना, मैं यह सब सह नहीं सकूँगा।' उसने मेरे सवाल का कोई जवाब तो नहीं दिया, लेकिन उसके आँसुओं ने बताया कि हमारी दोस्ती कितनी गहरी थी।

'मैं वादा करता हूँ कि मैं तुम्हें कभी छोड़कर नहीं जाऊँगा, यह मेरा वादा है। अब थोड़ा पानी पी लो।' मेरा प्रस्ताव अभी वहीं था और यह जारी था। लड़कियाँ किसी भी प्रस्ताव को स्वीकार करने में समय लेती हैं, यह मैं जानता था, लेकिन अब तो चार महीने से अधिक बीत चुके थे। मैं अपनी हाफ गर्लफ्रेंड के साथ था, लेकिन पूरी भावनाएँ भी थीं और इस इंतजार में महीनों बीत गए कि वह जल्दी से 'हाँ' कहेगी।

□

प्यारे से चेहरे के साथ जबरदस्त जगह

आखिरकार हमने दिल्ली में मिलने की योजना बनाई। मैं रोमांचित था, लेकिन डरा हुआ भी था। मैं खुश था, लेकिन परेशान भी। यह सातवाँ स्वर्ग था, लेकिन यहाँ कैसे प्रतिक्रिया दी जाए, उससे मैं हर समय परेशान था और जब हम मिलेंगे, तो क्या होगा, हमेशा इस बारे में ही सोचता रहता था। जब बात शादी की आती है, तो इस मामले में लड़कियों को काफी शर्मीला माना जाता है। ऐसा प्रचलित है कि जब भविष्य को लेकर कोई निर्णय लेने की बात आती है तो लड़कियाँ शरमा जाती हैं। शहरों में अब परिदृश्य बदल चुका है, जहाँ लोग शिक्षित हो चुके हैं या शिक्षित परिवार से आते हैं। लड़कियाँ काफी हद तक आत्मनिर्भर हो चुकी हैं और पुरुषों को समर्पित समाज में बँधे-बँधाए नियम को तोड़ने में सक्षम हैं। वहीं दूसरी ओर लड़के ज्यादा शर्मीले हो गए हैं और वे अपने रिश्तों, लोगों व चीजों को लेकर काफी संवेदनशील हैं। अब उनमें ज्यादा सामना करने, परेशानी झेलने और अकेले में ज्यादा रोने के लक्षण दिखाई देते हैं। एक रोता हुआ व्यक्ति कभी कमजोरी नहीं बता सकता, वह कितना अधिक संवेदनशील है, देखभाल करनेवाला और जिम्मेदार है, यह बता सकता है। यह झूठ लगता है, लेकिन सच है।

कोई एक ही शासन कर सकता है और अब लड़कियों ने राज करना शुरू कर दिया है। ये सारे विचार मुझे और ज्यादा परेशान कर देते हैं, इसके बावजूद कि हम दोनों पिछले दस महीनों से अधिक समय से बातचीत कर रहे थे। आमतौर पर ऐसा होता है कि लड़के अपनी भावनाएँ आसानी से प्रकट नहीं कर पाते हैं और यह मजबूती से साबित हो चुका था कि मैं पूरी तरह पुरुष था।

इससे पहले मैं दिल्ली कभी नहीं गया था। जो बातें मैंने बताई हैं, वह उसी के द्वारा बताई गई थीं। अगर मैं दिल्ली के बारे में कुछ जानता हूँ, तो वह केवल

दिल्ली की लड़कियाँ हैं। दिल्ली की लड़कियाँ देश भर में सबसे प्यारी होती हैं। वे न केवल पहनावे में बेहतर होती हैं, बल्कि उनके बात करने का तरीका भी काफी विनम्र होता है। उनके चेहरे बताते हैं कि जिंदगी को लेकर उनका व्यवहार कितना खुला हुआ होता है, जिसे वे जीती भी हैं। इसमें कोई संदेह नहीं है कि वे दिल्ली को नया बॉलीवुड बना सकती हैं। हालाँकि मैं अपनी सपनों की रानी से मिलने को बेताब था। दिसंबर में दिल्ली में ठंड चरम पर थी, जैसी कि दिल्ली की सर्दी होती है।

'क्या तुम कल आ रहे हो?' रोमांचित, खुश और शहद जैसी मीठी आवाज में उसने पूछा।

'मैं नहीं आ सकता, सच में मुझे माफ कर दो। पर चिंता मत करो, हम निश्चित रूप से अगले महीने मिलेंगे। मैं तुम्हें फोन करने ही वाला था कि मेरी माँ की तबीयत ठीक नहीं है।' मैंने अपने कमरे में घुसते हुए जानकारी दी।

'उन्हें क्या हुआ है?' उसकी आवाज गहरे दु:ख में डूब गई थी।

'वह ठीक नहीं हैं और चाहती हैं कि मैं घर पर ही रहूँ।'

'तो तुम नहीं आ रहे हो?' उसने एक बार फिर पूछा।

'मुझे माफ कर दो।'

मैं उससे सिर्फ इतना ही कह पाया और फोन काट दिया।

'यह तुम्हारा अचार, तुम्हारे बिस्कुट, तुम्हारे बेसन के लड्डू और बाकी चीजें तुम्हारे बैग में हैं, एक बार फिर देख लो।' माँ ने सारी चीजें रखते हुए कहा।

'माँ, किसी के पास भी तुम्हारे आम का अचार और बेसन के लड्डू जैसी चीजें नहीं होती हैं।'

'चुप रहो, ये तुम्हारे लिए है, उसे वहाँ रख दो और सो जाओ। कल सुबह तुम्हें जल्दी जाना है।' माँ बैग में बाकी चीजें रखती हुई चिल्लाईं। मैंने उसके तोहफे फिर से देखे और सचमुच मैं कल उससे मिलने जा रहा था। बिना दु:ख के खुशी नहीं होती और मैं उसे यह अहसास कराना चाहता था।

प्यार आपको झूठा बना देता है। मैंने अपनी माँ को बताया था कि मैं रास्ते में पड़नेवाले अपने कॉलेज जा रहा हूँ, मैं कॉलेज जा रहा था। दिल्ली में एक छोटे से लव ब्रेक के बाद मैं कॉलेज जा रहा था, जो मेरे जीवन का सबसे यादगार दिन होनेवाला था।

अगले दिन सुबह मैंने बरेली से नई दिल्ली के लिए इंटरसिटी ट्रेन पकड़ ली थी। मुझे विंडो सीट पर बैठना अच्छा लगता था। विंडो सीट...ईयरफोन...तेज

आवाज और इसी के साथ मैंने अपना सफर शुरू कर दिया। सफर दो दिलों का।

'आज मैं उससे मिलने जा रहा था, जो अब तक मेरे सपनों में थी।'

'मैं तुमसे प्यार करता हूँ, पाखी!' मैं बड़बड़ाया और खिड़की के बाहर देखते हुए मुसकराया। मैं अचानक अपने स्वप्नलोक से जागा, जब एक बच्ची चिल्लाई, 'अरे मम्मी, गाय...खिड़की बंद करो...वरना वह अंदर आ जाएगी।'

मैंने उस बच्ची की ओर देखा। वह बहुत प्यारी और मासूम थी। उसने मुझे देखा और मुसकराई। मैंने अपनी पलक झपकाई, तो वह खिड़की की दूसरी ओर कूद गई।

'स्वीटी, यहाँ आओ।' उसकी माँ ने उसे पकड़ने की कोशिश की।

'हेहेहे...हीहीहीही...' बच्ची हँसी और मुझे देखने लगी।

'मम्मी...सी फॉर कैट या सी फॉर काऊ, बताओ ना मम्मी, बताओ ना।' बच्ची ने अपनी माँ का हाथ पकड़ लिया और चारों ओर घूमने लगी।

उसकी माँ ने मुझे देखा और बोली, 'वह काफी नटखट है।'

मैं मुसकरा उठा, 'लेकिन वह काफी प्यारी है, उसका नाम क्या है?'

'मेरा नाम जाफिरा है और पापा मुझे बेटू बुलाते हैं।'

मैं जोर से हँस पड़ा, 'हाहाहा...बहुत-बहुत धन्यवाद जाफिरा।'

चीजें खूबसूरत लगने लगी थीं और जब आप प्यार में होते हैं तो लोग भी आपसे बहुत प्यार करते हैं, मुझे भी ऐसा ही महसूस हुआ। 'आपका नाम क्या है?' बच्ची ने मेरी ओर देखकर सवाल किया।

मैं मुसकराया, 'मेरा नाम अनुज है।'

'अपना पूरा नाम बताओ, मैंने अपना पूरा नाम बताया है ना।' अपने हाथ सीट पर रखते हुए वह बोली।

'ओह, माफ करना, मेरा नाम अनुज तिवारी है।' मैंने उसके गाल पर चिकोटी काटी।

मैंने उसे बताना चाहा कि मैं उसी के जैसी प्यारी किसी लड़की से मिलने जा रहा हूँ, जो उसके लिए चौंकानेवाला होगा, क्योंकि मैंने उसे फोन नहीं किया है। मैंने अपना लैपटॉप खोला और उसमें 'विन 32' नाम का फोल्डर खोला और उसकी कुछ तसवीरें देखने लगा। जब आप कुछ चाहते हैं तो वह कभी नहीं मिलता है, जब आप नहीं चाहते हैं तो जरूर होता है। मेरे साथ भी ऐसा ही हुआ। मेरा फोन बजा, 'हाय, क्या कर रहे हो आप?' उसने पूछा।

'कुछ नहीं, मैं अपनी मम्मी के साथ बाहर हूँ, तुम्हें बाद में फोन करता हूँ।' मैंने उसे जानकारी दी।

'ठीक है, जब आप फ्री हो जाओ, तब मुझे बताना।' फोन कट चुका था। स्क्रीन पर एक संदेश आया—

'अनुज तिवारी हमेशा मुझे चौंकाने का प्रयास करता है, लेकिन मैं हमेशा उसे पकड़ लेती हूँ। एक बार फिर मैंने तुम्हें पकड़ लिया है। मैं तुम्हें पिछले ग्यारह महीनों से जानती हूँ।' मैं अपनी माँ के साथ बाहर हूँ, 'एल.ओ.एल.…डंबू : पी'

अगले ही पल मैंने उसे फोन किया।

'झूठे, मैं जानती हूँ कि तुम आ रहे हो, फिर तुम ऐसा क्यों कर रहे हो?'

'मैं तुम्हें चौंकाना चाह रहा था।'

'और मैंने तुम्हें पकड़ लिया है।' वह हँसी।

'मैंने अपनी तरफ से पूरी कोशिश की। अब तुम्हें इसकी कीमत चुकानी होगी।' मैंने कहा, 'क्या चल रहा है?'

'कुछ नहीं, तुम्हारा इंतजार कर रही हूँ…जल्दी आओ…'

'मैं आ रहा हूँ, मुझसे मिलने के लिए तैयार रहो।'

'रोमांचित हो?' उसने पूछा।

'क्या तुम रोमांचित हो?' मैं उसकी प्रतिक्रिया जानना चाहता था।

'निश्चित रूप से मैं हूँ। मुझे उस व्यक्ति से मिलना है, जो पिछले ग्यारह महीनों से मुझसे बात कर रहा है। अब देखना है कि वास्तव में वह कौन है?'

'मुझे तुम्हारा तरीका पसंद आया है, मुझे तुम्हारा बात करने का तरीका, तुम कैसे हो, यह सब पसंद आया है।'

हमने सी.पी. मेट्रो स्टेशन पर मिलने की योजना बनाई। फोन बज उठा, 'तुम कहाँ हो?' उसने पूछा।

'बस सी.पी. पहुँच रहा हूँ, तुम कहाँ हो?' मैंने मेट्रो में रूटचार्ट देखते हुए पूछा, जिसमें दिखाई दिया कि नई दिल्ली से अगला स्टेशन सी.पी. है।

'मैं यहाँ सी.पी. में इंतजार कर रही हूँ।'

सबकुछ पलक झपकते ही हो रहा था और मैंने खुद को याद दिलाया कि क्या बोलना है, कैसे बोलना है और एक शरीफ आदमी की तरह कैसे व्यवहार करना है। तभी उद्घोषणा हुई—'नेक्स्ट स्टेशन इज रजीव चौक, डोर विल ओपन ऑन द लेफ्ट। अगला स्टेशन राजीव चौक है, दरवाजे बाईं तरफ खुलेंगे।'

मेट्रो में अपना चेहरा छिपाते हुए मैंने अपने गालों पर तीन से चार बार मारा, ताकि तरोताजा दिखाई दूँ। कोई मुझे देखे और इससे पहले कि वह अपने विचार बदल दे, मैं रुक गया।

दरवाजा खुला, किसी ने मुझे धक्का दिया, जैसे वे सभी किसी रेस में थे, जैसे मेरे पीछे से कोई सैलाब आया। मैं भीड़ के साथ बाहर आ गया। मैं अपने हर कदम को लेकर सावधान था। मैंने अपने चारों ओर देखा और सोचा कि शायद मैं पहले से उसे देख सकता।

'क्या इससे कोई मतलब होता है? हाँ, निश्चित रूप से।' मैंने सोचा कि वह मुझे फोन करेगी और मैं उसे बताऊँगा कि मैं सी.सी.डी. के नजदीक खड़ा हूँ।

मैंने बहुत ज्यादा मेकअप किए हुए एक लड़की को देखा, लेकिन वह मेकअप उस पर जँच रहा था।

वह न केवल दिखने में खूबसूरत थी, बल्कि जबरदस्त और भड़कीली थी, लेकिन मैंने सोचा कि वह पाखी न हो।

'मैं अपनी लड़की के साथ खुश हूँ, मैं कोई उत्तेजक लड़की नहीं चाहता हूँ, उन्हें सँभालना मुश्किल होता है।'

वह मेरी ओर आई और मेरी बगल से निकल गई। मैंने एक लंबी साँस ली और पाखी का इंतजार करते हुए चारों ओर देखा। मैं सी.सी.डी. की ओर बढ़ा। मेरे दिमाग में कुछ अलग तरह के सवाल उठने शुरू हो गए।

'क्या हुआ, अगर वह अपनी तसवीरों की तरह मधुर नहीं दिखाई देती है?'

'क्या हुआ, अगर उसकी मुसकराहट उतनी अच्छी नहीं है?'

'क्या हुआ, अगर वह अच्छी नहीं है?'

मैंने अपनी पलकें झपकाईं और खुद से पूछा, 'तुम उससे प्यार करते हो, अनुज?'

'बहुत ज्यादा…मैं अपना बाकी जीवन उसके साथ बिताने को तैयार हूँ?'

'तो आगे बढ़ो और वह जैसी है, वैसे ही उसे स्वीकार करो, क्योंकि आखिरी में खुशी मायने रखती है, न कि शारीरिक खूबसूरती।' मैं मुसकराया और खुश हो गया।

'हाय।' काफी विनम्र, मधुर आवाज में किसी ने पीछे से आवाज लगाई। मैं पीछे मुड़ा।

'हाय।' मैं केवल मुसकराया।

अंडाकार चेहरा, काली आँखें, मुड़ी हुईं पलकें, धनुष की तरह की भौंहें

उसके रंग को बेहतर खूबसूरती दे रहे थे। उसके गुलाबी होंठों पर चॉकलेट के रंग के लिप-ग्लॉस ऐसे लग रहे थे, जैसे किसी फूल की पँखुड़ियाँ हों। उसके गूँथे हुए बाल हवा के झोंके से उसके गालों पर गिरे हुए थे। उसने नीले व चॉकलेट रंग का स्वेटर पहना था, कानों में ईयरफोन था, मछली के आकार के ईयररिंग्स और लाल गाल और मधुर चेहरे ने पल भर के लिए मुझे मोह लिया था। वह बेबी गर्ल की तरह दिखाई दे रही थी। लेकिन मैंने उसे अपनी जान से प्यारे की तरह देखा, उसका शरीर अच्छा था, युवा, संतुलित···एक कॉम्बो पैक···बेबी और बेबो, मैं मुसकराया।

मैं उसे धीरे-धीरे ऊपर से नीचे तक देखना चाहता था और मैंने ऐसा ही किया था। मैंने अपनी आँखें दूसरी तरफ कीं और फिर अपने शरीर को भी। मैं चिंतित था और काँप रहा था, मेरे दिल की धड़कन घोड़ों की तरह दौड़ रही थी। मैं खुद को आरामदायक और बिना चिंता के दिखाना चाहता था, लेकिन सच्चाई तो मेरा दिल ही जानता था, मैं परेशान था।

वह मुसकराई, तो वह मेरे विचारों से ऊपर चली गई। हमारे बीच मौजूद खामोशी ने मुझे और परेशान कर दिया था। हमने ज्यादा बात नहीं की और स्टेशन से बाहर आ गए।

एक लंबा गोलाकार रास्ता होते हुए हम दोनों सी.सी.डी. पहुँचे। मैंने अपने कदम पीछे किए। अब वह मुझसे एक कदम आगे थी। मैंने पीछे से उसे देखा।

'वह न केवल मधुर थी, बल्कि भड़कीली भी थी।' मेरे दिमाग ने दिल को एक धक्का दिया।

'चुप रहो अनुज! वह तुम्हारा प्यार है, इन सारी बेवकूफियों के बारे में मत सोचो।' मैं शर्म से नीचे देख रहा था, मैंने इसे अनदेखा कर दिया।

मैंने कई चीजों की योजना बनाई थी—पहली, हम हाथ मिलाएँगे और एक-दूसरे को अच्छी सी मुसकराहट देंगे और उसके बाद हम बात करेंगे और मैं उससे कुछ सवाल पूछूँगा, लेकिन ऐसा कुछ भी नहीं हुआ।

उसने बाईं ओर देखते हुए सवाल पूछा, 'क्या हुआ?'

मैंने खुद को उसके आगे किया और उससे थोड़ा आगे हो गया, 'कुछ नहीं' और उसके बाद कुछ हुआ···

□

पहला स्पर्श और सात संदेश

वह शर्मीली और चुप थी। निश्चित रूप से उसके दिमाग में मेरे दिमाग से अलग कुछ नहीं था। फोन पर हम प्रतिदिन तीन घंटों तक बात करते थे, लेकिन पिछले तीस मिनट से हमने बमुश्किल दस मिनट ही बात की थी। हम सी.सी.डी. पहुँच चुके थे। हम दोनों एक–दूसरे की आँखों में झाँकने की कोशिश कर रहे थे। मैं उसे कई बातें बताना चाहता था, लेकिन¨ कैसे? यह एक सवाल था। उसने मेन्यू उठाया। जब वह मेन्यू देख रही थी, तब उसे देखने का मेरे लिए सबसे अच्छा समय था, हालाँकि मैं उसका चेहरा नहीं देख सकता था, लेकिन मैं उसे महसूस कर सकता था। मैं घड़ी को रोकना चाहता था। अचानक उसने मुझे देखते हुए पूछा, 'तुम क्या चाहते हो?' मैंने तुरंत अपनी आँखें दूसरी ओर कर लीं। मैं जानता था कि वह समझ चुकी थी कि मैं पिछले दस मिनट से उसे देख रहा था। एक पल के लिए मैंने उसकी आँखों में देखा। वे काफी खूबसूरत थीं और उन्होंने कई बातें कह दी थीं। उन आँखों में कुछ खास था।

'तुम्हें क्या चाहिए, तुम ऑर्डर कर सकते हो?' मैंने अपनी आँखें घुमाते हुए जवाब दिया और एक बार फिर उसकी आँखों में देखा।

'ठीक है, मैं मँगवाता हूँ, एक ब्राउनी और दो कॉफी।' वह मुसकराई।

'ठीक है।' मैं भी मुसकराया।

'आखिर क्यों नहीं वह केवल एक कॉफी मँगवाती है, ताकि मैं भी उसी जगह पर उसी कॉफी के घूँट पी सकूँ, जहाँ उसके होंठों का स्पर्श हुआ था।' मैंने कल्पना की।

हमें थोड़ी आरामदायक स्थिति में आने में कुछ समय लगा और उसके बाद हम बात करने लगे। कॉफी के कुछ घूँट पीने के बाद, उसने अपने बैग से कोई चीज

निकालते हुए मुझसे कहा, 'यह तुम्हारे लिए है।'

'क्या यह अँगूठी है?' मैंने सोचा।

'तुम सचमुच पागल हो, क्या वह तुम्हारे लिए अँगूठी खरीदेगी या तुम उसके लिए खरीदोगे?' और अगले ही पल मुझे इसका जवाब मिल गया। उसके बाद मुझे एक प्रेम-पत्र मिलने की उम्मीद थी।

उसने टेबल पर एक डायरी रखी और उसके पन्ने दिखाने लगी। पहले पन्ने पर, उसने इटैलिक अक्षरों में कुछ लिखा था—'2 फ्रैंड्स+2 गेदर=4 एवर', दूसरे पन्नों पर चार कार्टून थे। उनमें मैं ही निशाने पर था। एक में लैपटॉप पर केवल तसवीरें देखते हुए फोटो थी; तो दूसरे में मेरी चौड़े चेहरेवाली तसवीर थी, जैसी हमेशा होती है, जब वह मेरा फोन उठाती थी; तीसरी वह, जिसमें फोन हाथ में रखे हुए एक व्यक्ति रो रहा था; और अंतिम वह, जिसमें एक व्यक्ति बिस्तर में सोते हुए फोन पर बात कर रहा था, जैसा मैं हमेशा करता हूँ, दरअसल हम दोनों ऐसा करते हैं।

मैंने उसकी ओर देखा और मुसकराया।

'यह वाली कैसी है?' उसने मेरी गुस्से से भरे चेहरेवाली तसवीर पर उँगली रखी और हँसी। उसने अपनी जीभ से अपने होंठ साफ किए।

'बुरा नहीं है। क्या यह मेरे लिए है?' उसे अपने हाथ में लेते हुए मैंने डायरी के पन्ने को पलटा, अगले पेज पर लिखा था—

हाय,

मैं तुम्हारी डायरी हूँ। मैं यहाँ हूँ, इसलिए तुम कोई भी अच्छी या बुरी बात मुझसे कह सकते हो, कुछ भी। मुझे अपने आईने की तरह समझो, जिससे तुम कुछ भी छिपा नहीं सकते।

लेकिन इससे पहले कि तुम शुरू करो, मैं एक वादा चाहती हूँ कि तुम इस डायरी का एक भी पन्ना फेंकोगे नहीं, खासकर अपने फोन नंबर या अपने किसी मूर्खतापूर्ण काम के लिए। मुझे उम्मीद है कि मैं हमेशा तुम्हारे साथ रहूँगी, थोड़ी खट्टी और थोड़ी मीठी यादों के रूप में।

भविष्य के लिए शुभकामनाएँ!

तुम्हारी डायरी

जिस वक्त उसने मुझे अपनी डायरी दी, उस वक्त मैंने हमारे बीच के हर पल

को डायरी में लिखने का निश्चय किया था। हालाँकि मुझे नहीं पता था कि मैं कैसे लिख पाऊँगा, लेकिन उसमें हर चीज लिखने के बाद मैं उसे अपनी शादी के बाद उपहार में दे दूँगा। अभी तक हम दोनों किसी रिश्ते में नहीं थे और मैंने शादी तक योजना बनाई कि प्यार ही सबकुछ है।

अब समय आ गया था कि मैं खुद को सबसे रोमांटिक लड़के के रूप में साबित करके दिखाऊँ। मैंने अपने काले रंग के नाइक के बैग की चेन खोली और दिल के आकार का गुलाबी रंग का कार्ड निकाला, जो मैंने उसके लिए बनाया था।

'अरे वाह, इसे किसने बनाया?' उसने कार्ड मेरे हाथ से छीनते हुए पूछा।

'तुम्हारे लिए।' मैंने उसकी मछली जैसी दिखनेवाली कान की बालियों को देखते हुए जवाब दिया, जो उसके गले को छू रही थीं, मानो वे उसके गले को बार-बार चूम रही हों। मैंने उसका हाथ अपने हाथों में लिया। उसने खुद पर मेरी ओर न देखने का दबाव डाला और तब मैंने उसके हाथों को अपने दोनों हाथों में ले लिया।

मैंने दिल के आकार के कार्ड को उठाया, उसे टेबल पर रखा और उसे उसके सामने खिसका दिया, जो अब तक दूसरी ओर देख रही थी। उसने गुलाबी रंग के हाथों से बने हुए कार्ड को देखा और फिर मेरी ओर देखा। उसने उसे उठाया, मैंने कहा, 'जिस दिन से मैंने तुमने बात की है, तुमने हमेशा मुझे ऐसा अहसास कराया है कि मुझे किसी की जरूरत नहीं है।'

मैंने उसका हाथ अपने हाथों में लिया और कहा, 'मुझे हर रात तुम्हारी कमी महसूस हुई और हर रात मैंने यह जानने की कोशिश की कि मैं यहाँ क्यों हूँ, क्योंकि उस वक्त तुम मेरे साथ नहीं थे।'

मैंने दूसरे कार्ड को टेबल पर काफी सावधानी और प्यार से रखा। उसने उसे देखा और बोली, 'मुझे तुम्हें हर सुबह जल्दी उठाना अच्छा लगता था, क्योंकि तुम्हारी आवाज से मेरा हर दिन और तुम्हारी मुसकराहट मेरे जीवन में खुशियाँ लाती है और जब मैं तुमसे बात करती थी, तब सबकुछ भूल जाती थी।'

मैं बोल रहा था और वह मेरी ओर देख रही थी, 'हर रात मैं आँसुओं के साथ सोता था और एक पल भी जीना मुश्किल था और तुम्हारी गैर-मौजूदगी ने मुझे असहाय बना दिया था।'

मैंने तीसरा कार्ड आगे बढ़ाया, जिसमें लिखा था—

तुमसे काफी लंबी बात करने के बाद, मैं फिर से अगले पल की प्रतीक्षा करने

लगा, ताकि तुमसे बात कर सकूँ, वह क्या है, मुझे नहीं मालूम, लेकिन कुछ खास है, जिसे मैं महसूस कर सकता हूँ। जब मैंने बार-बार तुम्हें फोन किया, तुम चिल्लाई, लेकिन मुझे तुम्हारी कमी खली…

लेकिन तुम्हारे चिल्लाने के अंदाज और फिर मेरी फिक्र करने के अंदाज से मैं प्यार करता हूँ, मुझे उससे प्यार है।

और हाँ…उसके बाद तुम्हारी मुसकराहट एक बड़ी लड़ाई है, मैं फिर से उस पर अपना दिल दे बैठा…

मुझे नहीं मालूम कि यह क्या जादू है, लेकिन मुझे उससे प्यार है।

इस समय मैं कुछ भी नहीं कह सका और चौथा कार्ड निकाल दिया और टेबल पर उसके सामने रख दिया और टेबल पर आँसू की कुछ बूँदें टपक गईं। चौथे कार्ड में यह कहा था—

कई बार हम लड़े, कई बार हम एक-दूसरे पर चिल्लाए,

लेकिन उसके बाद हमेशा तुमने मुझे रुलाया, क्योंकि मुझे तुम्हारी कमी बहुत महसूस होती थी।

मुझे माफ करना, लेकिन मुझसे लड़ो मत, बात करो,

जब तुम मुझसे बात नहीं करती हो, मुझे तुम्हारी बहुत याद आती है।

मेरे आँसू लगातार टेबल को भिगो रहे थे और इस बार आँसू की एक बूँद पाँचवें कार्ड पर भी गिर गई, जिसमें लिखा था—

मुझे तुमसे लाड़-प्यार करना अच्छा लगा, तुम्हारी देखभाल करना अच्छा लगा, लेकिन तब बुरा लगा, जब तुम अकेले रोती थी।

पाँचवें कार्ड ने उसकी आँखों को आँसुओं से भर दिया था। उसने आँसू की उस बूँद को चूमा, जो कार्ड पर गिर गई थी, 'तुम पागल हो।' उसने भी अपनी आँखें पोंछीं।

'मैं कुछ नहीं कहना चाहता।' मैंने छठा कार्ड उसके सामने रखा और उसमें लिखा था—

तुम्हारे जैसी अच्छी लड़की आज तक मैंने नहीं देखी है, जब हम फोन पर बात करते थे, तब मेरे दिमाग में एक ही बात हमेशा घूमती थी कि मैं तुमसे बहुत ज्यादा प्यार करता हूँ…

'अगर तुम सोचती हो कि तुम्हें सातवें कार्ड की ओर जाना चाहिए, जो बाकी कार्डों की तरह उतना सामान्य नहीं होगा, तो मुझे उम्मीद है कि मैंने कार्ड पर जो

कुछ भी लिखा है, उसे तुम दिल से स्वीकार करोगे। क्या यह कार्ड मुझे तुम्हें देना चाहिए?'

'मुझे आखिरी कार्ड दो।' उसने मेरे हाथों से कार्ड लेने की कोशिश की। मैंने उसे सातवाँ कार्ड दे दिया—

मैं अपनी बाकी की जिंदगी तुम्हारे साथ बिताना चाहती हूँ···मैं तुमसे प्यार करती हूँ।

'ये पंक्तियाँ सिर्फ तुम्हारे लिए हैं।' मैंने कॉफी का एक घूँट पीते हुए और अपनी आँखों में बेशुमार प्यार लाते हुए कहा।

'तुम पागल लड़के हो।' वह मुसकराई, सिर झुकाया और उसके बाद हँसी। मैंने उसकी आँखों में देखा और कल्पना की कि वह मेरे बारे में सोच रही थी। आप किसी को जबरदस्ती अपने साथ प्यार करने के लिए बाधित नहीं कर सकते, आपको बस प्यार करना चाहिए। मैंने ऐसा ही किया था। उसने मेरे प्यार के प्रस्ताव को स्वीकार किया या नहीं, उसने इसका जवाब नहीं दिया।

'मेरे पास तुम्हारे लिए खाने को कुछ अच्छी चीज है।' मैंने बैग से बॉक्स निकाला।

'बेसन के लड्डू।' उसने मुझसे बॉक्स ले लिया और साथ ही कहा, 'मुझे यह बहुत अच्छा लगा, तुम्हारा बहुत-बहुत धन्यवाद, तुम काफी अच्छे हो। नहीं, आंटी को धन्यवाद कहना।' उसकी खुशी से मुझे सुकून मिला और उसकी आँखों ने मुझे उससे और ज्यादा प्यार करने के लिए मजबूर कर दिया। 'अगर तुम्हें चाहिए, तो मैं तुम्हें एक दे सकती हूँ।' वह मुसकराई।

'हाहा···नहीं-नहीं, तुम खाओ।' मैं हँसा।

उसने सारे कार्ड अपने बैग में रख लिये और उसकी खुशी मैं उसके चेहरे पर देख सकता था, लेकिन इससे भी ज्यादा और क्या हुआ था? उसने अभी तक मेरा प्रस्ताव स्वीकार नहीं किया था···

'तुमने जो रास्ता अपनाया है, उसने मुझे पागल कर दिया है। मैं भी तुम्हें बहुत प्यार करती हूँ।'

□

बिना अनुमति चूमना

क्या होगा, जब आप किसी लड़की के साथ फिल्म देखने जाते हो? हो सकता है कि आप जाओ, स्नैक्स के साथ फिल्म देखो और वापस आ जाओ। लेकिन तब क्या होता है, जब आप उस लड़की के साथ फिल्म देखने जाते हो, जिससे आप प्यार करते हो? मैं कोई भविष्यवाणी नहीं करना चाहता था, क्योंकि मेरे लिए यह अचंभित करनेवाला अवसर था, जब पहली मुलाकात के दौरान ही उसने कहा, 'चलो, फिल्म देखने चलो।' हम नोएडा के सेक्टर 18 स्थित सी.एस. एम. मॉल पहुँचे। पंफ्लेट पर देखते हुए मैंने उससे पूछा, 'कौन सी फिल्म?'

उसने जवाब दिया, 'थ्री इडियट्स।' दो प्रेमी 'थ्री इडियट्स' फिल्म देखने जा रहे हैं, मैं मन में ही हँसा।

'रुको, मुझे टिकट खरीदने दो,' मैंने कहा और टिकट काउंटर की ओर चल पड़ा।

कुछ बातें होती हैं, जिनकी हम बड़े होने पर कॉलेज में नैतिक विज्ञान में पढ़ाई करते हैं, जिसमें लिखा है—

- एक लड़के को कभी माफ नहीं किया जा सकता, अगर वो दोनों मिलते हैं, भले ही इस गलती के लिए उस लड़के को बड़ी रकम चुकानी पड़े। लड़कियाँ तब तक आपको माफ नहीं कर सकती, जब तक कि आप बूढ़े न हो जाएँ।
- जब आप किसी रेस्तराँ या फूड कोर्ट में बैठे हों, तब एक लड़की को ऑर्डर देने को नहीं कहना चाहिए। अब तो सबकुछ बदल गया है, क्योंकि लड़कियाँ अपनी डाइट को लेकर सचेत हो चुकी हैं। इसलिए यह कल्पनीय हो सकता है।

- एक लड़की को पेय पदार्थ नहीं खरीदना चाहिए, इससे कोई फर्क नहीं पड़ता कि आप कितने अमीर या गरीब हैं, लड़के उससे प्यार करने के लिए बने हैं, न कि हमेशा उसकी चाहतों को पूरा करने के लिए।

आप हमेशा लड़कियों की इच्छाओं पर विश्वास कर सकते हैं और ऐसा करना भी चाहिए, क्योंकि उनमें आपकी सामाजिक उपस्थिति की सोच ज्यादा प्रबल होती है। उनके सामने आपको कुछ भी नहीं पहनकर जाना चाहिए। एक लड़की ही आपको जानवर से इनसान बना सकती है, इसलिए उसके सुझावों पर भरोसा कीजिए। वे आपको जिम जाने के लिए सुबह जल्दी उठा सकती हैं या आपके काम और किसी सामाजिक सक्रियता को लेकर लिये जानेवाले कठिन निर्णयों को लेने में आपकी मदद कर सकती हैं। ये कुछ निश्चित बातें हैं, जिन्हें लेकर कोई लड़की मना नहीं कर सकती। मैं इन बातों को जग-जाहिर करना चाहता हूँ, लेकिन अभी भी मेरा प्रस्ताव अधर में था और वह मुझे सचेत कर रहा था। मैं काउंटर पर पहुँचा।

क्या मुझे कॉर्नर सीट के लिए कहना चाहिए, वह मेरा सवाल था?

मेरे दिल ने कहा, 'तुम उससे प्यार करते हो और वह तुमसे प्यार करती है, तब निश्चित रूप से कॉर्नर की सीट दोनों को आरामदायक बनाएँगी और आमतौर पर जोड़े कॉर्नर सीट ही लेते हैं। आगे बढ़ो।'

मेरे पागल दिमाग ने कहा, 'कौन कहता है कि वह तुमसे प्यार करती है? उसने नहीं कहा है कि मैं तुमसे प्यार करती हूँ, क्या उसने ऐसा कहा है? इसलिए सपनों में मत जियो, एक अच्छे लड़के की तरह बीच की सीट ले लो।'

मैंने काउंटर पर बैठी महिला से कहा, 'थ्री इडियट्स की दो टिकट, 1:10 बजेवाले शो की।'

'दो टिकट सर?'

'हाँ।' मैंने कहा और 500 रुपए का नोट दे दिया।

'ठीक है सर, दो टिकट, पीछे से छठा रो।' महिला ने टिकट मेरे हाथ में देते हुए जवाब दिया।

'धन्यवाद।' मैंने टिकटें लीं और काउंटर छोड़ दिया। एल-2, एल-3 हमारी सीटें थीं। मैंने देखा एल-1, एल-2, एल-3 और उसके बाद दूसरा गलियारा।

'तुम कितनी अच्छी हो, तुम लोगों को रिश्ते बनाने के लिए मदद करती हो।' मैंने उस टिकट काउंटर की लड़की के लिए दुआएँ माँगी। मैंने सोचा कि शायद यह मेरी किस्मत में था।

हम दोनों खुशी से अंदर गए। उसने सीटों को देखा, लेकिन कुछ नहीं बोली, क्योंकि यह बहुत अधिक सोचने के लिए बहुत बड़ी डील थी। कुछ सवाल मेरे दिमाग में घूम रहे थे—'क्या वह तुम्हारी गर्लफ्रेंड है? और नहीं, तब यह क्या हो रहा है?' 'मैं कुछ भी नहीं कर रहा हूँ··· सब हो रहा है।' मैं मुसकराया। एल-1 पर कोई नहीं बैठा था और हमारी सीटें एल-2 और एल-3 थीं। ये कॉर्नर की सीटें थीं, वास्तव में दीवार के कोनेवाली। मैं अत्यधिक उत्साह से फिर मुसकराया। फिल्म शुरू हो गई थी। 'वह मुझे प्यार करती है या नहीं, यदि नहीं, तब हम यहाँ क्यों हैं?' मैंने खुद से पूछा। थियेटर में वह काफी आकर्षक थी, हर पल और भी ज्यादा खूबसूरत।

'क्या वह मुझसे प्यार करेगी या नहीं, अगर नहीं, तब तुम यहाँ क्यों हो?' मैंने खुद से पूछा। थियेटर में वह काफी आकर्षक लग रही थी, हर पल काफी खूबसूरत, स्क्रीन से आनेवाली रोशनी जब उसके चेहरे पर पड़ती थी, तो ऐसा लगता था, जैसे हम चाँदनी रात में बैठे हुए हों। मैंने अपनी आँखों में उन सारे लम्हों को हमेशा के लिए कैद कर लिया था और उन्हें अपने दिल में अपने बच्चों को यह बताने के लिए रख लिया था कि कैसे मैं तुम्हारी माँ से मिला था। मैंने उसकी छोटी उँगलियों को देखा और उन्हें छूने की कोशिश की। उसने मुझे देखा, 'यह अच्छा है ना,' उसने अपना नेल पेंट दिखाते हुए पूछा। अगले 15 मिनट तक के लिए मैं झेंप गया। मैंने अपनी जगह से उठने का प्रयास नहीं किया। वह हर पल का लुत्फ उठा रही थी और मैं उसमें खोता जा रहा था।

मैंने उसका निष्कर्ष निकाला कि यह पूरी तरह महिला प्रधान समाज है, लेकिन मैं उसके साथ रहना चाहता था। मैंने अपने हाथ पर कुछ मुलायम और ठंडे स्पर्श का अनुभव किया। उसने मेरे हाथों को थाम लिया और मेरी आँखों में देखा। अचानक क्या हुआ, वाकई मुझे पता नहीं चला, मैं मोहित हो गया था? पहली बार वास्तव में मुझे महसूस हुआ कि क्या प्यार अंधा होता है। जीवन में कुछ पल पलक झपकाने की तरह आते हैं और अगर आप ज्यादा सोच-विचार करते हो, तो वे चले जाते हैं और उसके बाद पछतावे के सिवा कुछ नहीं होता है, ऐसा ही कुछ हो सकता है।

मैंने मजबूती से उसका हाथ पकड़ लिया। जब प्यार होता है तो पढ़ा गया सारा ज्ञान काम नहीं आता है, इसलिए मैंने उस बहाव के साथ जाने का निश्चय किया। उसने अपनी आँखें बंद कर लीं। जिस वक्त मैंने उसे छुआ, उस वक्त उसकी साँसें तेज हो गई थीं। हर मनुष्य के शरीर का तापमान एक जैसा नहीं होता है और ऐसा

इसलिए होता है, क्योंकि जब दो शरीरों का स्पर्श होता है तो हमें खास खुशी महसूस होती है। वह शांत थी और धीरे से मैंने उसका चेहरा अपनी ओर कर लिया। मैंने अपने अँगूठे से उसके होंठों को छुआ और उसके होंठ थरथराने लगे। मैं नजदीक आया और अपने होंठों पर उसकी गरम साँसें और तेज धड़कनों की आवाज महसूस की। मैं अपनी भावनाओं को काबू में नहीं रख पाया।

उसकी गरम साँसें और उसकी खुशबू ने मेरी भावनाओं पर काबू कर लिया था। मैंने उसके माथे को चूमा और उसने अपने सिर को ऊपर उठा लिया और मुझे उसके होंठों तक आने की स्वीकृति दी। उसके होंठों तक पहुँचने से पहले मैंने उसकी आँखों और उसके बाद उसके गालों को चूमा। उसने मेरे हाथों को कसकर पकड़ लिया था और मेरे होंठों को अपने होंठों से चिपका लिया। मैं कभी नहीं बता पाऊँगा कि उस वक्त मुझे कैसा महसूस हुआ, लेकिन जितना गहरा चुंबन उसने मुझे दिया, उतना ही मैं उसके प्यार में डूबता चला गया। हम दोनों ने अपनी आँखें नहीं खोलीं और जितना हो सकता था, उतनी देर तक एक-दूसरे को चूमते रहे और तब हमें गति मिली और वह शुरू हो गया। मैंने उसके लिप ग्लॉस को अपनी जीभ से साफ किया और आखिरकार उसने कहा, 'मैं तुमसे प्यार करती हूँ।'

जिस समय वह कुछ बोली, मैंने उसका जवाब नहीं दिया और बिना एक साँस लिये मैंने उसे गहरा चुंबन दिया। एक पल के लिए हम दोनों खालीपन में आ गए थे, 'मैं भी तुमसे प्यार करता हूँ। मैं अपनी बाकी की जिंदगी तुम्हारे साथ बिताना चाहता हूँ।' उसने अपनी आँखें खोलीं और पूरे प्यार से मुझे देखकर बोली, 'क्या तुम हमेशा मेरे साथ रहोगे?' 'तुम अब अकेली नहीं हो। मैं हमेशा तुम्हारे साथ हूँ।' मैंने उसके हाथों को मजबूती से अपने हाथों से पकड़कर उससे वादा किया। मेरी आँखों से आँसू की कुछ बूँदें गिर पड़ीं और वे बूँदें खुशियों की थीं। 'क्या हुआ?' उसने पूछा।

'कुछ नहीं, बस···' मैं मुसकराया।

'तुम पागल हो, मैं हमेशा तुम्हारे साथ हूँ।' वह मेरे करीब आई और आँसू की उन बूँदों को चूम लिया। उसके होंठ अब गीले थे और अब हमने एक-दूसरे का लंबा चुंबन लिया, जो अब और ज्यादा देर तक चला।

(यूँ तो नशा हम उनकी आँखों से करते हैं,
हाथों में प्याला तो बस बहाना था।)

□

कम कपड़ों में पहला वैलेंटाइन डे

जाड़े के मौसम में एक कप कॉफी और चार हाथ, सुबह की ठंडी हवा और कुछ वादे एक साथ होते हैं। हाँ, वह दिन था, जो प्यार का प्रतीक था। बहुत बड़ा नहीं, लेकिन प्यार के छोटे पलों ने हमारे प्यार को खास बना दिया था। वह दिन आ गया, साल 2010 का वैलेंटाइन डे। वह दिन, जो शादीशुदा जोड़ों को अपनी शादी को याद करने का दिन है और जो जोड़े अपना जीवन साथ बिताने का सपना देखते हैं, उन प्रेम के पंछियों को अपनी भावनाएँ मजबूत बनाने का भी यह दिन है। यह इस बारे में नहीं है कि आपको कितने मूल्यवान तोहफे या गुलाब के फूल मिलते हैं। यह इस बारे में है कि आप पूरी दुनिया में कितना प्यार फैलाते हैं। प्यार का जश्न एक दिन में नहीं मनाया जाता। इसमें हमेशा के लिए भरोसा और वादा होता है। एक महीने पहले उसने हमारे प्यार के लिए सात नियम अपनी डायरी में लिखे थे, जबकि हम थियेटर में थे और मैंने इसे प्यार के संस्कारित नियम की संज्ञा दी थी—आरटी3एलएसपी और वे हैं—

1. व्यक्तिगत तौर पर एक-दूसरे का सम्मान करें।
2. एक-दूसरे के लिए समय और समर्पण हो।
3. भरोसा जरूर हो।
4. त्याग के लिए कोई जगह नहीं होती है, लेकिन एक-दूसरे के साथ दु:ख बाँटें (ज्यादा चतुर बनने की कोशिश न करें...उससे अच्छा है कि हम एक साथ रोएँ, मेरे पास आँसू पोंछने के लिए सूती का अच्छा रुमाल है।)
5. झूठ बोलो, लेकिन दु:ख मत दो। (तुम हमेशा मुझे चौंकाने के लिए झूठ बोलते हो, लेकिन हर बार मैं तुम्हें पकड़ लेती हूँ।)
6. चिल्लाओ, लेकिन कभी भी दूसरे व्यक्ति को अकेला मत छोड़ो (मेरे पास

चिल्लाने का अधिकार है, लेकिन किसी भी हालत में तुम मुझे अकेला नहीं छोड़ सकते।)

7. प्यार में डूबे हों।

उसके बाद हमने पूरी प्रगाढ़ता से एक-दूसरे को लंबे समय तक चूमा, जब तक कि उसने मेरे निचले होंठों को काट नहीं लिया और फोन पर मुझे वैलेंटाइन डे की शुभकामनाएँ दीं।

चीजें बदलनी चाहिए, महीने निकलते हैं, लेकिन प्यार के लिए भावनाएँ और उत्कंठा कभी भी खत्म नहीं होती, ऐसा ही मेरा उसके लिए प्यार था। मैंने उसके साथ जो पल बिताए थे, उन सभी के बारे में सोच रहा था। यह हमारा पहला वैलेंटाइन डे था। यह खास और यादगार होना चाहिए था। सबसे अच्छा विचार यह था कि मैं उसे कोई निर्जीव चीज तोहफे में नहीं दूँगा, लेकिन उसके सामने मौजूद रहूँगा। रिश्ते तोहफे नहीं माँगते, वे तो बस प्रतीक भर होते हैं, वे निष्ठा, विश्वास और समर्पण चाहते हैं।

किसी लड़की से उसका साइज पूछना एक मुश्किल काम है, हालाँकि मैं उससे उसके कंधों का आकार जानना चाहता था। मैंने उसे फोन किया, 'क्या तुम्हारे पास कोई टी-शर्ट है?'

'इस समय बदमाशी मत करो।' वह हँसी। मेरे लिए उसका साइज जानना जरूरी था, पर कैसे पूछूँ, वह एक सवाल था।

'क्या मेरे पास तुम्हारा साइज जानने का कोई अधिकार नहीं है?' मैंने बात बदलते हुए कहा।

'चुप रहो। मैं तुम्हें नहीं बतानेवाली हूँ।'

'मैं तुमसे प्यार करता हूँ।' मैं बड़बड़ाया। उसने कुछ नहीं कहा। मैं बोलता रहा, 'मैं तुमसे प्यार करता हूँ। क्या मैं तुम्हें गले लगा सकता हूँ?'

'हाँ, आ जाओ।'

'तुम्हारे बिस्तर में आ जाऊँ?' मैंने कहा।

'मैं बिस्तर में ही हूँ। मुझे गले लगाओ। मुझे तुम्हारी याद आती है। क्या तुम मुझसे मिलने आओगी?' हम प्यार में खो चुके थे और इससे ज्यादा और कुछ पूछना नहीं चाहता था।

'मैं तुम्हें गले लगा रहा हूँ और तुम्हें याद भी कर रहा हूँ।'

'टी-शर्ट और शॉर्ट्स।'

'क्या मैं तुम्हारे पेट पर चुंबन दे सकता हूँ?'

'हाँ, चूम लो।'

'तब अपनी टी-शर्ट ऊपर उठाओ? हूं···,' मैं फिर बड़बड़ाया और उसे अपनी बाँहों में होने का महसूस किया।

'मुझे भी तुमसे प्यार है। मुझे कसकर गले लगाओ।' उसने जवाब दिया।

'मैं तुम्हें गले लगा रहा हूँ और तुम्हारे पेट को चूम रहा हूँ। क्या तुमने अंत:वस्त्र पहने हुए हैं?' उसने एक भी शब्द नहीं कहा और मुझे चूमना शुरू कर दिया। और यह ऐसा पल था, जिसमें उसके सारे साइज के बारे में जान लिया और उस समय मैंने केवल एक ही बात पर विचार किया कि उसके कंधों का साइज क्या है, ताकि उसके लिए टी-शर्ट का ऑर्डर दे सकूँ।

'क्या तुम वहाँ हो?' उसने कहा।

'हाँ, मैं केवल यहीं हूँ। मैं तुम्हें कुछ देर में कॉल करता हूँ।' मैंने फोन काट दिया। मैं जानता था कि उसने सोचा होगा कि मैं हस्तमैथुन करने गया हूँ। कई बार आपको झूठ बोलना पड़ता है, लेकिन आपके झूठ से किसी को दु:ख नहीं पहुँचना चाहिए, इससे लोगों को खुशी मिल सकती है। या तो मुसकराहट दो या चौंकाओ। मैंने ऑनलाइन दो अच्छी टी-शर्ट का ऑर्डर दिया, एक पर उसकी फनी तसवीर थी, जिसमें वह उँगली दिखा रही थी और उस पर नीचे लिखा था, एक्सक्यूज मी! व्हॉट आर यू लुकिंग हियर? और दूसरी टी-शर्ट पर मेरी तसवीर थी, जिसमें पलकें झपकाती हुई आँखें कह रही थीं कि लुक एट मी बेबी। यह सब मैंने जानबूझकर किया था, क्योंकि मैंने उसे वे टी-शर्ट पहनाने और उसके साथ दिल्ली की सड़कों पर घूमने की योजना बनाई थी। वह दिन आ गया था और मैं उससे मिलने के लिए वहाँ मौजूद था, ताकि उसे आश्चर्यचकित करूँ और उस पल को फिर से जी लूँ।

'सुप्रभात मेरे प्यार,' और मैंने वह बोलना शुरू कर दिया, जो वास्तव में मैं बोलना चाहता था कि वैलेंटाइन डे पर इस दिल का तुम्हारे दिल से स्पर्श हुआ।

वैलेंटाइन डे पर इन होंठों ने तुम्हारे होंठों को छुआ।

हमने एक-दूसरे को चूमा, हमने एक-दूसरे को गले से लगाया।

इससे कोई फर्क नहीं पड़ता कि हम कहाँ थे··हम एक-दूसरे में खो गए थे।

इससे कोई फर्क नहीं पड़ता कि हम कहाँ थे··हम तो बस एक-दूसरे में खो गए थे।

तुम्हारी आवाज ने मुझे खुशी दी है और मैंने एक प्यारा सा गाना सुना—

जब तुम मेरे आसपास होती हो तो एक खास खुशबू चारों ओर रहती है।

तुमने आसमान को नीला बना दिया,

और हर पल उल्लास से भरा हुआ था।

जब मैं तुम्हारे बारे में सोचता हूँ तो मुझे स्वर्ग में रहने जैसा अहसास होता है।

जब मैं तुम्हें नहीं देखता हूँ तो मेरे दिल की धड़कने रुक जाती हैं

मैं अपने प्यार के गुलाब को पानी देता हूँ और यह सूख जाता है,

जब मैं तुम्हारी आँखों में देखता हूँ, तो तुम एक राजकुमारी की तरह दिखाई देती हो,

मेरी आँखें गीली हैं, लेकिन जीवित होने का अहसास करा रही हैं,

मैं केवल तुमसे प्यार करूँगा, जब तक मेरी मौत न आ जाए। 'तुम जैसे हो, मैं तुमसे प्यार करती हूँ। मैं जो भी साँस लेती हूँ, उसके साथ मैं तुमसे प्यार करती हूँ।' उसने बड़े प्यार से पंक्तियाँ मुझसे कहीं और आजकल मैं केवल उन लम्हों के लिए जिंदा हूँ। 'मैं भी तुमसे प्यार करता हूँ। तुम्हें वैलेंटाइन डे की बहुत-बहुत शुभकामनाएँ। मैं तुम्हारे कॉलेज के गेट पर खड़ा हूँ और मुझे उम्मीद है कि तुम्हें आने में देर नहीं होगी।' अंत में मैंने यह कहा।

'क्या तुम मुझसे मजाक कर रहे हो?' यह कहते हुए वह चौंक गई, क्योंकि उसने मेरे आने की कल्पना नहीं की थी। 'क्या मैं सबसे अच्छा प्रेमी नहीं बन सकता हूँ?'

'तुम मेरे अब तक के सबसे अच्छे व्यक्ति हो। पर, चूँकि आज रविवार है, इसलिए कॉलेज नहीं गई हूँ, लेकिन मुझे कुछ मिनट दो, मैं वहाँ आ जाऊँगी।'

'मैं यहाँ के अलावा कोई और जगह नहीं जानता हूँ और तुम तैयार होने में समय लो। मैं तुम्हें शिद्दत से चाहता हूँ।'

'चुप रहो, मुझे तैयार होने दो, बाय।'

'बाय।'

'सुनो।' उसने कहा।

'हाँ।' मैंने कहा। 'मैं तुमसे प्यार करती हूँ, आज मुझे जोर से चूमना, बाय…' उसने फोन काट दिया।

मैंने वही टी-शर्ट पहनी थी। यह वाकई मजेदार था, लेकिन इस वैलेंटाइन डे पर किसी भावनात्मक पल की जरूरत नहीं थी, इसलिए यह वाकई मजेदार था। वह आई। अंडाकर चेहरा, काली आँखें, घूमी हुईं और अच्छी तरह सेट की हुई पलकें

उसे बेहतरीन रूप दे रही थीं। उनके गुलाबी होंठों पर चॉकलेट के रंग के लिप-ग्लॉस वाकई किसी फूल की पंखुड़ियों की तरह दिखाई दे रहे थे। उसके खुले बाल हवा के झोंके से उसके चेहरे पर आकर गिर रहे थे। उसने नीले व चॉकलेट रंग का स्वेटर पहन रखा था, कान में ईयरफोन, मछली के आकार जैसी कानों की बालियों, लाल गालों और एक प्यारे चेहरे ने एक पल के लिए मुझे मोहित कर लिया था। वह ठीक वैसी ही दिख रही थी, जैसा मैंने कुछ हफ्ते पहले देखा था, बल्कि पहले से कहीं ज्यादा खूबसूरत।

'और अंततः तुमने यह कर दिखाया। और यह क्या है?' उसने टी-शर्ट पर मेरी फोटो की ओर उँगली करते हुए हँसना शुरू कर दिया, जो मैंने पहन रखी थी और उस पर लिखा था—'लुक एट मी बेबी।'

'मेरे पास तुम्हारे लिए भी एक है।' मैंने उसे बॉक्स दे दिया। 'ओह वाकई, तब सिर्फ तुम्हें पागल कहलाने का अधिकार नहीं है, मुझे भी वह पहनने दो।' उसने उत्साहपूर्वक वह बॉक्स ले लिया।

'क्या तुम इसे यहाँ पहनना चाहती हो?'

'चुप रहो, यह मेरा कॉलेज है, चलो, अंदर चलते हैं। वहाँ पुस्तकालय के लिए एक गेट खुला रहता है और कई लड़कियाँ कॉलेज के बाद कपड़े बदलने आती हैं।' मैं उसे देखने लगा। 'मेरी ओर इस तरह से मत देखो। मैंने इससे पहले ऐसा नहीं किया है, लेकिन आज ऐसा करना चाहती हूँ।' हमने सारी सीमाओं को तोड़ दिया और वाशरूम पहुँच गए।

'यहाँ रुको, मैं बस एक मिनट में आती हूँ।'

मैं नहीं जानता कि मैंने महिला वाशरूम के बाहर कितने मिनट यूँ ही इंतजार करते हुए बिता दिए थे। कुछ लोगों ने मेरी ओर शंका भरी निगाहों से देखा। मैंने उनकी ओर नहीं देखा, क्योंकि इसके अलावा कोई विकल्प नहीं था। जिस पल वह बाहर आई, मैंने उसकी टी-शर्ट पर लिखे शब्दों की ओर देखा, जो था—एक्सक्यूज मी! व्हाट आर यू लुकिंग हियर? और हम दोनों जोर से हँसने लगे। क्या आपको बिना चीनी के कभी कॉफी अच्छी लगी है? क्या आपने बिना रात के रोमांस किया है। हमें हमेशा मसालेदार खाना अच्छा लगता है, हलकी चीनी के साथ कॉफी अच्छी लगती है और निश्चित रूप से रात में प्यार करना भाता है। हम दूसरे जोड़ों की तरह नहीं बनना चाहते थे, हम अपनी तरह से जीना चाहते थे। 'चलो, राजौरी गार्डन चलते हैं।' उसने कहा।

'ठीक है, चलो चलें।' खुश होकर मैं उसके साथ चल पड़ा।

हम राजौरी स्थित मॉल में पहुँचे और मॉल में प्रवेश करने के दौरान उसने कहा, 'मुझे अभी स्ट्रॉबेरी और चॉकलेट आइसक्रीम चाहिए।' लोग हमारी ओर देखकर हँस रहे थे, लेकिन दूसरों की कौन चिंता करता है, जब हम दोनों एक-दूसरे के साथ थे। 'दो?' मैंने उसे ऊपर से नीचे की ओर देखा और हँसा। 'चुप रहो, मैं केवल 48 किलो की हूँ।' उसने काफी गर्व से कहा। 'तब तो तीन लेनी चाहिए।' मैं हँस पड़ा। हमने प्यार के साथ आइसक्रीम का लुत्फ उठाया। 'आओ, हम तुम्हारे लिए कुछ खरीदेंगे।' उसने मुझे सीढ़ियों पर खींचा, 'मेरे लिए?'

'हाँ, तुम्हारे लिए।' आमतौर पर जब वह खुद के लिए कुछ लाती थी तो रोमांचित होती थी, लेकिन इस समय केवल मेरे लिए खरीदारी होनी थी। तीन या चार टी-शर्ट खरीदने के बाद उसने एक और खरीदी और कहा, 'तुम यह वाली क्यों नहीं पहनते? यह मजेदार है, तुम्हारी टी-शर्ट पर तीन बंदर, एक बंद आँखोंवाला, दूसरा बंद कानोंवाला और तीसरा मुँह बंद किए हुए और चौथा, वह व्यक्ति जो अपने हाथ जिप पर रखे हुए है और कह रहा है, कंडोम का उपयोग करें।'

'इसलिए तुम्हें यह टी-शर्ट पहननी चाहिए।' मैंने उसे आश्चर्यचकित होकर देखा। 'हम वह पहनेंगे और मॉल में चारों ओर घूमेंगे, तब तुम यह पहन सकते हो।' उसने आँखें मटकाईं।

'हाँ, मैं यह खरीद सकता हूँ, लेकिन अगर तुम वह ड्रेस खरीदोगी।' मैंने एक लड़की के पुतले की ओर इशारा किया, जिसने हाफ कपवाली ब्रा और हाई कट चड्डी पहन रखी थी, मैं जोर से हँसा।

'ठीक है, मैं हाई कट चड्डी और कप साइज पसंद नहीं करती। ठीक है, मुझे बेल्टवाली पसंद है, तुम तो वह भी नहीं जानते होंगे।' उसने मुझे अब तक की काफी सेक्सी मुसकान दी।

'ठीक है मेरे भगवान्, मेरी गलती। मैं हमेशा तुम्हारी सेवा में हूँ, मेरी प्यारी।'

'तब ठीक है? अब चलो।' हम दोनों हँसे। उसने मुझे देखा, 'क्या हुआ?'

'क्या होगा, अगर मैं तुम्हारी टी-शर्ट पहनूँ और तुम मेरी?' हम दोनों ने एक-दूसरे को आश्चर्य से देखा।

'क्या तुम होश में हो?'

'हाँ, मैं ठीक हूँ।'

'क्या होगा, जब हम एक साथ बदलें?' उसने मुझे छेड़ा। मैंने कुछ नहीं कहा

और हम दोनों चेंजिंग रूम की ओर चल पड़े। हमने चारों ओर देखा, वहाँ कोई नहीं था, हमने सोचने में ज्यादा समय नहीं लिया और अंदर जाकर, दरवाजा बंद कर लिया। जिस समय दरवाजा बंद हुआ, उसने मुझे जोर से गले से लगा लिया और चूमा। टी-शर्ट बदलने के लिए हमने अपनी-अपनी टी-शर्ट निकाली, लेकिन कुछ देर के लिए उन्हें नहीं पहना।

हमने अपनी आँखें बंद कर लीं, एक-दूसरे को गले से लगाया और पागलों की तरह एक-दूसरे से प्यार करने लगे।

'मैंने अपना वादा पूरा किया।' वह हँसी।

'कौन सा वादा?'

'मुझे जोर से चूमने का। अब चलो।'

उसने मुझे अपनी टी-शर्ट पहनाई और मैंने उसे अपनी।

'हैप्पी वैलेंटाइन डे···' हमने हलके से चुंबन से एक-दूसरे को शुभकामनाएँ दीं और वहाँ से चल दिए।

कभी न सताया, कभी न रुलाया,
तेरी चाहतों में मैंने खुद को भुलाया,
तेरे ही संग मैंने वो सपने देखे,
तेरे ही साथ ने मुझे जीना सिखाया।

मुझे अगले दिन शाम को कॉलेज जाना था, मेरी परीक्षा थी और मैं उसमें अनुपस्थित होना नहीं चाहता था। मैं शाम को निकल पड़ा और मेरा मिशन पूरा हो गया था। हमेशा जैसी आप उम्मीद करते हैं, चीजें वैसी नहीं होती हैं। कई बार चीजें उम्मीद से अच्छी हो जाती हैं और कई बार और बेहतर···

□

क्यों ?

यह हमेशा दु:ख देता है, जब आप उसे सुनते हैं और खासकर जब आप किसी के साथ रिश्ते में हैं। आपका फोन इंतजार पर है, कृपया लाइन पर बने रहें या दोबारा फोन करें। इसका वास्तव में, यह मतलब नहीं है कि आप असुरक्षित हैं, लेकिन यह मानव स्वभाव है, जो हम सबमें होता है।

पिछले कुछ हफ्तों से ऐसा हो रहा है। परेशान होकर मैंने पूछा, 'आप किससे बात कर रहे हैं, कम-से-कम तुम मेरा फोन तो उठाओ।'

'मैं माँ से बात कर रही थी।' उसने घमंड से जवाब दिया और गुस्से में वह बोली, 'मेरा बात करने का मूड नहीं है, मैं तुमसे अभी बात नहीं कर सकती।'

'मैं तुम्हें पिछले चालीस मिनटों से फोन कर रहा हूँ, कम-से-कम मेरा फोन तो उठा सकती थी। तुम एक बार मुझे बताओ।'

'जिस तरह से तुम मुझ पर शक कर रहे हो, यह गलत है अनुज।'

'मैंने शक नहीं किया है पाखी, लेकिन ऐसा समय होता है। मुझे बुरा लगा। हम लोग कॉलेज के दिनों से दोस्त हैं और हमारे दूसरे रिश्ते भी हैं, लेकिन मेरा केवल इतना कहना है कि तुम मेरा फोन उठा सकती हो या मुझे बता तो सकती हो। ठीक है, मैं इससे अधिक कुछ भी नहीं कहूँगा। क्या तुमने खाना खा लिया ?'

'नहीं, मुझे भूख लगी है और खाना खाने ही जा रही हूँ। मैं तुमसे बाद में बात करूँगी।' उसने बिना लव यू कहे फोन काट दिया। ऐसा पहले कभी नहीं हुआ। मैं शांत था, लेकिन उसने बहुत विचलित करनेवाला व्यवहार किया। मैंने उसे फुसलाया, लेकिन उसने बेरुखी दिखाई।

कई चीजें अच्छी नहीं हो रही थीं, लेकिन मेरा हमेशा ऐसा विश्वास था कि इसका हमारे प्यार पर कोई असर नहीं पड़ेगा। रिश्तों में दूरी होने से उसे सँभालना मुश्किल होता है, लेकिन हमने अच्छी तरह उसका प्रबंधन किया था।

वह 29 मई थी और वक्त था रात के 11 बजकर 58 मिनट, मैंने उसे जन्मदिन की शुभकामना देने के लिए फोन किया।

उसने फोन नहीं उठाया। हो सकता है कि वह सो रही थी, इसलिए मैंने उसे दोबारा फोन किया, आपका फोन इंतजार पर है, कृपया लाइन पर बने रहें या बाद में फोन करें। मैं चाहता था कि उसे जन्मदिन की शुभकामना देनेवाला मैं पहला व्यक्ति बनूँ, लेकिन मैं तब विचलित हो गया, जब मुझे पता चला कि वह किसी और से बात कर रही थी।

जब उसने मेरा फोन उठाया, तो मैंने उसके लिए एक गाना गाया और किसी तरह मैंने पूछा कि उसे पहला फोन किसने किया? वह काफी खुश थी और मुझे बताया कि वह उसके कॉलेज का दोस्त अर्पण था।

'एक लड़का?' मैं कुछ पल सोचा और फिर इग्नोर कर दिया। हमने कुछ मिनटों तक बात की, जब उसने कहा, 'मैं तुमसे बाद में बात करती हूँ, हर कोई मुझे फोन कर रहा है।'

'तुम्हें जन्मदिन मुबारक हो, अपने दिन का लुत्फ उठाओ।' मैंने चुंबन दिया और उसे शुभेच्छा दी। अगले दिन सुबह जल्दी ही मैंने उसे फोन किया और उसे बताया कि मैं पिछली रात से क्या लिख रहा था—

अगर तुम मुझे देखोगी, तो मैं तुम्हारे पास आऊँगा,
अगर तुम मुझे गले से लगाओगी, तो मैं तुम्हें कभी नहीं छोड़ूँगा,
क्या तुम्हें मेरी याद आती है? मैं तुम्हें कभी नहीं पूछूँगा,
मैं हमेशा तुम्हारे पीछे रहूँगा।
जब मैं तुम्हें देखता हूँ, तो अपने दिल में मिठास का अनुभव करता हूँ,
जब मैं तुम्हारे बारे में सोचता हूँ, मैं अपने चारों ओर तुम्हारी मौजूदगी महसूस कर सकता हूँ।
तुम्हारी मौजूदगी मुझे खुशी देती है, तुम्हारी मौजूदगी मुझे रुलाती है
लेकिन तुम जैसी भी हो, मैं तुम्हें प्यार करता हूँ, मैं नहीं जानता क्यों?

'मुझे माफ कर दो, मैं कल रात तुम पर चिल्लाई थी, लव यू।' उसने मुझे पुचकारा और मुझे गले से लगाने को कहा।

'ठीक है, मैं भी तुमसे प्यार करता हूँ।' कुछ दिन बाद ही मैं अगले दो महीने के लिए दिल्ली आ रहा था, सबकुछ ठीक था। हवा में प्यार था और मैं परी के साथ उड़ रहा था। हम दोनों एक-दूसरे की जरूरत बन चुके थे। हर चीज की अति

बुरी होती है, हमने इसे गलत साबित कर दिया था, हम लगभग हर पल फोन पर बात करते रहते थे।

वह अगस्त 2010 का समय था, दिन सामान्य थे, लेकिन रातें खुशनुमा और मीठी थीं और क्यों न हों, मैं अपनी जान से प्यारी शख्स के साथ था। मैंने आकाश की ओर देखा और आकाश में उड़ रहे पक्षियों का उसके प्रति प्यार को महसूस किया, जो काफी ऊँचाई पर थे और आकाश उन्हें आजादी से उड़ने दे रहा था। मैं बस इसे महसूस कर सकता था। पक्षी भी हमसे खेल रहे थे। जब मैंने उनकी ओर देखने की कोशिश की तो उन्होंने खुद को बादलों में छिपा लिया और जब मैंने अपनी आँखें दूसरी ओर कीं, तो वे बादलों से बाहर आ गए। यह ऐसा था, जैसे वह मेरे साथ उस खास दिन की खुशियाँ मना रहे थे। वे आकाश में लुत्फ उठा रहे थे और हम हर रात चाँद के प्रकाश के तले सपना देख रहे थे और अगले दिन सुबह उन्हें सच कर रहे थे।

'उठो, मैं तुमसे बात करना चाहती हूँ।' उसने फोन पर अपनी मीठी आवाज में कहा।

'यह सुबह है, मुझे गले लगाओ और सो जाओ।' मैंने बिस्तर समेटा और अपने तकिए को बाँहों में भर लिया, जैसे वह मेरी बाँहों में हो।

'लेकिन हमारे लिए बहुत कुछ करने को था, जैसे जीमेल पर वीडियो चैट कर सकते हैं।' उसने बिना कोई विकल्प दिए कहा, 'नहीं' और मैं कभी भी उसकी इच्छा के लिए 'नहीं' नहीं कहना चाहता था।

'यह काफी जल्दी है···' मैंने उससे नींद में कहा।

'उठो और देखो, मैं वेबकैम इंस्टॉल करने में सक्षम नहीं हूँ, यह काम नहीं कर रहा है।' मेरे उठने तक वह बोलती रही और मैंने अपना लैपटॉप लॉग इन किया।

'मैं करता हूँ, चिंता मत करो, अपना पासवर्ड बताओ।' मैंने कहा।

'तुम ऑनलाइन हो, मैं तुम्हें जी-टॉक पर जोड़ूँगी।' उसने फोन काट दिया। एक संदेश का बॉक्स स्क्रीन पर दाईं ओर खुला।

पाखी : आभा221188 यह मेरा पासवर्ड है।

मैं : ठीक है, मुझे एक मिनट दो, मैं देखता हूँ। बहरहाल अच्छा पासवर्ड है, आंटी का नाम और मेरी जन्मतिथि।

अगर आप अच्छे और बुरे के बीच के अंतर को समझते हैं और आपमें निर्णय लेने की क्षमता है तो आपको इनसान माना जा सकता है। मनुष्य के अंदर ये बातें भी होती हैं, जो आपकी मौजूदगी की परिभाषा देती हैं, जैसे—किसी के बारे

में सोचना, किसी को प्यार करना और अधिकार जताना। मैं जानता हूँ कि तुम एक सच्चे भारतीय प्रेमी हो, तुम वही काम करती हो। वेब कैम इंस्टॉल करने से पहले जानबूझकर मैंने भेजे गए संदेशों को देखा, यह देखने के लिए कि पिछली बार उसने कौन से गाने और तसवीरें भेजी थीं। मैं उन्हें देखकर मुसकराने लगा, तसवीरें, गाने, कविताएँ, प्रेम-पत्र और कुछ अश्लील क्लिप्स, जिन्हें मेरी मेल आई.डी. anujtiwari.official@gmail.com पर भेजा गया था।

एक पॉपअप संदेश मेरी स्क्रीन पर फिर से आया।

पाखी : हुआ ?

मैं : इंतजार करो।

मैंने कर्सर को कुछ और मेल्स पर घुमाया और उन सभी शरारतपूर्ण पलों को याद किया, जो हमारे बीच हुए थे। मुझे उसका वॉयसमेल मिला, जिसे मैंने अपने लैपटॉप में रखा था, लेकिन मुझे एक संदेश मिला, जिसमें वह कह रही थी—

प्रिय,

मैं तुम्हारे बारे में सोच रही हूँ। हम दोनों यहाँ तक नजदीक आ चुके हैं और यह ऐसा नहीं है कि मैं सोचूँ कि तुम बहुत दूर हो। यह ठीक वैसा ही है कि जैसे मैं फिर से तुम्हें बताऊँ कि मैं तुम्हें कितना प्यार करती हूँ। मैं तुम्हें हमेशा प्यार करूँगी और हमेशा के लिए बेबी। तुम मेरे हो। मैं नहीं जानती हूँ कि मैंने तुम्हें पाने के लिए इस जीवन में क्या किया है, लेकिन यह बहुत अच्छा होगा और तुम्हारे साथ ही खत्म होगा। तुम्हारे साथ होने से मुझे ऐसा लगता है कि यह पूरी दुनिया मेरी है। मैं तुमसे प्यार करती हूँ बेबी और मैं हमेशा के लिए तुम्हारी हूँ।

केवल तुम्हारी

इसने मेरी नसों को हिला दिया, क्योंकि यह मुझे नहीं भेजा गया था। मेरे दिमाग में कई बुरी बातें घूमने लगीं। सारी नकारात्मक बातें जुड़ी हुई थीं और धोखेबाजी का संकेत दे रही थीं। 25 मई को, केवल पाँच दिन पहले ही, उसने यह मेल ajay16...@gmail.com को भेजा था।

उसने एक बार मुझे अजय के बारे में बताया था। वे तब साथ थे, जब वह दिल्ली में सी.पी.एम.टी. की तैयारी कर रही थी और उसके बाद हमने इस पर बात नहीं की, क्योंकि हर किसी के जीवन में एक बार ऐसा होता है। हर किसी का पिछला

जीवन होता है और अगर हम उन यादों पर ज्यादा ध्यान देंगे, तो वे दुःख देंगी। हालाँकि उस मेल को देखने के बाद मेरे पैर ठंडे पड़ने लगे। मुझे उससे ऐसी उम्मीद नहीं थी। मेरे होश गुम हो गए और चेहरे पर गुस्सा था। सारे वादे नसों में महसूस हो रहे थे। एक पल के लिए मेरी आँखों के सामने अँधेरा छा गया था।

हम पिछले 11 महीनों से बात कर रहे थे और ऐसा क्यों हुआ? उसने मुझे बताया क्यों नहीं कि कुछ गलत हो रहा है? मैं असहाय था और आखिर उसने क्यों मुझसे इस बारे में बात नहीं की, जब वह सबकुछ मुझे बताती थी। मुझे नहीं मालूम था कि किन परिस्थितियों में वह मेल भेजा गया था, लेकिन उसने मेरा भरोसा तोड़ दिया था।

स्क्रीन पर एक और पॉपअप संदेश आया।

पाखी : क्या तुम वहाँ हो?

मैं : मैं बस आता हूँ।

'गलत तो गलत ही होता है, फिर इससे कोई मतलब नहीं कि तुमने किन परिस्थितियों को जन्म दिया है,' मैंने सोचा कि मेरे दिमाग में सवालों का तूफान आएगा और वे सभी अनुत्तरित रहेंगे। मैंने सबकुछ याद किया कि 25 मई को क्या हुआ था। उस दिन हमारी लड़ाई हुई थी, जब मैंने उससे पूछा था कि वह किससे बात कर रही थी। उसने अपनी माँ का हवाला देकर जवाब दिया था। मैंने जवाब देना शुरू कर दिया था। वह जी-टॉक पर लगातार मुझे संदेश भेज रही थी।

पाखी : तुम क्या कर रहे हो? मैं इंतजार कर रही हूँ।

मैं : रुको, मैं अभी तुम्हें फोन करता हूँ।

मैंने उन सभी पलों को याद किया, जो हमने एक साथ बिताए थे। जब हमने पहली बार एक-दूसरे को चूमा था, जब उसने अपना हाथ मेरे दिल पर रखा था, हमने चॉकलेट बाँटकर खाई थी, मुँह से कोल्ड ड्रिंक के स्वाद का लुत्फ उठाया था, जब उसने मेरे गले पर अपने दाँत गड़ाकर मुझे लव बाइट दिया था और जब हमने गहरा चुंबन लिया था।

'क्या वह सबकुछ झूठ था?'

मैंने लैपटॉप बंद कर दिया।

'मैं तुम्हें बहुत प्यार करता हूँ। तुमने मेरे साथ ऐसा क्यों किया, क्यों···' मैंने अंदर-ही-अंदर खुद के विचारों से लड़ाई शुरू कर दी, जिसने मुझे कुछ नहीं दिया। फोन पर एक संदेश आया—'क्या हुआ, तुम जी-टॉक पर जवाब क्यों नहीं दे रहे

हो ?' उस समय मेरे दिमाग में कई विचार थे और मैं जानता था कि अगर मैंने उसका फोन उठाया, तो कुछ जरूर हो जाएगा, जो हम दोनों के लिए ठीक नहीं होगा। मैंने एक संदेश भेजा—'मैं कुछ मिनटों में वापस आता हूँ। मुझे जरूरी काम से जाना है।'

जब लाश को दफन किया जाता है, तब चीजें ताबूत से बाहर नहीं निकाली जानी चाहिए। हमारे जीवन में कई घटनाएँ होती हैं, जो हमें अच्छी और बुरी चीजें साथ-साथ देती हैं। जो चीजें हमें सबक देती हैं, वे हमारा पिछला जीवन होती हैं और जो बातें हमें हँसने का कारण देती हैं, वे हमारे स्वभाव में होनी चाहिए। मुझे उससे अजय को भेजे मेल के बारे में पूछना था, लेकिन हर चीज का एक सही समय होता है और मैं उसका इंतजार कर रहा था। इससे पहले कि मैं विचारों की गाँठ में फँस जाता, जो मुझे बाँधने की कोशिश कर रहे थे, मेरा फोन एक और संदेश से बज उठा।

क्या तुम मुझसे प्यार करते हो ? मैं तुम्हें याद कर रही हूँ। क्या हम बात कर सकते हैं ? जब उसने ये बातें कहीं, तो मैं वहाँ मौजूद था और कभी भी यह विश्वास तोड़ना नहीं चाहता था कि उसका रिश्ता मेरे साथ बना था। मैंने उसे फोन किया और बिना किसी असमंजस, बिना माफी और ढेर सारे प्यार के साथ हमने बातें कीं, जैसा हमेशा करते थे।

वेब कैम इंस्टॉल हो गया था, लेकिन कई बातें कैमरे के पीछे थीं, लेकिन मैंने उनकी चिंता नहीं की और केवल उससे प्यार किया। हम अपने दिन की शुरुआत वेब कैम से करते थे और देर रात फोन कॉल से समाप्त करते थे। हालाँकि हम दोनों काफी दूर थे, लेकिन हम दोनों की आत्माएँ एक थीं। अब कुछ सवालों को छोड़कर कुछ भी छिपा हुआ नहीं था, जिन्हें मैंने सही समय पर पूछने का निश्चय किया था।

उसके बारे में उन तीन शब्दों ने मुझे हमेशा दीवाना किया था। मैंने वे दिन याद किए, जो हमने साथ बिताए थे। उसकी आवाज मुझे ऐसी लगती थी, जैसे कुछ गुलाब मेरे गालों को छूते हैं और मेरे कानों में आवाज आती है, आई लव यू।

तुम जैसी हो, मैं तुम्हें प्यार करता हूँ···तुम जैसी हो, मैं तुम्हें प्यार करता हूँ।
हर दिन, मैं तुम्हें बीते हुए कल के मुकाबले ज्यादा प्यार करता हूँ।
हमारे सफर को शुरू हुए कितने दिन हो चुके हैं ?
हमारे प्यार के मील के पत्थर को कितना समय हो चुका है ?
हमने एक-दूसरे से कितने वादे किए थे ?
और मैं उम्मीद करता हूँ कि वह मेरा दिल कभी नहीं तोड़ेगी···

☐

भारतीय परिवारों की आंटियाँ

कुछ निश्चित चीजें होती हैं, जो हमें दूसरों से अलग बनाती हैं। मैं अपने जीवन में हमेशा कुछ अलग करना चाहता था और जब मैं अपनी मम्मी को मेरे गालों पर थप्पड़ मारते हुए देखता था, तब मैं वापस पढ़ने चला जाता था। जब मैंने अपने चारों ओर चीजों को समझना शुरू किया, तो मुझे अपने इंजीनियर बनने के कारण का पता चला। अगर आपका पड़ोसी डॉक्टर या इंजीनियर है तो आपको किसी भी तरह यह बनना है। भाग्य या दुर्भाग्य से मैं दोनों बनना चाहता था, इसलिए एक चीज तो निश्चित थी कि या तो मैं इंजीनियर बनूँगा या डॉक्टर। यह अंत नहीं था, आपको इन सवालों और सुझावों के लिए तैयार रहना होगा—

1. आपके कॉलेज में प्लेसमेंट कैसा है?
2. आपको नौकरी कब मिलेगी?
3. पिछली परीक्षा में आपके कितने अंक आए थे?
4. आप एक इंजीनियर हैं, कृपया मेरा कंप्यूटर या पंखे के रेगुलेटर की मरम्मत कर दें, आदि।
5. अलग से सरकारी नौकरी भी देखते रहो।
6. क्या कॉलेज में खाना अच्छा नहीं है या वहाँ किसी लड़की का कोई मामला है?

भले ही अंतिम सवाल सही हो, लेकिन मेरे जवाब हमेशा एक जैसे होते हैं, 'नहीं आंटी, इंजीनियरिंग काफी मुश्किल है, इसलिए किसी और चीज के बारे में सोचने का मौका नहीं मिल पाता है और अगर किसी दिन मुझे कोई मिलेगा, तो निश्चित तौर पर आपको सबसे पहले बताऊँगा। उचित सवालों के लिए उचित जवाब।'

मुफ्त की सलाह हमेशा उपलब्ध होती है, इसलिए मैं उन्हें उसी तरह से व्यवहार में लाता हूँ, इसे छोड़ूँ या मैं क्या करना चाहता हूँ। मैं अपने लैपटॉप पर फिल्म देख रहा था, जब मेरी चचेरी बहन काव्या मेरे कमरे में आई। हमने साथ में रेत के कई महल बनाए थे, इसलिए आपस में अच्छा रिश्ता था। जब हम मस्ती करते थे, तब मैं रुक जाता था। उसने मेरा लैपटॉप लिया और विन32 नाम के फोल्डर पर क्लिक किया।

'यह कौन है?' उसने पूछा, उसने तिरछी निगाहों से मुझे देखा, जैसे उसे वह तसवीर पसंद नहीं आई।

'बस मेरी एक दोस्त है।' मैंने उसे इग्नोर करने की सोची।

'क्या तुम्हें यकीन है? मैं जानती हूँ, केवल दोस्त।' वह मुसकराई, उसे वह पसंद आई, लेकिन वह असमंजस में थी कि वह तसवीर मेरे लैपटॉप में क्यों थी।

मैंने खुद से भी यही सवाल किया, 'वह मेरे लैपटॉप में क्या कर रही है, उसे मेरे सामने होना चाहिए था··हमेशा के लिए··मेरी जान से प्यारी।'

'यहाँ क्या चल रहा है, उसके पास करने को कुछ भी नहीं है और तुम्हारा भी यही हाल है।' मॉम ने हमारी तरफ देखा, हम हँसे और उसके बाद एक-दूसरे को देखा।

मॉम मेरे पास आई और पूछा, 'तुम नोएडा कब जा रहे हो?'

मैं जानता था कि वह मेरे जाने से खुश नहीं थीं, क्योंकि वह चाहती थीं कि मैं घर में ही रहूँ और परिवार के साथ समय व्यतीत करूँ।

'मॉम, बस एक सप्ताह के बाद।' मैंने उन्हें खुश करने की कोशिश की, उनके हाथ खींचे और खड़ा हो गया।

'तुम वापस कब आओगे?' उन्होंने पूछा।

'बस समर ट्रेनिंग के तुंरत बाद मैं वापस आ जाऊँगा।'

'क्या तुम अपनी गरमी की छुट्टियों का लुत्फ हमारे साथ नहीं उठा सकते और अपने लायक किसी संस्थान को जॉइन कर लो। तुम अपने पिता से बी.एस.एन.एल. में काम करने के बारे में बात कर सकते हो, अगर तुम चाहो तो।'

'हाँ मॉम, लेकिन मेरे लायक यहाँ कोई संस्थान नहीं है और मैं बी.एस.एन.एल. जॉइन नहीं करना चाहता। यहाँ लोग आलसी हैं।' मैंने खंडन किया।

'तुम्हारा जब से जन्म हुआ है, तब से तुम्हारे पापा वहाँ काम कर रहे हैं, बल्कि उससे भी पहले। तुम्हारी बहन ने कंप्यूटर्स में मास्टर्स किया है, तुम इंजीनियरिंग कर

रहे हो, हमारे पास खुशी से रहने के लिए अच्छी जगह है, क्या तब भी तुम यही सोचते हो कि यहाँ लोग आलसी हैं।'

'मॉम, मेरा वह मतलब नहीं है। वह मेरे लिए हीरा हैं, लेकिन मैं कुछ सीखना चाहता हूँ।' मैंने जवाब दिया। मेरे दिमाग में सहसा एक बात कौंधी, ओह सीखना! जब आप प्यार में होते हैं, तो आप अपने प्यार के पसंद की चीजें करते हैं और कई दूसरी चीजों से समझौता करते हैं।

हम दोनों ने अपने गरमी के दिन दिल्ली में स्कूलों में बिताने का निश्चय किया था, ताकि हम एक-दूसरे के साथ समय बिता सकें। हम दोनों में अलग-अलग क्षमता थी, हम दोनों अलग जगहों से थे, लेकिन हमारी मंजिल एक ही थी···एक-दूसरे के साथ होना···एक-दूसरे को प्यार करना। लंबे समय से हम एक लंबे सफर की तसवीर खींच रहे थे···दो दिलों का सफर।

'मुझे उन तसवीरों में रंग भरने हैं, जब वह हमेशा के लिए मेरे घर आएगी।' मैंने अपने आप से कहा, अपनी आँखें बंद कर लीं और हलका संगीत सुनने लगा, उसकी सुंदरता, मेरी सुंदरता और सबकुछ पूर्ण हो गया। जब आप प्यार में होते हो, आप कभी पीछे नहीं देखते हो, आप हर चीज दरकिनार करते हो, लेकिन उस इनसान के साथ रहते हो और मैं उसी परिस्थिति में था। इसलिए मैं 24 मई की सुबह नोएडा स्थित जे.पी. इंस्टीट्यूट ऑफ इंजीनियरिंग के होस्टल में पहुँचा। मैं थक गया था, सूर्य की रोशनी में पसीने से तर-ब-तर था। मैंने रूम का ताला खोला, हवा नलिकाओं को ऑन किया।

कुछ मिनट आराम किया। मैं कुरसी पर झुका और एक पैर कुरसी के हत्थे पर रखा, मुझे अपना घर याद आ रहा था।

मैंने कमरे को खोला, खिड़कियाँ खोलीं और बाहर देखा। तब एक बार फिर उन्हें बंद कर दिया। दीवारें रँगी हुई थीं, क्योंकि पेंट की खुशबू सूँघ सकता था, टेबल धूल से भरी थी और मैंने कुछ मिनट के लिए अपनी आँखें बंद कर लीं।

कुछ कॉल्स और स्क्रीन पर संदेशों को नजरअंदाज करने के बाद मैंने पाखी को फोन किया।

'हे···क्या हुआ?' मैंने अपने बैग को कपबोर्ड में रखते हुए पूछा।

'कुछ नहीं, तुम कहाँ हो?' उसने उत्सुकता से मुझसे पूछा।

'मैं कुछ मिनट पहले ही पहुँचा हूँ।' मैंने थकावट के साथ जवाब दिया।

अगर शरारत नहीं होती है तो वहाँ प्यार भी नहीं होता है, साथ ही मैं बोला,

'कल तुमसे मिलता हूँ, मैं अभी बहुत थका हुआ हूँ।'

'हूँ...ठीक है।' उसने जवाब दिया, उसके बाद हमारी कोई बात नहीं हुई।

'ठीक है, बाय।' मैंने फोन काट दिया।

अगले ही पल फोन पर एक संदेश आया—क्या हुआ? क्या मैंने कुछ गलत किया है?

मैंने जवाब नहीं दिया और नहाने चला गया, कपड़े पहने और उसे फिर से फोन किया।

'मिस गॉर्जियस, तैयार हो जाओ, अगले तीस मिनट में मैं आनंद विहार पहुँच जाऊँगा।' मैंने गर्मजोशी से जवाब दिया।

'मैं जानती हूँ, मिस्टर तिवारी ने मुझे कल मिलने को कहा था। वैसे तुमने मुझसे वह समय क्यों नहीं बताया, अब मुझे तैयार होना होगा।' उसने विनम्रता से पूछा।

'क्योंकि मैं तुमसे बहुत प्यार करता हूँ, अब तैयार होकर जल्दी आ जाओ।' मैंने चुंबन दिया।

'ठीक है, बाय, मिलती हूँ।'

□

और तब हम फिर से मिले

'क्या मुझे अपनी आँखें बंद करनी चाहिए,' मिनी स्कर्ट और बिना बाँह की ड्रेस पहने उन लड़कियों को देखकर मैंने सोचा। मैं आनंद विहार मेट्रो के पास टिकट काउंटर पर खड़ा था। मैंने चेक पॉइंट पार नहीं किया और उसका इंतजार कर रहा था। 'तुमने वादा किया था,' मेरे दिमाग ने सहसा मुझसे कहा। मैंने उनमें से एक को देखा, जो फोन पर अपने बॉयफ्रेंड से बात कर रही थी। उसका दूसरा फोन बजा और उसने मुझे उसकी परिस्थिति को समझने के कारण की शुरुआत का मौका दिया। उसने अपने दूसरे फोन को देखा, जो उसके बाएँ हाथ में अब भी बज रहा था। उसका बॉयफ्रेंड स्वचालित सीढ़ियों की दूसरी तरफ खड़ा था और उससे बात करने की कोशिश कर रहा था। उसने उसे देखा और मुसकराई और अपने फोन को छिपाने के लिए गरदन को घुमाया और बड़बड़ाई। मैं समझ सकता था कि वह क्या बोली होगी, 'मैं तुम्हें शाम को फोन करूँगी, मुझे फोन मत करो, मैं परिवार के साथ हूँ। मैं व्यस्त हूँ, मैं भी तुम्हें प्यार करती हूँ।' मैंने गणित में कुछ पढ़ाई की थी कि एक से कई और कई से एक होता है, लेकिन जो नियम मैंने वहाँ देखा और लिंग अनुपात के बारे में मेरा एक असमंजस स्पष्ट हुआ कि हमारे देश में यह कैसे नियंत्रित हुआ।

कुछ मिनटों के बाद मैंने उसे स्वचालित सीढ़ियों पर देखा। वह एक कॉल पर व्यस्त दिखी और कुछ मिनट पहले का पूरा दृश्य मेरे दिमाग में फिर से चलने लगा।

सफेद कुरती और नीली सलवार में वह काफी आकर्षक दिखाई दे रही थी। उसके माथे पर पसीने की कुछ बूँदें बता रही थीं कि वह मुझसे कितना प्यार करती थी और जब उसने अपने मुँह से पानी की बोतल निकाली, तो उसके होंठों के किनारों से निकली पानी की कुछ बूँदों ने बताया कि कैसे वह खुद को सँभालती है।

उसने रुमाल निकाला और लाल दिख रहे चेहरे को पोंछा। मैं उसे देखकर मुसकराया और उसने यह कहते हुए फोन काटा, 'बाय माँ।'

हम अपने चारों ओर कई घटनाएँ होते हुए देखते हैं, हमारे अनुसार वे अच्छी भी हो सकती हैं और बुरी भी। हालाँकि सच्चाई यह कहती है कि अच्छा या बुरा या श्वेत या श्याम कुछ भी नहीं होता है, बल्कि यह हमेशा ग्रे होता है। यह हम पर निर्भर करता है कि हम इसे कैसे देखते हैं। हमारे लिए जो हानिकारक होता है, वह किसी और के लिए मददगार हो सकता है। हिरण को मारना अपराध है, लेकिन अगर कोई बाघ उसे मारता है तो यह उसकी भूख होती है। इसलिए हमें दूसरों के लिए कोई अवधारणा नहीं बनानी चाहिए। हमारे दिल से जो निकलता है, वह हमेशा सही निर्णय होता है, इसीलिए हमें कहा जाता है कि हमें आत्मा की आवाज स्वीकार करनी चाहिए। मेरे दिल ने उसे मेरी जान स्वीकार किया था, इसलिए दूसरी दिशा में कुछ भी मेरा ध्यान आकृष्ट नहीं कर सकता था। 'क्या आपके पास काजल है?' मैंने उसके हाथ से बोतल लेते हुए पूछा। 'क्यों?' उसने बिना कोई भाव दिए आश्चर्यचकित होकर पूछा, मैंने बस अजीब-सा यह सवाल पूछा।

'तुम्हें बुरी नजरों से बचाने के लिए मैं तुम्हारी आँखों के नीचे कुछ लगाना चाहता हूँ।'

'तुम पागल लड़के हो, चलो, चलते हैं।' वह हँसी और मेरा हाथ खींचा। जब भी मैं उसके गाल देखता हूँ, मुझे हमेशा पांड्स क्रीम का विज्ञापन नजर आता है—गुगली-वुगली वूश। उसे वह अपनी तीन उँगलियों से अपने बालों को सँवारते हुए अपने बाएँ कान पर लाती है तो बालों से उसका माथा आधा ढक जाता है, तब वह काफी खूबसूरत नजर आती है। उसके कानों की बालियाँ उसकी गरदन को छूने का प्रयास कर रही थीं और ऐसा लग रहा था कि वे उसकी गरदन को बार-बार चूमने का प्रयास कर रही हैं।

पहली बार मूवी थिएटर में जब मैंने उसका चुंबन लिया था, तब उसकी जो खुशबू मिली थी, वह इस समय भी महसूस कर सकता था। उसे गले लगाने और उससे कभी दूर नहीं जाने की मेरी इच्छा और मजबूत हो गई।

एक-दूसरे से पूछे बिना हम दोनों जानते थे कि हमें कहाँ जाना है। एक खाली थियेटर में एक साथ फिल्म देखने से बेहतर विचार दूसरा नहीं था, जहाँ हम अच्छा समय बिता सकते थे। हम दोनों नोएडा, सेक्टर-18 मेट्रो स्टेशन से नीचे उतर रहे थे, तभी एक छोटा लड़का एवं लड़की लाल गुलाब लेकर मेरे सामने आ गए, यह सोचकर कि शायद वह गुलाब मैं पाखी के लिए खरीद लूँगा। मैंने उन्हें अनदेखा किया और आगे बढ़ गया।

'हे, रुको।' उसने कहा।

'यह खामोश सरदार उनके लिए कुछ नहीं कर रहा है, कम-से-कम मैं कुछ कर सकता हूँ।' उन गरीब बच्चों के ऊपर लगे होर्डिंग में यही लिखा था, उसने लंच बॉक्स लिया और वह उन बच्चों को दे दिया। मैं आश्चर्यचकित था, लेकिन खुश था, दरअसल उस पल मेरे दिमाग में मिले-जुले विचार थे।

'क्या तुम सोचती हो कि ऐसा करने से उनका भविष्य उज्ज्वल हो सकता है।' मैंने सामान्य तौर पर पूछा।

'मैं जानती हूँ कि मैं देश को नहीं बदल सकती हूँ, लेकिन मैं खुद को तो बदल सकती हूँ। अब कहीं और चलो, हम अपने दिन का अंत खराब राजनीतिक बहस से कर लेंगे।'

जिस आकर्षक अंदाज में उसने यह कहा, उससे मैं मन-ही-मन मुसकरा उठा और हम टी.जी.आई.पी. मॉल की ओर चल पड़े।

हमारे बाएँ और दाहिने हाथ एक-दूसरे को थामे हुए थे और हम एक साथ टहलने लगे…

केवल दाहिने हाथ ही बाय कहने के लिए काफी होते हैं। दुनिया में कोई भी संपूर्ण नहीं है, अगर आप उसकी अपूर्णता से प्यार करेंगे, तभी प्यार की मौजूदगी रहेगी।

'रॉबिन हुड के दो टिकट, साढ़े बारह बजे का शो, दीवार के पास का कोना।' मैंने टिकट काउंटर पर बैठी लड़की की ओर देखकर बेबाकी से कहा, इस बार कोने की सीटें माँगने में मैंने कोई झिझक नहीं की।

कॉर्नर की सीट के लिए कहने या कॉन्डम या पैड्स के लिए कहने के लिए हमेशा सही काम के लिए सही समय होता है। हालाँकि मैं पहले पायदान पर था, लेकिन समय सही अवसर के साथ आता है और खुशी से मैंने इसे स्वीकार कर लिया था।

'सर, पीछे से पाँचवीं रो, दो टिकट, साढ़े बारह बजे का शो।' काउंटर पर बैठी महिला ने कहा।

मैंने सिर हिलाया, पैसे चुकाए और हम चल पड़े।

'केवल तुम ही हो और मैं फिल्म देखने आ गई।' सहसा उसने कहा।

'क्या तुम चाहती हो कि मैं अपने साथ बैठने के लिए दूसरी लड़की को बुलाऊँ।' मैंने उसे छेड़ा, उसने चारों ओर देखा और मेरे कंधे पर हाथ मारा। हम

दोनों के-1 और के-2 सीटों पर बैठ गए।

कुछ चीजें कभी नहीं बदलती हैं, माँ का प्यार और वीको क्रीम का विज्ञापन—वीको टरमरिक नहीं कॉस्मेटिक क्रीम, वीको टरमरिक आयुर्वेदिक क्रीम।

तब तक वह खेल रहा था, उसने मेरा हाथ पकड़ा और कहा, 'क्या तुम्हें नहीं लगता कि तुम्हें अपनी घड़ी बदल लेनी चाहिए?'

'हाँ बिल्कुल, इसमें काफी स्क्रैच पड़ गई हैं, मैं अगली बार इसे बदल दूँगा।'

'अगली बार क्यों, इसे अभी बदल लो।' वह मुसकराई, अपना बैग खोला, अपने पर्स में ढूँढ़ा और धीरे से एक छोटा सा पैकेट उसमें से बाहर निकाला।

'क्या यह मेरे लिए है?' उत्साह से मैंने पूछा। उसने बॉक्स का कवर हटाया और वह घड़ी मेरे हाथ में बाँध दी।

'अरे, यह तो बहुत अच्छी है। तुम्हारा बहुत-बहुत धन्यवाद।' मैंने उसके गालों पर प्यार किया। उसने ठंडी साँस ली और अपने गालों पर मेरे मुलायम स्पर्श से राहत महसूस की। उसने बहुत धीमे और आकर्षक रूप से प्रतिक्रिया दी, उसने अपनी आँखों से मुझे आकर्षित कर लिया। मैंने अपने दाहिने हाथ को उसके बाएँ हाथ पर रख दिया।

'क्या तुम रिटर्न गिफ्ट देने में विश्वास नहीं करते?' वह मेरी उँगलियों से खेलती हुई मेरे कानों में फुसफुसाई।

'क्या तुम वास्तव में चाहती हो कि मैं तुम्हें रिटर्न गिफ्ट दूँ?'

'क्या तुम इस पल को ज्यादा लंबा नहीं करना चाहते हो और अब तो तुम्हारे पास घड़ी भी है।' वह मुसकराई।

'मैं तुमसे प्यार करता हूँ, बेबी।' मैंने अपनी आँखों में और प्यार भरकर कहा।

इस बार मैंने उसके हाथों को कसकर अपने दिल पर रख लिया था। मैंने अपना दूसरा हाथ उसकी गरदन के पीछे रख लिया था। उसने मुझे देखा, लेकिन एक भी शब्द मुँह से नहीं निकाला। उसकी आधी खुली आँखें स्क्रीन पर टिकी थीं, मेरी चार उँगलियाँ उसकी गरदन पर थीं और अँगूठा ठीक उसके कान के पीछे। मैंने उसके गालों को तीन से चार बार अपने अँगूठे से सहलाया। उसने आँखें बंद कर लीं और आँखें सिकुड़ गईं। मैंने उसकी गरदन से अपना हाथ हटाया, उसके कानों के पास आया, 'मैं तुमसे प्यार करता हूँ, तुम काफी खूबसूरत दिख रही हो।' मैंने धीरे से कहा।

वह सिहर गई और मैंने उसके गालों का चुंबन ले लिया। मैंने उसके खुले हुए

होंठों को देखा। मैं उसके करीब आया। उसने अपना हाथ मेरी गोद में रख दिया और दूसरा मेरी गरदन पर। जब वह अपना हाथ मेरी गरदन से पेट तक लाई, तब मैं उसकी इच्छा को महसूस कर सकता था। मैंने उसकी ओर देखा और जल्दी से उसके होंठों को चूम लिया। वह होश में नहीं थी, उसकी आँखें बंद थीं। मैं उसके मुँह से उसकी गरमी महसूस कर सकता था। मैंने यह सोचते हुए कि स्वस्थ रहने के लिए चुंबन जरूरी होता है, अपनी जीभ उसके मुलायम गुलाबी होंठों पर फेरी। जैसे ही हम प्यार और हवस के सागर में खो जाते हैं, वैसे ही इच्छाएँ हमारे चारों ओर की दुनिया को चमकदार बना देती हैं। बाकी दुनिया हमारी लालसा की जलती लपटों में छिप गई थी, क्योंकि हमारे चुंबन ज्यादा जरूरी थे। जैसे ही हमारे होंठों ने एक-दूसरे को छुआ, तेज गरमी की लपटों के बीच एक शांत ठंडी हवा बहने लगी। हमारी साँसें तेज हो गईं, धड़कनें बढ़ गईं। वह शांत थी, लेकिन दिलकश थी, एक मीठे शकरकंद और नमकीन समुद्री पानी के मिश्रण की तरह। चमत्कृत रूप से हम दोनों के होंठ एक-दूसरे को दबा रहे थे और हमें दूसरी दुनिया में पहुँचा रहे थे। उसकी लार मेरे से मिल चुकी थी, मैंने उसके आगे के दाँतों को अपनी जीभ से रगड़ दिया था।

छोटी-छोटी साँसों और नृत्य करती जीभों ने ठंडी समुद्री हवा में गरमी भर दी थी। एक पल के लिए सारा जहान वहाँ से अदृश्य हो गया था और केवल हम दोनों वहाँ मौजूद थे। यह मसालेदार और मजबूत विलय था, जिसने हमारे ऊपर जोश की लहरों का संचार कर दिया था। हमारी तीव्रता समाप्त हो गई थी। बाकी दुनिया धीरे-धीरे केंद्र में आ गई थी। हमारे होंठ हमारी जीभों पर लालसा की इस जीत का दावा कर रहे थे, जिसमें हम खो चुके थे और तभी अचानक···

□

प्रेमिका हो या फिर नहीं : दिल्ली आओ

किसी ने कहा, 'ठीक से बैठो।' हम दोनों सन्न रह गए और हमारे हाथ जहाँ भी थे, वहाँ से हटा लिये। वह एक सुरक्षाकर्मी था, जो चारों ओर घूम रहा था और उसने फिल्म के दौरान ही थिएटर का पूरा चक्कर पूरा किया। यह थोड़ा लज्जाजनक था, क्योंकि ऐसा दूसरी सीटों पर भी हो रहा था, लेकिन हम दोनों बहुत ही गलत समय पर पकड़े गए थे। मुझे समझ नहीं आता कि वे बीच में टाँग क्यों अड़ाते हैं, जबकि हम सारे मनोरंजन करों समेत टिकट का सारा मूल्य चुका देते हैं। जब तक फिल्म खत्म नहीं हो गई, मैं उसका हाथ पकड़कर बैठा रहा और तब तक मेरे मुँह से उसके स्ट्राबेरी लिप-ग्लॉस की खुशबू आती रही।

दिल्ली सबसे ज्यादा घटनाओंवाले शहरों में से एक है। मैंने वहाँ ज्यादा समय बिताने की सोची थी। जिसके साथ मैं अपनी बाकी की जिंदगी बिताने जा रहा था, उसके साथ मैं था। मुझे नहीं पता था कि कहाँ जाना था, मुझे सिर्फ यह पता था कि प्यार और रोमांस कैसे किया जाता है। उसके पास एक विचार था और मैंने उस पर कुछ चौंकानेवाले कामों के साथ अच्छी तरह अमल भी कर लिया था।

'मैं तुम्हें आज दिल्ली दिखाऊँगी।' थिएटर से निकलते समय उसने कहा।

'मेरी देवी, मैं हमेशा तुम्हारे फैसले पर अमल करने के लिए तुम्हारे साथ हूँ।' मैंने उसकी उँगलियों में अपनी उँगलियाँ फँसा लीं और मुसकराया।

'दुर्लभ प्राणी।' वह हँसी और हम सी.पी. के लिए मेट्रो पकड़ने के लिए चल दिए।

दिल्ली में हमेशा हैंग आउट जोन और लोकप्रिय ठिकाने सभी लोगों में प्रसिद्ध हैं और वे इस शहर को बेहतर स्वाद भी देते हैं। हमें जिन जगहों पर जाना था, उसकी

योजना पहले ही बना ली थी और कनॉट सर्कल जैसे दिल्ली के लोकप्रिय हैंग आउट जोन को देखने के लिए उत्सुक भी थे। दिल्ली में भव्य और खूबसूरती से बनाए गए घर और बड़े बाजार मौजूद हैं, जहाँ आपको कोई भी और हर चीज मिल जाएगी।

दिल्ली के बाजार के इलाके जनपथ में भारतीय उत्पाद, भारतीय पारंपरिक कपड़ों के साथ-साथ कई उत्पादोंवाली छोटी दुकानों की शृंखला है। इसके साथ ही वहाँ कढ़ाईदार हैंगिंग, आइवरी ईयररिंग, वुडन मास्क और नेकलेस एवं इसी तरह के उत्पाद बेचती महिलाएँ भी हैं और एक प्यारी सी किताब की दुकान और फूलों का स्टॉल भी है।

दिल्ली के चाँदनी चौक इलाके में पराँठेवाली गली एक प्रसिद्ध गली है, जहाँ 1870 से अलग-अलग स्वादवाले पराँठे मिल जाते हैं। सिटी वॉक, राजौरी, कमला मार्केट और कई ऐसी जगहें हैं, जो दिल्ली की सड़कों की विविधता में चार चाँद लगाती हैं। यहाँ तक कि दिल्ली के लोगों के लुत्फ उठाने और खुशमिजाज रहने के स्वभाव और शहर घूमने से मुझे नया अनुभव मिला।

मैं कैसे दिल्ली यूनिवर्सिटी के नॉर्थ कैंपस के भ्रमण का अनुभव भुला सकता हूँ। आवागमनवाली जगहें हमेशा स्मार्ट कॉलेज और दिल्ली की खूबसूरत लड़कियों से गुलजार रहती हैं। हम बीवाईडी-बिग येलो डोर भी गए, जो कॉलेज के बच्चों और विद्यार्थियों की दोस्ती के लिए श्रेष्ठ जगह है। हमें बी.वाई.डी. का बॉम्ब बर्गर भी बहुत पसंद आया, जिससे हमारा पेट पूरा भर गया और हमने दिन पूरा होने तक खूब लुत्फ उठाया। हमें दुनिया छोटी महसूस हुई, खुशी ने हमारे बीच प्यार के हर धागे को जोड़ दिया था, जिंदगी काफी खूबसूरत और रंग-बिरंगी दिखाई दी।

कुछ दिनों के बाद उसने राव आई.ए.एस. क्लास में जाना शुरू कर दिया, क्योंकि उसके पास काफी तेज दिमाग था, जो सेकंडों में बदल गया था। उसने एम.एस-सी. के बाद एम.बी.ए. किया था, उसके बाद ज्वैलरी डिजाइनिंग का पाठ्यक्रम किया और आई.ए.एस. की तैयारी के साथ पढ़ाई का अंत किया। उसने कई बार वही शब्द बोले, जैसा मेरी माँ मुझे आई.ए.एस. क्लास में जाने के लिए कहती थी, लेकिन मैं कहता था, 'मुझे दर्द देने के लिए इंजीनियरिंग काफी है, मैं इससे अधिक दर्द बर्दाश्त नहीं कर सकता।' मेरा प्रशिक्षण खत्म होने के बाद हम अकसर यमुना बैंक मेट्रो स्टेशन पर मिलते थे और मैं उसे शाम को आई.ए.एस. क्लासेस में छोड़ देता था।

वह मेरे लिए यादगार समय था, जब शाम को उसकी क्लास दो घंटे से चार

और छह घंटे तक चलती थी और मैं बाहर बस स्टॉप पर उसका इंतजार करता था। ऐसा करने से मैं मूर्ख लगता था, लेकिन मैं उसका इंतजार करता था, जिससे मुझे खुशी मिलती थी और बाद में मुझे बुरा लगता था, जब लोग मुझसे पूछते थे कि क्या मुझे किसी मदद की जरूरत है या मैं वहाँ कई घंटे से खड़ा क्यों हूँ?

और क्लास के बाद हम जनपथ जाते थे और रात होने तक सी.पी. के आसपास घूमते रहते थे। एक दिन बारिश शुरू हो गई और उसे गोला चाहिए था। हम वह दिन कभी नहीं भूल सकते।

'मुझे एक गोला चाहिए।' उसने मुझे खींचा और गोलेवाले की ओर बढ़ गई।

'तुम बीमार हो।'

'बस एक, प्लीज।'

'बारिश हो रही है, तुम ठीक नहीं हो और तुम्हें गोला चाहिए?' मैंने उसे देखते हुए कहा और फिर गोलेवाले को।

'बस एक मिनट, भैया, एक काला कट्टा और एक मिक्सवाला।' पाखी ने खरीद लिया।

'रात के नौ बज चुके हैं, तुम्हें देर हो रही है और बारिश भी हो रही है।' मैंने उसके बाएँ हाथ को खींचा। हमने सी.पी. से आनंद विहार तक ऑटोरिक्शा किया। वह काफी खुशनुमा और रोमांटिक पल था और हमें समय की परवाह नहीं रही या यह कि हमने कितने सिग्नल पार किए।

हाथों में हाथ डालकर घूमना, बारिश, ठंडी हवा और गोरी लड़की के साथ काला खट्टा।

'धन्यवाद।'

'किसलिए?' मैंने पूछा।

'अब तक के सबसे अच्छे दिन के लिए।' उसने मेरा हाथ पकड़कर कहा।

मैंने उसे सामनेवाले शीशे में दिखाया, जिसमें से अकसर रिक्शेवाले दूसरों को देखते हैं। वह मेरे हाथ और ज्यादा कसकर पकड़कर मुसकराई।

'कल हम लोग चाँदनी चौक जाएँगे।'

'कल तो तुम्हें क्लास भी जाना होगा।' मैंने उसके गालों को सहलाते और चिकोटी काटते हुए कहा।

'तब मैं अपनी क्लास छोड़ दूँगी।' उसने मेरे गालों पर भी चिकोटी काटते हुए कहा।

'क्लास छोड़ने की कोई जरूरत नहीं, हम बाद में जाएँगे।'

पाखी ने जवाब दिया और मुझे आश्वस्त किया, 'कल की क्लास उतनी महत्त्वपूर्ण नहीं है, इसलिए हम चाँदनी चौक जा सकते हैं, मुझे कुछ किताबें भी खरीदनी हैं।'

'आपके आगे मैं नतमस्तक हूँ, प्रभु।' मैं हँसा।

'ठीक है, हम लोग जाएँगे।'

'तुम बहुत अच्छे हो।'

'हाँ, मैं हूँ।'

हम ऑटोरिक्शा से बाहर आ गए।

कॉफी, आइसक्रीम, बारिश में काला खट्टा, कोई सीमा नहीं, न ही कोई चहारदीवारी; केवल प्यार, भीगी हुई शाम, हाथों में हाथ, पागल भी हो जाते हैं भाग्यशाली। हमने दिन को वैसा बनाया, जैसा हम जीना चाहते थे।

अगले दिन हम दोनों ने अपनी-अपनी क्लास छोड़ी। एक ओर जहाँ मेरे दोस्त प्रशिक्षण संस्थान में थे, वहीं दूसरी ओर हम चाँदनी चौक में कचौड़ी खा रहे थे। हम दोनों को पराँठेवाली गली पसंद आती थी।

उसके हाथ उसकी जेब में थे और मैं उसे टुकड़े-टुकड़े खिला रहा था। इसी बीच मेरे हाथ में मिर्ची का टुकड़ा आ गया और मैं उसका नृत्य देखने को तैयार था।

'ष···ष्ष···ष्ष···मिर्ची···पानी···' पाखी ने पानी माँगा।

'हाहाहा···नहींहीही।' मैं हँसा

'मैं तुम्हें मार डालूँगी अनुज, मुझे पानी दो।' पाखी एक ही जगह पर कई बार उछल चुकी थी।

'पहले कहो, तुम मुझसे प्यार करती हो।' मैंने उसका गला बाँध दिया था।

'मैं तुम्हें प्यार करती हूँ, बहुत प्यार···आह···आह, मुझे पानी दो।' पाखी ने पानी माँगा। कचौड़ीवाले भैया ने हमारी ओर देखा, मुसकराए और एक गिलास पानी दे दिया।

'हाहाहा···माफ करना···मैं सुनना चाहता था कि तुम मुझसे प्यार करती हो।' अपनी उँगलियों से उसके गाल छूते हुए मैंने कहा।

'तुम···मैं तुम्हें मार डालूँगी।' पाखी ने मेरी पीठ पर हाथ मारा।

हम आगे बढ़े और तब उसे कहीं लस्सी की दुकान दिखी।

'अरे अनुज।' पाखी ने कहा।

'क्या?'

'अरे अनुज।'

'क्या हुआ बच्चा?' मैंने पूछा।

'सुनो ना, वो···,' पाखी ने लस्सी की दुकान की ओर इशारा करते हुए कहा।

'हाहाहा···मोटू, आओ, पागल लड़की।' हम दोनों लस्सी की दुकान की ओर बढ़ गए।

'भैया एक लस्सी देना।' मैंने एक गिलास लिया। लस्सी का एक बड़ा गिलास और पाखी ने कुछ घूँट पिया, 'अब और नहीं पी सकती।' पाखी ने अपने मुँह को हाथों से साफ करते हुए कहा।

'हो गया··· केवल दो घूँट।' मैंने उसके होंठों के कोनों से दही को साफ करते हुए कहा।

'अब चलो।'

हम तुरंत वहाँ से चले गए और उसके बाद मैंने एक दुकान के बोर्ड पर लिखा देखा, 'जलेबी की दुकान।'

'देखो, क्या तुम खानी चाहती हो?' मैंने उससे पूछा।

'हाँ, चलो।' पाखी ने मुझे देखा, मेरा हाथ पकड़ा और हँसी।

'क्यों नहीं, जिंदगी में खेद प्रकट करने के लिए कोई मौका नहीं छोड़ना चाहिए।'

'तुम घर कैसे जाओगी?'

'चुप रहो, मैंने पी नहीं रखी है।'

तुम जैसी हो, वैसे मैं तुम्हें प्यार करती हूँ;
तुम जैसे बात करती हो, मुझे अच्छा लगता है।
तुम जैसे देखती हो, मुझे पसंद है; तुम जैसे जोड़ती हो, मुझे पसंद है।
तुम जैसे छेड़ती हो, मुझे पसंद है; तुम जैसे ठंडी होती हो, मुझे पसंद है।
तुम जैसे चिल्लाती हो, मुझे पसंद है; तुम जैसे रोती हो, मुझे पसंद है।
मुझे नहीं मालूम तुम क्या हो, लेकिन तुम जैसी हो, मैं तुम्हें प्यार करता हूँ।

हर दिन एक नया पाठ, एक नया अध्याय और हमारी एक नई प्यार की कहानी सामने आती थी। यह सफर हम लोगों के लिए यादगार हो गया था, प्यार का सफर, दो दिलों का सफर।

□

मैं खामोशी से तुम्हें चाहता हूँ

कुछ महीने साथ बिताने के बाद अब बैग पैक करने का समय आ गया था। हम दि गार्डन ऑफ फाइव सेंसेस स्थित फियो रेस्तराँ में बैठे हुए थे। यह काफी खूबसूरत बगीचा है और यहाँ खुशी के साथ ऊर्जा मिलती है। दिल्ली में एक महीने तक विविध तरह के आकर्षण देखने के बाद हम मंत्रमुग्ध थे और हम उस जगह को छोड़ना नहीं चाहते थे। गार्डन विशाल भूभाग में फैला हुआ था। वहाँ पूरी तरह शांति थी और मैं उसके कंधे पर अपना सिर रख देना चाहता था।

'क्या जाना जरूरी है?' उसने अपना हाथ मेरे सिर पर रखते हुए पूछा। 'चिंता मत करो, जब भी मुझे छुट्टी मिलेगी, मैं फिर आ जाऊँगा।' मैंने जवाब दिया और फिर बोला, 'अरे, कल हम मिलेंगे, पर जल्दी आना।' चूँकि यह दिल्ली में आखिरी दिन था, इसलिए मैं अपने तरीके से इसे खास बनाना चाहता था।

'कल रविवार है और सुबह जल्दी आना संभव नहीं होगा। नानू-नानी, मामाजी सभी लोग घर पर होंगे और तुम कुछ दिन और क्यों नहीं रुक जाते। इसी हफ्ते हमारे घर पर शादी समारोह है और तुम चाहो तो मेरे परिवार से मिल सकते हो,' वह मुसकराई और निश्चित तौर पर वह चाहती थी कि मैं रुकूँ और उसके परिवार से मिलूँ।

किसी लड़की के भाई और पिता को खुश करने के बाद दूसरी कठिन बात उसके पूरे परिवार से मिलना होती है।

'मुझे आमंत्रित नहीं किया गया है और मैं किसी को जानता भी नहीं हूँ।' मैं उसके परिवार से मिलना चाहता था, क्योंकि यह अपनी मंजिल तक पहुँचने की दिशा में पहला कदम था।

'मैं अभी तुम्हें निमंत्रण दे रही हूँ और माँ तुम्हारे बारे में जानती हैं।' वह

मुसकराई और उसे विश्वास था कि मैं उसके लिए कुछ और दिनों के लिए वहाँ रुक जाऊँगा।

'कल मिलो और कुछ करो।' हम दोनों सभी लोकप्रिय प्रेमी जोड़ों रोमियो-जूलियट, हीर-राँझा, रॉबिन हुड-मैड मैरियन को याद करते हुए और उसके बाद हमें याद करेंगे, यह सोचते हुए एक-दूसरे से विदा हो गए।

हमने सोचा कि प्यार करना और इसे श्रेष्ठ कहानी के रूप में पिरोना आसान बात नहीं है।

अगले दिन हमें दोपहर में मिलना था, लेकिन मैं सुबह जल्दी ही तैयार हो गया, क्योंकि मुझे अपने अंतिम दिन को हमारे लिए यादगार बनाने के लिए कई चीजें करनी थी, हमेशा के लिए यादगार…। किसी भी विदाई के लिए कुछ चीजें जरूरी होती हैं और चूँकि उसके परिवार से मिलने के लिए रुकने में संदेह था, क्योंकि मुझे पूर्व की योजना की तरह शादी में बुलाया नहीं गया था। इसलिए मैंने चॉकलेट केक, मोमबत्तियाँ और एक रोमांटिक उपन्यास तथा एक सरप्राइज गिफ्ट खरीदा। तोहफे यह नहीं बताते हैं कि आप कितने अमीर हैं, वे तो उस व्यक्ति के साथ बिताए गए हर पल को यादगार बनाते हैं और हमारे पास तो पहले से ही यादों की शृंखला थी। मैं नोएडा सेक्टर-18 से मेट्रो में बैठा और ई.डी.एम. मॉल पहुँच गया। जब मैंने मॉल में प्रवेश किया, तब मैंने पीछे से उसके जैसी दिखनेवाली लड़की को आर्चीज गैलरी में प्रवेश करते देखा, लेकिन वह आई नहीं थी, इसलिए मैंने उसे अनदेखा किया और सोचा कि जब आप प्यार में होते हैं तो ऐसा होता है।

'तुम कहाँ हो?' मैंने उससे फोन पर पूछा।

'बस पहुँच रही हूँ।' उसने जवाब दिया। स्वचालित सीढ़ियों से मैं सबसे ऊपर की मंजिल पर स्थित फूड कोर्ट में पहुँच गया। मैंने केक और तोहफा टेबल पर रखा। मैं काफी उत्साहित था, लेकिन इसके साथ ही कहीं-न-कहीं मैं अपने जाने से उदास भी था। मेरे पीछे से कोई आया और बोला, 'हैलो।' हाँ, मैं पकड़ा गया था। जिस लड़की को मैंने आर्चीज गैलरी में जाते हुए देखा था, वह पाखी ही थी।

'तुम पहले से यहाँ हो।' मैंने उसकी ओर देखा।

'मैंने तुम्हें मॉल में घुसते हुए देखा था, मैंने तुम्हें पकड़ लिया था और मैं हर पल में थी मिस्टर तिवारी।' वह काफी खुश होते हुए सजीवता से बोली।

'मैं हमेशा लुटने के लिए तैयार हूँ, मिस गॉर्जियस।' हम हँस पड़े।

प्यार एक स्वस्थ प्रतियोगिता की तरह होता है, अगर कोई आपसे प्यार करता

है, आप हमेशा ज्यादा प्यार करने की कोशिश करते हो और जवाब में वह व्यक्ति भी आपको गलत साबित करने का प्रयास करता है। वही चीज इसे सजीव, मजेदार और लंबी उम्रवाला बनाती है। अब आप केवल घर पर जली हुई मोमबत्तियों के साथ अपने साथी का इंतजार करते हुए नहीं बैठ सकते हैं। आपको बाहर निकलने और कुछ मेहनत करने की जरूरत है, जिस तरह आप बिस्तर में सक्रिय होते हैं, वैसी सक्रियता की जरूरत है। किसी को भी अपनी प्रेम कहानी को सर्वश्रेष्ठ बनाने के लिए दूसरों का अनुसरण करने की जरूरत नहीं होती, अपनी कहानी स्वयं बनाओ।

'पर यह न्यायोचित नहीं है। अब जाओ और दो मिनट के बाद आना।' मैंने उसे संभव बनाने के लिए कड़ी मेहनत की थी, इसलिए मैं इस पल को ऐसे ही नहीं जाने देना चाहता था।

'ठीक है, ठीक है, मैं जाती हूँ, तुम पागल हो।'

वह चली गई और मैंने केक के बीच में एक मोमबत्ती रखी, योजना के अनुसार हर चीज को सँभालने का प्रयास किया और उसके बाद उसे बुलाया।

'वाह, तुम बहुत प्यारे हो।' उसने मुझे देखा और मैं सारी यादें याद कर सकता था। कई बार जिससे आप प्यार करते हैं, उसके लिए कुछ करने में खुशी मिलती है।

'मुझे नहीं मालूम है कि मौका क्या है, लेकिन तुम इसे मेरी ओर से विदाई समारोह मान सकती हो।' मैंने चीन की परंपरा के अनुसार अपना सिर झुका लिया।

वह भावुक हो गई और उसकी आँखें प्यार के आँसुओं से भर गईं और मैं उसके आँसू पोंछने नहीं जा रहा था, क्योंकि ये आँसू प्यार, जिंदगी, परिवार, यादें और उन सभी मूर्खताओं के लिए थे, जो हमने किए थे। मैंने खुद से वादा किया कि किसी दिन मैं 'दो दिलों का सफर' जरूर लिखूँगा, क्योंकि 'यह आपके साथ होना ही था'।

'अब इसे काटें।' मैंने कहा, क्योंकि मोमबत्ती से मोम की कुछ बूँदें केक के चारों ओर गिर गई थीं। हमने केक काटा, हँसे, लुत्फ उठाया और मेरे जाने से पहले कुछ पल साथ बिताए। सेलिब्रेशन खत्म नहीं हुआ था, उसने अपने बैग से एक बॉक्स निकाला और मुझे तोहफे के रूप में दिया।

'वह क्या है?' मैंने पूछा।

'इसे खोलो,'

'ठीक है।' मैं मुसकराया।

'अरे, धीरे-धीरे।' स्टूल पर बैठते हुए वह बोली।

'मैं नहीं खोल सकता। वाह, बहुत अच्छी है यह अलार्म घड़ी। वास्तव में, मुझे इसकी जरूरत थी। अब तुम्हें मुझे उठाने के सारे अधिकार हैं, वह भी बिना किसी बहाने के।' मैंने उसकी ओर देखकर कहा और मुसकराया।

उसकी आँखों में प्यार भरा था। मेरे हाथों को पकड़कर बोली, 'मत जाओ।'

'मैं जल्दी ही आऊँगा?' मैंने उसे थपथपाया और उसकी नाक दबाई। मैंने अपने बैग से एक बॉक्स निकाला।

'इसके अंदर क्या है?' उत्साह से उसने पूछा।

'तुम इसे खोल सकती हो।' मैं मुसकराया। उसने कुछ ही सेकंडों में बॉक्स खोल लिया। असल में, लड़कियाँ तोहफे खोलने में लड़कों के मुकाबले काफी तेज होती हैं और लड़के उनके अंतर्वस्त्र खोलने में।

'हे भगवान्,' वह काफी चौंक गई। यह काफी खूबसूरत ड्रेस थी। उसके चेहरे पर लगातार हाव-भाव आ रहे थे, 'लेकिन उस दिन तो तुमने कहा था, यह अच्छी नहीं है।'

'क्योंकि मैं इसे तुम्हें तोहफे में देना चाहता था और मैंने ऐसा ही किया।'

'तुम वास्तव में पागल हो। मुझे विश्वास नहीं हो रहा, लेकिन मेरे भगवान्, मैं तुम्हें सलाम करती हूँ, तुम्हारी पसंद काफी अच्छी है। यह मेरी अब तक की सबसे अच्छी ड्रेस है।' वह खुश दिख रही थी और मैं उसे खुश ही करना चाहता था।

'ठीक है, मेरे पास तुम्हारे लिए कुछ और भी है।' उसने आँसू पोंछे और मुझे एक पॉकेट कार्ड दिया। इस कार्ड में लिखा था—सफलता पाने के लिए केवल इच्छाशक्ति होनी चाहिए, आपको बस इतना कहना होगा कि मैं करूँगा।

'अब मुझे तुम्हारे लिए कुछ और लिखने दो।' उसने तोहफे का कवर लिया और लिखा, 'समय अच्छा या बुरा हो सकता है, मैं हमेशा तुम्हारे साथ हूँ।' मैंने वे कार्ड अपने पर्स में हमेशा के लिए रख लिये। मैं जब भी उन्हें देखता हूँ, वे आज भी मेरे चेहरे पर मुसकराहट ला देते हैं।

हम मन-ही-मन एक-दूसरे से बिछुड़ रहे थे, लेकिन हमने एक-दूसरे को टाटा नहीं कहने का निश्चय किया, क्योंकि हम जानते थे कि हममें से एक भी रोया, तो दूसरा जा नहीं सकेगा। हम चल पड़े। मुझे उसका संदेश मिला—

यह तुम्हारे लिए है—मेरे पास कहने के लिए कुछ ही शब्द हैं कि मैं तुम्हें बहुत याद करूँगी। पिछले कुछ सप्ताह से जो पल हमने साथ बिताए हैं, वे यादगार हैं। ऐसे पल फिर से आने मुश्किल हैं, लेकिन हम कॉल और चैट पर रहेंगे, इसलिए हम

सँभाल लेंगे। तुम जानते हो, तुमने मेरी क्लास के दौरान मेरा जिस तरह से इंतजार किया है और मुझे जिस तरह से आश्चर्यचकित किया है, उसे मैं बेहद प्यार करती हूँ। मैं तुमसे प्यार करती हूँ।

इससे भी अधिक महत्त्वपूर्ण बात यह है कि मैं यह बताना भूल गया कि लड़कियों को गुस्सा होने के सभी अधिकार होते हैं और लड़कों का यह कर्तव्य होता है कि वे अकेले बैठने के बजाय उन्हें मनाएँ। समझ गए मिस्टर परफेक्ट?

आई लव यू!!!

□

ठेठ भारतीय शादी

एक बार फिर मैं अपने बिस्तर में करवट बदलते हुए उसके द्वारा भेजे गए संदेश पढ़ रहा था। उसने मुझे कुछ दिन और रुकने के लिए दबाव डाला था। आपको जिंदगी में कुछ पाने के लिए कुछ समझौते करने पड़ते हैं। इस विचार के लिए मैंने उसके परिवार से मिलने के लिए ठेठ भारतीय शादी में शिरकत करने का निश्चय किया।

मैं उसके परिवार से मिलने को उत्सुक था, लेकिन साथ ही हताश, क्योंकि मैंने सुना था कि वे केवल अपनी बेटी का हाथ तुम्हारे हाथ में देने के लिए अजीब से सवाल पूछते हैं। हालाँकि मैं बुद्धिमान था और मैंने आंटियों के साथ बचपन में बिताए गए समय के दौरान मिले प्रशिक्षण को लागू करने की योजना बना ली थी। किसी ने सच ही कहा है। बचपन में सीखी गई बातें हमेशा हमारे साथ होती हैं और अपने भविष्य के ससुरालवालों को कैसे प्रभावित करूँ, इस बारे में मेरे पास काफी विचार थे।

इस मामले को मजेदार बनाने के लिए मैंने सीधे विवाह स्थल पर पहुँचने का इरादा किया, क्योंकि पाखी पहले ही मुझे निमंत्रण-पत्र दे चुकी थी। मैं उसके चचेरे भाई की शादी में शामिल होने पहुँचा। मैं अपनी माँ के साथ कई समारोह में जा चुका था। कुछ बातें सभी शादियों में एक जैसी होती हैं और वे लगातार दिखाई देती हैं।

भारतीय महिलाएँ शादियों में अपने सबसे अच्छे आभूषण पहनती हैं। मुझे एक भी गरदन ऐसी नहीं दिखी, जिसमें आभूषण न हो या फिर सोने की कोई कमी हो। इससे कोई फर्क नहीं पड़ता है कि सोने का भाव बढ़कर कितना पहुँच गया है या कितना कम हो गया है, लेकिन इसका प्रभाव भारतीय महिलाओं की गरदन, हाथ और कमर पर नहीं पड़ता है। यह सोने का सबसे बड़ा प्रदर्शन होता है। मैंने

जो देखा, सारी बातें मजेदार नहीं थीं। अगर आप 30 वर्ष से कम उम्र की युवती हैं, भले ही आपकी शादी विवाह समारोह के पश्चात् हुई हो या निश्चित तौर पर आपको पारिवारिक बातचीत के जरिए उपयुक्त साथी मिला हो, क्योंकि आपके लिए सही साथी की खोज हर आंटी का मिशन होता है, जो आपसे एक बार या दो बार मिली हो।

ये भारतीय शादियाँ वास्तव में परिवारों के बारे में होती हैं, युवा जोड़ों के लिए नहीं। वे तो इस समारोह का केवल लक्ष्य होते हैं। मैं तो केवल शादीशुदा जोड़े के लिए चिंतित था, क्योंकि वहाँ स्वादिष्ट भोजन और मिठाइयों के कई काउंटर थे, जिन्हें वे नहीं खा सकते थे।

महिलाएँ अपने सलवार का नाड़ा और पुरुष अपने बेल्ट को ढीला करके भोजल करने के लिए तैयार थे और वह जोड़ा केवल उन्हें देख सकता था, इसके अलावा कुछ नहीं कर सकता था।

दरअसल यह पंजाबी शादी थी। उसकी चचेरी बहन की शादी पंजाबी लड़के से हुई थी˙˙यानी लव मैरिज! मैं उन दोनों को देखकर खुश था, क्योंकि इसका मतलब यह था कि हमारे लिए भी कुछ संभावना थी।

मैं उसमें कभी विश्वास नहीं करता था। जाति प्यार को परिभाषित करती है या प्यार ही प्यार की परिभाषा होती है, भारतीय परिवार इन दिनों असमंजस में हैं, वे उस व्यक्ति को देखे बिना उसका आखिरी नाम पहले ले लेते हैं। (एक ओर वे हमारे प्राचीन समय की बात करते हैं तथा ब्रह्मा, विष्णु और महेश की पूजा करते हैं, वहीं दूसरी ओर वे कहते हैं कि उनका धर्म हमें ऐसा करने की इजाजत नहीं देता है। क्या वे वाकई ब्रह्मा, विष्णु और महेश का आखिरी नाम जानते हैं?) लेकिन मैं अपनी इच्छाओं के पक्षियों के साथ खुश था˙˙पाखी और मुझे उम्मीद थी कि हम दोनों उपनामों को एक साथ मिला देंगे, यद्यपि जैविक रूप से हम पहले ही एक हो चुके थे।

'यह कोई सपना नहीं है, क्या तुम मुझे चिकोटी काट सकते हो?' उसने मुझे देखा और मेरी ओर दौड़ पड़ी।

'मैं तुम्हें दुःखी कैसे कर सकता हूँ?' मैं तुरंत मुसकराया। उसने मेरा कॉलर सही किया और चारों ओर सावधानीपूर्वक देखा।

'मैं तुमसे प्यार करती हूँ।' उसने आँख मारी।

'मैं भी तुमसे प्यार करता हूँ। सभी लोग कहाँ हैं?' मैंने धीरे से कहा।

पहला प्रभाव अंतिम हो सकता है। गलियारे की ओर कदम बढ़ाने से पहले

कोई सोच सकता है कि ससुराल पक्ष से होनेवाली मुलाकात आमतौर पर लंबे समय के बाद होगी।

'आओ और मेरे परिवार से मिलो।' उसने मेरा हाथ खींचा और हवन कुंड की ओर चल पड़ी। मेरे दिल की धड़कन तेज हो गई और मैं हतोत्साहित हो गया था।

'अनुज! तुम हारे हुए क्यों दिख रहे हो? क्या हुआ?' वह मुड़ी और खड़ी हो गई।

'अरे रुको! हमें उन्हें परेशान नहीं करना चाहिए, वे व्यस्त दिख रहे हैं।' मैंने अपना हाथ खींचा। मैंने अपनी शर्ट ठीक की, अपने बाल बच्चों की तरह किए और एक लंबी साँस ली। मैंने उसकी ओर मुसकराकर देखा। एक और महत्त्वपूर्ण बात मुझे पता चली कि एक व्यक्ति को ससुराल में पुरुषों से दूर रहना चाहिए, क्योंकि वे आपकी टाँग खींचने का प्रयास करेंगे और अजीब से सवाल पूछेंगे। भारतीय परिवारों में सबसे मुश्किल होता है पिता और बड़े भाइयों और दूसरे बड़े भाइयों को खुश करना। उसके बाद मैंने खुद को मूर्खतापूर्ण मजाक पर हँसने और उनकी बकवास पर सहमति के लिए तैयार किया, जो वे कह सकते हैं।

'आज केवल दो लोग व्यस्त हैं—एक वह, जिसने सिर पर सेहरा पहना है और दूसरा, जो उसे सेहरा पहनने के लिए दबाव देता है और अनुज वह मेरी माँ है, तुम्हारी बॉस नहीं। औपचारिकता की कोई जरूरत नहीं।' उसने अपनी माँ को फोन किया। मैंने तुम्हारे मूल्यों, महत्त्व, संस्कृति और परंपरा को याद करना शुरू कर दिया है। मैं हवा में झूम रहा था और उसकी माँ आ गई।

'शांत रहो और चुप रहो।' वह मुसकराई, शरमाई और खुश दिखी, लेकिन मैं हतोत्साहित था। 'अनुज...' उसने मुझे देखा और मेरा हाथ पकड़ा, जब कोई हमें नहीं देख रहा था। उस समय मैंने शादी के पंडाल और रोशनी से लेकर जूतों तक, सबकुछ देखा, बस उसके माता-पिता से मुलाकात नहीं हुई थी। गुलाब और लैवेंडर की खुशबू हवा में भरी हुई थी।

'माँ, यह अनुज है।' उसने अपनी माँ से कहा। पाखी ने अपना हाथ पहले मेरी ओर किया और उसके बाद अपनी माँ की ओर, 'अनुज, मेरी माँ...'

'तुम कैसे हो, बेटा?' उसकी माँ ने पूछा।

मैं आगे आया और उनके पाँव छुए, 'नमस्ते आंटी। अच्छा हूँ।' मैंने जवाब देते हुए सिर हिलाया। उसकी बहन के हाथ के चूड़े ने मेरा ध्यान हवन कुंड की ओर आकृष्ट कर दिया।

पाखी मुसकराई और मेरी ओर देखकर आँख मारी, जब मैंने उसकी माँ के पाँव छुए।

पहला कार्ड काम कर गया था, मैंने खुशी महसूस की। अभी लंबा रास्ता तय करना है, मैंने सोचा।

उसकी माँ ने सुनहरे बॉर्डरवाली लाल रंग की साड़ी पहन रखी थी, जिस पर बहुत काम किया हुआ था। जिस तरीके से उन्होंने बात की, उसने एक पल के लिए मुझे चौंका दिया। मैं उन्हें माँ कहना चाहता था, क्योंकि वह मेरी होनेवाली सास थीं, लेकिन मैंने खुद को रोक लिया।

कोई मूर्खता नहीं···कोई मूर्खता नहीं। मैंने याद किया।

'तुमने कुछ लिया?' आंटी ने मुझसे पूछा और मेरा ध्यान टूट गया।

'हाँ, मैंने ले लिया है, मैं अच्छा हूँ।' मैं मुसकराया और काफी विनम्रता से जवाब दिया। मैं इस तरह अपनी माँ से भी बात नहीं करता हूँ। सबकुछ अच्छा था और मैं आराम की स्थिति में था। सासु माँएँ बुरी नहीं होती हैं। वे केवल एकता कपूर के धारावाहिकों में ही बुरी दिखाई जाती हैं।

कुछ समय के बाद लोग बफे की ओर जाने लगे, जो पंडाल के बीच में था। अधिकांश लोग बफे की वजह से अलग हो गए थे। अकेले खड़े होने की वजह से मैं अकेला महसूस कर रहा था।

इसके बावजूद मेरी आँखें अच्छी लड़कियों और सेक्सी महिलाओं यानी भारतीय सुंदरता को देख रही थीं। क्या पहनना है और कैसे पहनना है, यह दिल्ली की सुंदरता से बेहतर कौन जान सकता है, सामने, किनारे, पीछे, सबकुछ बेहतर। मैंने गणित में चक्र से हमेशा घृणा की है, लेकिन रीयल लाइफ में उन्हें महसूस करने का अवसर मैंने कभी नहीं खोया है।

कोई नहीं जानता था कि हम लोग प्यार में हैं, इसलिए हमें इसे छिपाना था, हमें।

'अरे, तुम क्या सोच रहे हो?' उसने मेरी तरफ आकर पूछा।

'कुछ नहीं।' मैंने आँखें मटकाईं, कुछ पल के लिए अपने भविष्य का सपना देखा और पूछा, 'अंकल कहाँ हैं?'

'उनकी तबीयत ठीक नहीं थी, इसलिए वे कुछ समय के लिए आए और चले गए।' उसने जवाब दिया।

वह दुःखी दिखाई दी, क्योंकि उसके पिता ही एक ऐसे व्यक्ति हैं, जो बिना

सवाल किए उसकी हर इच्छा पूरी करते हैं।

'क्या मैं भी यहाँ सारी रात जागते हुए रुक सकता हूँ?' मैंने बात को दूसरी ओर ले जाते हुए उससे पूछा, ताकि वह थोड़ा आराम और खुशी महसूस कर सके। मैं उसे दु:ख नहीं देना चाहता था।

'हाँ, सारी रात। किसी लड़की का साथ पाना आसान नहीं होता।' उसने मेरा हाथ पकड़ा और मुझे लोगों से छिपाकर ले गई। हवा में मिठाई की खुशबू, मसालों की महक, बातचीत की आवाज, कहीं पर बुजुर्गों की तेज आवाज, अभी भी मैं आधी रात के बाद देर तक जाग रहा था।

'अब उसे घूरना बंद करो, उसकी शादी हो गई है।' वह हँसी और मेरे पिछवाड़े पर हाथ मारा।

'तार्किक रूप से उसे छेड़ना मेरा अधिकार है, वह मेरी होनेवाली साली है।' मैंने उसकी कमर पर चिकोटी काटी और एक अंकल ने मुझे देख लिया।

'आउच…' वह चिल्लाई। हवन कुंड के आसपास खड़े लोग पीछे मुड़े और हमें देखने लगे।

मैं बड़बड़ाया, 'यह क्या बेहूदगी है…'

'माँ, कॉकरोच…' उसने ऐसा दिखाया, जैसे उसने कॉकरोच देखा हो और मैं आरोपमुक्त था।

'तुमने मुझे चिकोटी क्यों काटी, किसी ने हमें देख लिया होगा।' उसने मुझे जोर का धक्का मारा। तभी पीछे से कोई बोला, 'तुम कैसी हो पाखी, बेटा?' उसने उसके बालों में हाथ फेरना चाहा, लेकिन मैंने देखा तो किसी वजह से वह ऐसा नहीं कर पाया। मैंने उसकी चौड़ी भौंहों को देखा और मुसकराया, 'नमस्ते अंकल।' वह हँसे, लेकिन मेरी ओर ऐसे देखा, जैसे मैं उनकी बेटी को गलत निगाहों से देखते हुए चुंबन ले रहा हूँ।

वह उसके अंकल थे, जिन्होंने मुझे तब देख लिया था, जब मैंने पाखी की कमर पर चिकोटी काटी थी। मैंने अपना फोन लिया और उन्हें नजरअंदाज करते हुए उस पर कुछ देखने लगा और याद किया—एक व्यक्ति को अपने ससुराल में पुरुषों से दूर रहना चाहिए, क्योंकि वे तुम्हारी टाँग खींचने का प्रयास करेंगे और अजीब से सवाल पूछेंगे।

सुबह के साढ़े तीन बज चुके थे, जब कुछ लोगों को नींद आने लगी थी और कुछ लोग वर-वधू के साथ शादी समारोह में दिलचस्पी ले रहे थे। दोनों पीड़ित खड़े

हुए और पंडितजी हिंदू शादी के सात फेरे करवाने लगे—

1. दूल्हा और दुलहन ने सात फेरों में से पहला फेरा लेते हुए यह संकल्प लिया कि वे घर या परिवार के लोगों को संपन्नतापूर्ण जीवन देने में अपनी भूमिका अदा करेंगे और वे परिवार की देखभाल करेंगे तथा उन लोगों को अपने जीवन में प्रवेश नहीं देंगे, जो उनके स्वस्थ जीवन में बाधक होंगे।
2. सात फेरों में से दूसरे फेरों के दौरान वर और वधू ने वादा किया कि वे दोनों स्वस्थ जीवन-शैली की ओर उन्मुख होने के लिए शारीरिक, मानसिक और आध्यात्मिक शक्तियों का विकास करेंगे।
3. तीसरे फेरे के दौरान जोड़े ने यह वादा किया कि जिंदगी को अच्छी तरह से बिताएँगे और इसे सही एवं उपयुक्त बातों से बढ़ाएँगे, जिससे उनके भौतिक जीवन में भी समृद्धि आए।
4. चौथे फेरे के दौरान शादीशुदा जोड़े ने संकल्प लिया कि आपसी प्यार, सम्मान, समझ और विश्वास के दम पर जीवन में ज्ञान, खुशी और मधुरता का संचार करेंगे।
5. पाँचवें फेरे के दौरान उन्होंने संकल्प लिया कि आनुवंशिकता का विकास करेंगे और प्रजनन में सहभागिता करेंगे, जिसके लिए वे ही जिम्मेदार हैं। उन्होंने यह भी प्रार्थना की कि स्वस्थ, ईमानदार एवं साहसी बच्चे ईश्वर उन्हें प्रदान करे।
6. अग्नि के चारों ओर छठा फेरा लेने के दौरान वर और वधू ने दिमाग, शरीर और आत्मा को स्वतः नियंत्रित होने की प्रार्थना ईश्वर से की और लंबी शादीशुदा जिंदगी की प्रार्थना भी की।
7. जब वर और वधू ने सातवाँ फेरा लिया, जो कि इस परंपरा का आखिरी फेरा था। उन्होंने वादा किया कि वे एक-दूसरे के प्रति भरोसेमंद रहेंगे और जीवनपर्यंत एक-दूसरे के सहभागी और अच्छे दोस्त की तरह व्यवहार करते रहेंगे।

मैंने एक पल के लिए अपनी आँखें बंद कर लीं और ईश्वर से यह पल अपने लिए भी जल्दी लाने का आशीर्वाद माँगा।

'तुम सो रहे हो अनुज ?' उसने मेरे कंधे से राख हटाते हुए कहा, जो हवन कुंड से आ गई थी।

'नहीं...सो नहीं रहा हूँ, कहीं खो गया था।' मैं मुसकराया और जब उसने मेरी

गरदन को छुआ तो उसके हाथों की ठंडक महसूस की।

'अगर तुम सोना चाहो तो तुम सो नहीं सकते, माफ करना...।' वह हँसी। उसकी माँ ने उसे बुलाया और उन्होंने मुझसे कहा, 'बेटा, क्या तुम इसकी मदद कर सकते हो।'

'क्यों नहीं आंटी?' मैंने प्रतिक्रिया दी।

'क्या मैं आपकी मदद कर सकता हूँ, मैम।' मैंने दरवाजे से पूछा।

'अरे, तुम यहाँ क्यों आए?' पाखी ने कहा।

'मेरी सासू माँ ने मुझसे तुम्हारी मदद करने को कहा है।' मैंने उसे छेड़ा।

'हाँ, बिल्कुल। बड़े मजाकिया हो, चुप रहो और इसे पकड़ो।' वह मुड़ी और कमरे में कोने में रखे एक भारी बैग की ओर इशारा किया। मैं खिड़की की तरफ गया और उस भारी बैग को देखा। मैं बैग उठाने के लिए झुका और अगले ही पल ठंडी हवा मेरे शरीर में घुस गई। उसने पीछे से मुझे कसकर गले से लगा लिया। उसके हाथ मेरी गरदन के चारों ओर थे, उसका बायाँ गाल मेरे बाएँ कंधे की ओर था और मैं उसकी गरमी महसूस कर सकता था। लाइट धीमी थी, हाथ गंदे थे और एक चीज साफ थी, वह थी प्यार। मैं उसकी ओर मुड़ा और उसकी आँखों में देखा। उसके हाथ अब मेरी कमर के चारों ओर थे और उसकी कमर मेरी कमर से सटी थी।

'क्या हुआ?' मैंने उसे और नजदीक लाते हुए पूछा।

'मैं तुमसे नफरत करती हूँ।' उसने अपनी कमर को और कसकर धकेला, जितना वह कर सकती थी। मैंने अपने एक हाथ से उसके गालों को सहलाया और दूसरा हाथ उसकी पीठ पर ले गया।

'तुम क्या करने की कोशिश कर रही हो, मैं तो मर जाऊँगा।' हमने एक-दूसरे को कसकर गले से लगा लिया। मैंने उसके कानों में कहा।

'अब मैं तुम्हें नहीं छोड़ पाऊँगा, मैं तुमसे प्यार करता हूँ।'

'कोई आ जाएगा, चलो चलें।'

'मैं नहीं जाना चाहती।'

'पागल मत बनो, चलो चलें।' मैंने कहा।

'क्या तुम मुझसे प्यार करते हो?'

'मैं तुमसे प्यार करता हूँ और क्यों नहीं, तुम्हारे पास उपयुक्त शरीर है, जिसे मैं महसूस कर सकता हूँ।'

'मैं तुम्हें मार डालूँगी।' उसने मुझे दूर धकेल दिया।

हम चले गए।

मुझे जहाँ जगह मिली, वहाँ सो गया; लेकिन किसी और पल के लिएउस आग को अपने अंदर बनाए रखा।

अगली सुबह जब मैं नींद में था, मैंने अपने बिस्तर के पास कदमों की आहट सुनी। मैंने अपनी आँखें खोलीं।

'उठो, उठो।' पाखी ने कहा।

'मुझे पता ही नहीं चला कि मैं कब सो गया।' मैंने जवाब दिया।

'सुबह के साढ़े पाँच बज चुके हैं, उठो।' उसने मेरी चादर खींची और एक पानी की बोतल देते हुए मेरी ओर एक प्लेट बढ़ाकर पूछा, 'क्या तुम जलेबी खाओगे?'

'हाँ, मुझे काफी भूख लग रही है।' मैं मुसकराया और खड़ा हो गया।

उसने जलेबी का एक बड़ा टुकड़ा मेरे मुँह में डालते हुए मुझे एक दूसरा टुकड़ा भी दिया।

'हम्मम...हम्मम...रुको...' मैं कुछ कहना चाहता था।

अगर हाथों पर मेहँदी का रंग गहरा हो जाए, तो वह सास के प्यार को दरशाता है।

'तुम्हारी सास तुमसे काफी प्यार करेगी।' मैंने उसकी उँगलियों को छुआ और मेहँदी की महक उसके हाथों में महसूस की।

'और तुम्हें कैसे पता चला?' उसने अपनी उँगली मोड़ी और मेरी उँगली के साथ फँसा ली तथा मेरा मुँह जलेबी से भर दिया।

'तुम्हारी मेहँदी यह कहती है।' मैं मुसकराया और उसकी उँगली को काट लिया।

'बहुत अच्छे, मैं अब तुम्हारे टुकड़े कर दूँगी और तुम्हें कुछ नहीं मिलेगा।' उसने खुद को मुझसे छुड़ा लिया।

'मैं तुमसे प्यार करता हूँ।' मेरी भावनाओं ने उस पल को खुशनुमा बना दिया था।

'जाओ यहाँ से।' उसने मुझे किक मारी।

'मैं मजाक नहीं कर रहा हूँ। मैं तुमसे बहुत प्यार करता हूँ।' मैं और ज्यादा रोमांटिक हो गया और उसकी उँगली को मोड़ दिया। वह मेरे नजदीक आ गई। मेरे होंठों ने उसके माथे को छुआ और उसकी आँखों में प्यार झलक पड़ा तथा उसने

आँखें बंद कर लीं और अपनी उँगलियाँ मेरी उँगलियों में फँसा लीं।

'मुझे तुम्हारी याद आएगी।' मैंने उसके कानों के नजदीक आकर कहा। उसकी साँस तेज चलने लगी। उसकी गरमाहट ने मुझे उसके और करीब आने का दबाव दिया और मैं आगे बढ़ा, वह रोमांचित हो गई और उसका हाथ मेरी शर्ट के अंदर घूमने लगा।

'क्या यह ठीक है? क्या यह बेहतर है?' एक पल के लिए मैंने सोचा और मेरे दिल ने कहा, परवाह किसे है? वह पल इतना खूबसूरत था, जैसे कोई सपना हो। उसने अपना सिर मेरे कंधे पर रख दिया, जबकि उसका एक हाथ मेरे बालों में घूम रहा था, 'मुझे छोड़ना मत, मैं तुम्हारे बिना अपने जीवन की कल्पना नहीं कर सकती, तुमने मेरी जिंदगी में खुशी दी और मुझे जीवन जीने का उद्देश्य दिया। तुमने इसमें रंग भर दिए। कभी छोड़कर मत जाना।'

वह पल हम दोनों हमेशा के लिए जीना चाहते थे। मैंने उसकी आँखों में देखा, मैं उन्हें छू सकता था, उन्हें महसूस कर सकता था और उसी समय अचानक मैंने उस मेल के बारे में सोचा, जो अजय ने भेजा था। बिना वजह के मेरी आँखों से आँसू निकल आए।

'अरे, क्या हुआ?' आँसुओं पर चुंबन लेते हुए उसने पूछा। उसने अपनी मुलायम उँगलियों से मेरे होंठों को छुआ। मैं सबकुछ भूल गया और उसका हाथ कसकर पकड़ लिया। जिस तरह से उसने मुझे प्यार किया, मैं कुछ भी पूछ नहीं सकता था, जिससे हमारे संबंधों पर कोई असर पड़े। उसके गाल गीले थे और बाल खुले हुए थे। वह काफी प्यारी दिख रही थी, जब कुछ बाल उसके गालों पर गिर रहे थे।

उसने उन बालों को उँगलियों से समेट लिया। बिना किसी लिप ग्लॉस के उसके होंठ गहरे लाल रंग के थे और मैं हमेशा के लिए उसके साथ रहना चाहता था।

'मैं हमेशा तुम्हारे साथ हूँ।' मैंने उससे वादा किया। उसने मेरा हाथ पकड़ रखा था, मेरे कंधों को सहला रही थी और मेरे बालों को ठीक कर रही थी। उसके बाद उसने अपनी हथेली और सिर मेरी छाती पर रख दिए। बिना किसी हलचल के हम कुछ देर तक ऐसी ही स्थिति में रहे और तब मैंने उसकी ब्रा के स्ट्रैप ठीक किए। किसी कुख्यात बदमाश की तरह उसने मेरे पेट में खुद को धकेला। उसके बाद वह अपनी माँ के साथ वर और वधू की शादी में व्यस्त हो गई और दोपहर में चली गई।

□

अनधिकारिक तौर पर तुम्हारा

आश्चर्य कभी स्थायी नहीं होते, जब तक कि वे अपनी मौजूदगी खो न दें, लेकिन वे आपके प्यारे साथी को खास अहसास दिलाते हैं।

मैं उसके लिए एक आश्चर्यजनक पार्टी करने की योजना बनाना चाहता था। पिछले एक सप्ताह से मैं अपने दोस्त के पास रह रहा था और मुझे कुछ करने की योजना का विचार आया। एक बड़ा और चौड़ा कमरा, हलके सुकून देनेवाले रंगों से पुता हुआ और उसमें एक बड़ी खिड़की, जिसमें लैस लगे परदे, किनारे पर सजावटी चीजें लगी हुईं। कमरे की बनावट थोड़ी मुलायम और आरामदायक। कमरे में अजीब सी खुशबू। मैं इसे थोड़ा मीठा बनाने के लिए डियोडोरेंट का उपयोग करता हूँ। कुछ कुरसियों के साथ एक कॉफी टेबल कमरे के एक कोने में हो, जिसके बगल में स्टूल भी हो और माचिस के साथ कुछ मोमबत्तियाँ। एक छोटी एल.सी.डी. स्टूल के बगल में खिड़की से लगी हो। दीवार पर कलात्मक बनावट के साथ शीशे से बने खूबसूरत दंपती टेबल के दोनों ओर मौजूद हों। मैंने कमरे को उपयुक्त बनाया था और यह काफी साफ दिख रहा था। यह रोमांटिक और आरामदायक था। मैंने दिल के आकार के रंग-बिरंगे बॉक्सेस में उसकी पसंदीदा चॉकलेट्स रखी थीं। कुछ तकिये के नीचे थीं, कुछ अलग-अलग रोमांटिक संदेशों के साथ बिस्तर के चारों कोनों पर रखी थीं। मैंने बिस्तर के चारों ओर मोमबत्तियों को शृंखलाबद्ध रखा था। सुबह से मेहनत के बाद मुझे केक मिला था। हालाँकि कोई खास अवसर नहीं था, लेकिन मैं बिना कारण जश्न मनाना चाहता था।

जब मैंने उसे फोन किया था, तब सुबह के साढ़े ग्यारह बजे थे, 'तुम कहाँ तक पहुँचीं?'

'बस आ रही हूँ, मैं नहीं जानती कि तुम कहाँ ठहरे हुए हो, मुझे कहाँ आना

होगा?' उसने सवाल किए और कुछ असमंजस में भी थी, 'क्या तुम्हारे कमरे पर आना अच्छा रहेगा? मेरा मतलब है कि तुम्हारा दोस्त, वह क्या सोचेगा?'

'इसमें कोई समस्या नहीं है। वह मेरा अच्छा दोस्त है और वह तुम्हारे बारे में जानता है, इसलिए तुम यहाँ आ सकती हो।' मैंने उसे आश्वस्त किया।

वह नोएडा सेक्टर-18 मेट्रो स्टेशन पहुँच गई थी। मैंने अपना हाथ हिलाया और अपने दोस्त रोहन को संदेश भेजा, वह पाँच मिनट में आ रही हैं, दो या तीन मिनट के बाद मोमबत्ती जला देना।

रोहन आई.आई.टी.-डी से इंजीनियरिंग कर रहा था और वह नोएडा में ही रहता था। मैं पहली बार उससे दो साल पहले अपने कॉलेज में मिला था और उस दिन से हम अच्छे दोस्त बन गए थे या फिर कह सकता हूँ कि हम समझदार दोस्त थे। मैं हमेशा उससे पूछता था कि वह हमेशा किसे जवाब देता है कि मुझे यात्रा करना पसंद है।

यह बदबू है ना? भले ही मैंने ऐसा सोचा था, लेकिन जब वह मेरे कॉलेज के कार्यक्रम में पिछले महीने आया था, तब उसने साबित किया था कि वह प्रतिभाशाली, मजाकिया, दयालु, सहानुभूति रखनेवाला, मजबूत, एक नेता था, लेकिन मेरा मतलब यह नहीं था। वह हर किसी के प्रति भरोसेमंद, ईमानदार, एक मूल्यवान कॅरियर के साथ मूल्यवान जीवन और स्वास्थ्यवाला था। वह दूसरों की तरह नशीली दवाओं का सेवन करनेवाला नहीं था, उसे यात्रा करना पसंद था, उसे पढ़ना पसंद था। उसके मन में दूसरे धर्मों एवं लिंगों के प्रति सम्मान का भाव था। मैं उसके शरीर के बारे में कुछ नहीं कह सकता, क्योंकि इसका उससे कोई संबंध नहीं था। वह हमेशा कहता था कि हमारा दिमाग और शरीर हमेशा बिस्तर में काम करता है, न कि जिम में। मैं जानता था कि वह मजाक कर रहा था।

हम कुछ दूर पैदल चले और उसके बाद जगह पर पहुँच गए। हम सीढ़ियाँ चढ़कर पहली मंजिल पर पहुँचे। दरवाजे के सामने पहुँचकर मैं झुक गया और ऐसा दिखाया, जैसे मैं जूते के फीते बाँध रहा हूँ, क्योंकि मैं चाहता था कि दरवाजा वह खोले।

'हे! क्या तुम दरवाजा खोल दोगी?' मैंने उससे कहा।

उसने दरवाजा खोला। वह चकित रह गई, उसके मुँह के कोने अलग-अलग दिशाओं की ओर इशारा करने लगे। अलग-सी मुसकराहट के साथ उसने मुझे देखा, 'यह क्या है? मुझे मत कहना कि यह मेरे लिए है, मैं इसका विश्वास नहीं कर सकती।'

मैं मुसकराया और अपनी आँखों में ढेर सारा प्यार ले आया, 'केवल तुम्हारे लिए।'

हमने कमरे में प्रवेश किया, कमरा बैलूनों और मोमबत्तियों से सजा हुआ था। बिस्तर के तीनों ओर मोमबत्तियाँ शृंखलाबद्ध रूप से लगी हुई थीं। एक किनारा खुला था, ताकि बिस्तर पर आकर केक काटा जा सके, जो बिस्तर के बीच में रखा हुआ था, जिस पर लाल मोमबत्ती जल रही थी। एक शृंखला में लगी मोमबत्तियाँ प्रकाश फैला रही थीं, लेकिन उसमें केवल हमारा चेहरा ही दिखाई दे सकता था। इससे माहौल और ज्यादा रोमांटिक हो गया था। मद्धम रोशनी, रंग-बिरंगे रिबन और बैलून कमरे की खूबसूरती में चार चाँद लगा रहे थे। मोमबत्तियाँ तारों की तरह लग रही थीं, रिबन और बैलून एक हलके संगीतमय बैकग्राउंड 'हीरो' के साथ नृत्य कर रहे थे और यह वीडियो मेरे लैपटॉप पर लगा हुआ था। जैसा कि अकसर हॉलीवुड फिल्मों में होता है। संगीत के साथ उसकी तसवीरों का बेहतरीन प्रस्तुतीकरण था।

हमने एक-दूसरे को बधाई दी और तब रोहन चुपके से मेरे पास आया और बोला, 'यह हनीमून के बिस्तर की तरह दिखाई देता है, बहुत अच्छा, मोमबत्तियों, रिबनों और बैलून के साथ बहुत अच्छा काम किया है। उम्मीद है कि तुमने गुलाब के भी कुछ फूल खरीदे होंगे।'

'हाँ, काश मैं ले पाता, लेकिन कोई बात नहीं, अगली बार।' मैं मुसकराया और अपने खास मेहमान के साथ व्यस्त हो गया।

मेरे आने से पहले तीन लोग और भी थे—अकुला, गौतमी और आकर्ष। मैं उनसे कुछ दिन पहले मिला था और अगर मेरी गणना सही है तो वे दो जोड़े थे, रोहन और अकुला तथा आकर्ष और गौतमी। मुझे उनके बारे में ज्यादा कुछ नहीं पता है, लेकिन वे काफी दयालु और विनम्र थे।

हम सभी बिस्तर पर बैठ गए, वह जहाँ बैठी थी, वहाँ रिबन और बैलून उसके गालों को छू रहे थे। कई रंगोंवाले रिबन के साथ हरे, लाल, नीले बैलून और उसके मुलायम गाल मेरा दिल ले गए थे।

'तुम काफी खूबसूरत हो।' अकुला ने कहा और उसके बाद मेरी ओर देखा। मैं बस मुसकरा दिया। वह शरमाना चाहती थी और ऐसा लगा जैसे मैं इसके लिए तैयार हूँ, जब मैं पाखी को देखता हूँ तो काफी खुश हो जाता हूँ।

आकर्ष ने कहा, 'अब केक काटा जाए, आओ पाखी।'

'ओह चॉकलेट केक, मैं तो पूरा खा जाऊँगी।' उसकी इस बात से सभी हँसने लगे।

'तुम पहले से ही स्वस्थ हो।' मैंने उसे छेड़ा।

'तुम अपने कंकाल की ओर ध्यान दो।' वह चाकू मेरी ओर करते हुए हँसने लगी और आँखें मटकाकर हवाई चुंबन दिया।

'मैं तुम्हारे हाथों से मरने के लिए तैयार हूँ।' मैं फुसफुसाया।

उसने मोमबत्ती बुझा दी और केक में चाकू घुसा दिया, सभी लोग जश्न मनाने के लिए तालियाँ बजाने लगे और हमने इसे उसके जन्मदिन के जश्न की तरह मनाया, जो इससे पहले हमने कभी नहीं मनाया था।

फड़फड़ाती आँखें, उसके चेहरे पर शरारतपूर्ण मुसकराहट के साथ उसने केक का एक बड़ा टुकड़ा मेरे चेहरे पर लगा दिया और शैतान की तरह हँसने लगी। मैं थोड़ी देर के लिए जड़वत् हो गया, मैंने हर किसी को देखा और सभी मुझ पर हँस रहे थे। यह मेरे लिए मजेदार नहीं था, क्योंकि मेरी आँखों में क्रीम घुस गई थी।

'मेरे चेहरे पर केक लगाकर बरबाद मत करो।' मैंने कहा, सुशील बनो और केक का एक टुकड़ा उठाकर उसके मुँह की ओर ले गया, अगले ही पल मैं इस लड़ाई में असफल नहीं था और उसके चेहरे पर पूरी क्रीम लगा दी तथा जितना हो सकता था, उतना हँसा। मैं यह भी जानता था कि मजाक कैसे किया जाता है, हालाँकि मुझे बदले में थोड़ी झिड़क भी मिली, पर कोई बात नहीं। हमने जन्मदिन का जश्न भरपूर मनाया, जिसके बाद दोपहर के खाने के साथ भद्दे चुटकुलों ने रंग जमा दिया। यद्यपि इससे पहले हम लोग कई बार मिल चुके थे, लेकिन यह मौका ऐसा था, जैसे मैं उसके साथ घर में हूँ।

पाखी जलती मोमबत्ती बैलून के पास ले जा रही थी और जब वह फटते थे, तो खुश होती थी। दोपहर हो चुकी थी, चूँकि सबको जाना था, इसलिए सभी ने जाना शुरू कर दिया।

'क्या तुम यहाँ रह रहे हो या कहीं और जा रहे हो ?' रोहन ने पूछा। मैंने जवाब नहीं दिया तो उसने फिर कहा। 'अगर तुम यहाँ रह रहे हो, तो जब जाओगे, तब चाबियाँ मीटर के ऊपर रख देना।' उसने इलेक्ट्रॉनिक मीटर की ओर इशारा किया, जो अभी बंद था।

'नहीं, हम भी बस निकल रहे हैं।' पाखी ने धीमी आवाज में जवाब दिया, मानो वह अकेली रहने में घबरा रही हो। हम सभी में कुछ समझ होती है और लड़कियों

में यह ज्यादा होती है। किसी को भी नतीजे पर नहीं पहुँचने देते हुए उसने ऐसा कहा था। चूँकि सभी जा चुके थे, इसलिए हम भी वहाँ से निकल गए। हम नीचे आ गए। हम कुछ ही कदम चल पाए थे।

'क्या हम कुछ देर तक कमरे में रुक सकते हैं?' मैंने उसकी ओर नहीं देखा, बस चलते हुए अपनी उँगलियों से उसकी हथेली को छुआ।

उसने अभी तक मुझे नहीं देखा था और मेरी उँगलियों को एक मुलायम स्पर्श दिया और अचानक हाथ छुड़ा लिया, मैंने कहा, 'चलो। मैं थक गया हूँ।'

'नहीं, हम टी.जी.आई.पी. मॉल जाएँगे, मुझे एक बैग लेना है और तुम मेरी मदद करने के लिए चल रहे हो, ठीक है।'

मैं अकेले में उसके साथ कुछ और समय बिताना चाहता था। मैं उसका अकेले में अहसास करना चाहता था। मैं उसे अकेले में प्यार करना चाहता था। उसने अपनी अनदेखी दिखाई।

मेरे मासूम चेहरे की ओर देखने के बाद उसने कहा, 'तुम लड़के हमेशा लड़की के साथ अकेले रहना चाहते हो, है ना?'

'नहीं, ऐसा नहीं है। हम बाजार में खरीदारी के लिए जा रहे हैं।' मैं मुसकराया और उसके पीछे चलने लगा।

'पागल लड़का, बाहर गरमी है, हम खरीदारी के लिए शाम को जाएँगे। मैं भी थकी हुई हूँ।'

'अगर तुम मेरे लिए कॉफी बनाओगे, तब मैं तुम्हारे साथ कुछ देर ठहर सकती हूँ।' वह मुसकराई।

'मैं तो पूरी जिंदगी वह बनाने के लिए तैयार हूँ।'

हम वापस मुड़े और गेट तक पहुँच गए। फ्लैट के ठीक सामने एक जंक शॉप थी। लंबी दाढ़ीवाला एक लंबा आदमी, अपने दोनों गंदे हाथों के साथ, जिसकी आँखें लाल थीं, मुझे लगा कि उसने पी रखी है, वहाँ खड़ा था। उसने मुझे देखा, जैसे मैंने उसे कुछ कहा हो। मैंने उसे अनदेखा किया और पाखी को उसकी बुरी नजर से छिपाने के लिए उसकी दाहिनी ओर आ गया। हम सीढ़ियाँ चढ़ने लगे। चाबियाँ इलेक्ट्रॉनिक मीटर पर थीं, जहाँ एक कागज के टुकड़े से वे ढकी हुई थीं। मैंने कमरे का ताला खोला और हम उसमें चले गए।

कमरे में दो या तीन मोमबत्तियों से अभी भी रोशनी हो रही थी। मैंने लाइट जलाई। वह थकी और प्यासी दिखाई दी।

'तुम यहाँ बैठो और दरवाजा बंद करो, मैं आता हूँ', यह कहकर मैं दरवाजे के बाहर निकल गया।

'तुम कहाँ जा रहे हो?' उसने मुझे रोकने की कोशिश की। वह भयभीत थी और बाहर उस बुरे आदमी को देखने के बाद और डर गई थी।

'अरे, मैं बस पानी की बोतल लेकर अभी आता हूँ। तुम अंदर से दरवाजा बंद कर लो।' मैंने कहा। मैं नीचे आ गया और उस आदमी पर चिल्लाया, 'तुम्हें कोई समस्या है क्या? क्या तुमने अपनी जिंदगी में कोई लड़की कभी नहीं देखी है, घटिया आदमी।' उसने कुछ भी नहीं कहा।

मैंने पानी की बोतल खरीदी और वापस आ गया। मैंने बोतल की सील तोड़ते हुए दरवाजे पर दस्तक दी, 'अरे, दरवाजा खोलो। मैं अनुज हूँ।'

उसने दरवाजा खोला। मैंने पहले उसे बोतल दी। मैंने उसकी ड्रेस देखी, नीली डेनिम के साथ सफेद टी शर्ट। वह काफी खूबसूरत लग रही थी। उसने एक ही साँस में आधी बोतल खाली कर दी। उसके होंठ भीग गए थे। उसने बोतल से आखिरी घूँट पी और बोतल को स्टूल पर रख दिया। मेरा लैपटॉप बिस्तर के एक कोने में रखा हुआ था।

उसने एक रोमांटिक गाना लगा दिया, जिससे माहौल और ज्यादा खूबसूरत बन गया, मुझे भी यह पसंद आया और उसके बाद···

□

अनदेखा करना,
निकाल देना और बदल देना

मैंने उसकी खूबसूरत आँखों में देखा। अचानक उसने आँखें मटकाईं। चूँकि मेरे जीवन में सबसे अच्छी लड़की थी, इसलिए मैं एक पल के लिए थरथरा गया। मेरी जिंदगी पूरी दिखती थी।

'तुम क्या सोच रहे हो?' पाखी मेरे नजदीक आई और पूछा।

'कुछ नहीं।' मैं मुसकराया और मैं कभी उसे यह बताना नहीं चाहता था कि मैं उससे कितना प्यार करता हूँ। मैं तो बस हर पल के अहसास का अनुभव करना चाहता था, 'वैसे, मेरे पास तुम्हारे लिए कुछ है।' मैंने बोलना जारी रखा।

'ओ, वाकई! जो तुमने मेरे लिए किया, क्या वह काफी नहीं था? क्या यह सपना है?' किसी ने मुझे चिकोटी काटी, वह उत्साहित और प्यारी दिखी। मैंने बॉक्स ले लिया, जिसे पिछली रात मैंने बिस्तर के नीचे छिपा दिया था। उसने बॉक्स खोला और इसमें लंबी बिना बाँहवाली काले रंग की रात में पहनी जानेवाली ड्रेस थी, जिसकी किनारी लाल रंग की थी।

'क्या तुम्हें विश्वास है कि यह मेरे लिए है?' उसने पूछा, लेकिन वह असमंजस में थी। वास्तव में, उसे यह ड्रेस बहुत प्यारी लगी थी।

'मैं इसे तुम्हारे लिए लाया हूँ। मैं तुम्हारे साथ हर रात नहीं हो सकता हूँ, लेकिन जब तुम मुझे याद करोगी, तब यह तुम्हें मेरी कमी महसूस नहीं होने देगी।' मैंने ड्रेस को छुआ और उसकी खुशी इसमें से महसूस की।

'और तुम जहाँ कहीं भी रहो, मेरा स्पर्श हमेशा महसूस करोगी।' मैं हँस पड़ा।

'चुप रहो बदमाश।' उसने मेरे कंधे पर हाथ मारा और मेरे हाथों को चूम

लिया। कुछ देर तक वह कुछ नहीं बोली, उसके बाद उसने मुझे देखा और कहा, 'क्या मुझे यह ड्रेस यहाँ पहननी चाहिए?'

'यह पूरी जगह तुम्हारी है। अगर तुम यह ड्रेस यहाँ पहनना चाहो तो तुम्हारा हमेशा स्वागत है। तुम्हें इस ड्रेस में देखना मुझे अच्छा लगेगा।'

'दरअसल शादी से पहले तुम मुझे इस ड्रेस में देख नहीं पाओगे।' वह मुसकराई।

'हम दोनों शादी से पहले कई बार ऐसा कर चुके हैं, इसलिए यह केवल औपचारिकता है।' मैंने उसकी ओर देखकर आँखें मटकाईं। वह दूसरे कमरे में चली गई, 'मैंने अपनी जिंदगी में तुम जैसा पागल लड़का आज तक नहीं देखा।'

'चिंता मत करो, तुम्हें यहाँ कुछ नहीं मिलेगा।' मैं हँसा और जूस से भरे गिलास से एक घूँट पिया।

कुछ ही देर में वह कमरे से बाहर आ गई। वह दरवाजे पर बिना किसी झिझक के खड़ी थी और मेरा पूरा ध्यान उस पर था, क्योंकि वह ड्रेस उसको पूरी तरह फिट आई थी। जब वह मेरी ओर कुछ कदम आई, तो मैं उसके शरीर के अंगों की बनावट और घुमावों को अनदेखा नहीं कर पाया। वह उस ड्रेस में आरामदायक थी। धुएँ से भरे कमरे में उसकी तीखी मुसकान को देखकर मेरे चेहरे पर मुसकान आ गई। चंचलता के समुद्र में जिज्ञासा हिलोरें मार रही थी, जैसा कि उसने पूछा, 'मैं कैसी दिख रही हूँ?' मैं दंग रह गया था। हालाँकि ड्रेस के अंदर के अंत:वस्त्र को देखकर मेरे मन में शैतानी खयाल आ रहे थे, लेकिन मैंने इस अवसर का लाभ उठाने का खयाल छोड़ दिया।

वह खुद मेरे पास आई और फिर से वही सवाल पूछा, 'मैं इस ड्रेस में कैसी दिख रही हूँ?'

मुझे वास्तव में इस समय कुछ नहीं बोलना चाहिए था, मैं उसे बिस्तर तक ले गया और उस पर गिरा दिया। वह तेज आवाज में चिल्लाने लगी, 'नहीं, मैं तुम्हें मार डालूँगी।'

हमने एक-दूसरे को गले से लगा लिया और मैंने उसके कानों में धीरे से कहा, 'तुम इस ड्रेस में गजब की लग रही हो, यह ड्रेस तुम पर बिल्कुल फिट आई।'

'इसलिए तुम इसे मेरे शरीर से उतार नहीं सकते और मैं आज सुरक्षित हूँ।' उसने मुझे छेड़ा और बिस्तर पर दूसरी ओर चली गई। यह काफी जल्दी में था और मुझे अजीब लगा, इसलिए मैंने उसके साथ नृत्य करना सही समझा।

'हे, तुम जानती हो, मुझे यह गाना बहुत पसंद है। क्या तुम मेरे साथ नृत्य करोगी?'

उसने अपने कंधे हिलाए। उसकी काली आँखें फिर से मुझसे मिलीं। मैं मुसकराया और हामी में सिर हिलाया। उपयुक्त संगीत और समय के साथ उसके साथ प्यार करने का यह सबसे सही समय था।

'ओ, तुम्हारे साथ…' वह हँस पड़ी, 'क्या तुम वास्तव में नाचना चाहते हो?' अब उसकी ड्रेस उसके शरीर पर पूरी तरह से फिट हो चुकी थी और उसे उचित प्रतिक्रिया दे रही थी। मैं एक बार फिर से उसे गले लगाने के लिए उत्सुक था। वह काफी आकर्षक लग रही थी।

'हाँ, मैं तुम्हारे साथ बेली डांस कर सकता हूँ।' अपनी आँखों में प्यार भरते हुए मैंने अपना हाथ बढ़ाया और उसे डांस के लिए आमंत्रित किया।

'मैं सालसा करना पसंद करूँगा।' मैंने उसे अपनी ओर खींच लिया और अपना एक हाथ उसकी पीठ पर और दूसरा हाथ उसके कंधे पर रखा। इससे पहले कि वह तैयार होती, मैंने उसके हाथ को पकड़ा, जो मेरी पीठ पर था और उसे अपनी ओर खींचकर चारों ओर घुमाया।

'तुम सालसा में माहिर हो, तो इससे पहले तुम कितनी लड़कियों के साथ सालसा कर चुके हो?' उसने पूछा और मुझे पता था कि उसका असली सवाल क्या था कि मैं कितनी लड़कियों के साथ ऐसा कर चुका हूँ।

'केवल तुम ही मेरे डांस करने के तरीके को सही कर सकते हो, जैसा कि मैं सोचती हूँ कि मैं अभी कूद रही हूँ, कोई भी ऐसा नहीं कर सकता है, इसलिए मेरे साथ यह पहली बार हो रहा है और अगर तुम चाहते हो कि मैं अच्छी तरह डांस करूँ, तो मैं सपनों में कई बार डांस करूँगी, दस गुना से भी ज्यादा।' हम बस अपने-अपने शरीर को एक-दूसरे के साथ हिला रहे थे।

'फिर तुम सपनों में डांस के बाद क्या करते हो?' उसने पूछा। मैंने उसे कमर से कसकर जकड़ लिया और उसकी आँखों में देखा, 'मैं तुम्हें बिस्तर में ले जाऊँगा और तुम्हें चुंबन करूँगा।' उसकी आँखों में कई उम्मीदें दिख रही थीं और वह उन्हें सच करने को तैयार थी।

'तो क्या हम उन सपनों को आज सच कर सकते हैं?' उसने मेरे होंठों को धीरे से चूम लिया। अगले ही सेकंड हम प्यार में गहराई से डूब गए और दूसरे पल

मुझे कुछ सोचने का अवसर नहीं मिला। यह काफी खूबसूरत, मुलायम और खुशी देनेवाला क्षण था।

'मुझे बिस्तर तक ले चलो।' उसने मुझे न्योता दिया। सभी चीजें आसान हो रही थीं, उसने बिस्तर में अपनी गरदन मेरे कंधे पर रख दी। मैंने उसकी मछलीनुमा कानों की बालियों को छुआ, जिससे उसे गरदन पर मीठे स्पर्श का अहसास हुआ। हम दोनों बिस्तर पर लेटे थे, छत को देख रहे थे, सपनों में रंग भर रहे थे। खुशी तभी होती है, जब आप साथ में सपने देखो, उन्हें साथ में सच करो और उन सपनों के साथ जिंदगी बिताओ। मैंने अपनी छोटी उँगली उसके होंठों पर रखी, 'मैं तुमसे प्यार करता हूँ और हमेशा तुम्हें ही प्यार करना चाहता हूँ।'

'मैं भी तुमसे प्यार करती हूँ।' मेरी बाँहों में उसे और सुकून मिल गया था। मैंने उसका हाथ पकड़ा और अपना एक हाथ उसके कंधे पर रखा, दूसरा हाथ उसके गालों पर और उसे धीरे से अपनी ओर खींच लिया। उसने तेज निगाहों से मेरी ओर देखा और कुछ सेकंड के लिए मुझे मदहोश कर दिया। मैं अपना हाथ उसके सिर पर ले गया और उसके माथे को चूम लिया।

'तुम क्या कर रहे हो?' मैंने बिना कुछ कहे उसके होंठों को चूम लिया। मैं उस पर लेट गया और उसके शरीर को अपने शरीर से पूरी तरह ढक लिया। मैं उसके चेहरे के निकट गया और उसकी साँसों की गरमी लेने लगा। एक हाथ उसकी गरदन पर रखा और दूसरा ठीक नीचे, मैंने दो से तीन बार उसका गहरा चुंबन लिया और उसने भी इसी तरह प्रतिक्रिया दी। 'अरे, लाइट तो बंद करो,' वह फुसफुसाई। ऐसे मौकों पर हाथ किसी भी चीज के मुकाबले ज्यादा तेजी से काम करते हैं। मैं तुरंत बिस्तर से कूदा और लाइट बंद कर दी और वापस आ गया।

अब कमरे में पूरी तरह अँधेरा था और वह नाइट ड्रेस उस पर पूरी तरह फिट दिख रही थी। मैं उसे चूमने लगा और उसकी ड्रेस के किनारों तक पहुँच गया। कंधे से लेकर जाँघों तक मैं उसके शरीर की खुशबू ले सकता था, मेरे हाथ उसके कंधे तक गए और अंदर चले गए। वह हँसी और मेरा हाथ निकाल दिया, 'अनुज, चुप रहो, गुदगुदी हो रही है।' फिर मैं उसके पेट पर गया और चूम लिया, 'मुझे यह बहुत प्यारा लगता है।'

'तुम हमेशा मेरे पेट पर पेस्ट्री खाना चाहते हो, क्या तुम इस पर केक खाना चाहते हो?' मैंने कुछ नहीं कहा और उसे बिस्तर पर दूसरी ओर घुमा दिया। मैंने टेबल से केक का एक बड़ा टुकड़ा उठाया और उसे उसकी पीठ पर रखा।

'यह ठंडा है,' उसने अपनी पीठ से उसे हटा दिया। इससे पहले कि वह कुछ बोलती, मैंने उसके शरीर के पिछले हिस्से की खुशबू लेते हुए केक से एक छोटा हिस्सा खा लिया। मैंने हर टुकड़े के स्वाद का लुत्फ उठाया। वह कुछ नहीं बोली, 'बस कराहती रही और अच्छा महसूस करती रही।' मुझे इससे हौसला मिला और धीरे से मैंने उसके शरीर के मुलायम स्पर्श को महसूस करने के लिए अपनी हथेली फेरनी शुरू कर दी।

'अनुज! अपना हाथ हटाओ।' उसने मेरा हाथ कसकर पकड़ा और बाहर निकाल दिया और तब कुछ देर में उसका हाथ मेरे हाथ का साथ दे रहा था। मैं मुसकराया और उसके होंठों पर जबरदस्त चुंबन लेकर अपनी प्रतिक्रिया दी। उसने मुझे चार गुना अधिक तीव्रता से प्रतिक्रिया दी।

'तुम काफी तेज हो।' मैंने उसकी ड्रेस के हुक को खोल दिया और वह पागलों की तरह मुझे प्यार करने लगी। अभी तक उसकी ड्रेस के लैस कसे हुए थे, मैंने उसकी पीठ पर जोर लगाया और तब अचानक वह मेरे निचले होंठ को अपने दोनों होंठों से चूमने लगी। वह मुझसे सिर्फ प्यार करना नहीं चाहती थी, बल्कि मुझे पाना चाहती थी। चुंबन का संघर्ष वह जीत गई थी और मैं इतनी आसानी से हारना नहीं चाहता था। खेल के ये क्षण हमें अलग दुनिया में ले गए और हम कभी भी इससे वापस आना नहीं चाहते थे। मैं उस लड़की के साथ, जिसके साथ मैं अपनी सारी जिंदगी बिताना चाहता था, इन पलों को हमेशा के लिए रोक देना चाहता था। मेरी जीवन-संगिनी के रूप में उसकी तसवीर सामने आ गई। वह मुड़ी और मुझ पर लेट गई। बिस्तर में हम कई बार घूमे। मैंने अपना हाथ उसकी कमर पर रखा और दूसरा हाथ उसकी गरदन तक ले गया। इससे पहले कि मेरा हाथ उस तक पहुँचता, उसने मेरा हाथ कसकर पकड़ लिया। मैंने उसे फिर से गहरा चुंबन दिया और एक झटके से उसने मेरा हाथ अंदर कर दिया और ऊपर का हाथ उसकी परिपक्वता को महसूस कर सकता था।

'क्या हम तेज चल रहे हैं?' वह बोली और मुझे अपनी बाँहों में भर लिया और मुझ पर आ गई।

'क्या तुम ऐसा सोचती हो?' मैंने जवाब दिया।

'नहीं।'

मैंने उसके कंधे को चूमा, 'मुझे यह ड्रेस पसंद है।' मैंने धीमे से वहाँ काटा। 'मैं तुम्हारे अंत:वस्त्रों का ब्रांड देखना चाहता हूँ। क्या मैं इस खूबसूरत ड्रेस

को उतार सकता हूँ?' जिस समय मैंने यह पूछा, उस समय उसके हाथ मेरी पीठ पर थे। वह मुसकराई और उन पलों ने हमें रुकने का इशारा नहीं किया, 'हाँ, तुम कर सकते हो।'

वह बोली और जीभ से अपने ऊपर व नीचे के होंठों को स्पर्श किया। मैंने उसकी ड्रेस के एक लैस को पकड़ा और उसे खोल दिया। उसने अपनी आँखें बंद कर लीं और मैंने उसकी पीठ को चूमा। 'तुम बहुत खूबसूरत हो,' मैं फुसफुसाया।

'मुझे पागल मत करो।' उसने मेरा प्रतिरोध करने की कोशिश की, मैंने उसकी गरदन को चाटा और उसके बाद नीचे भी ऐसा ही किया। मेरे हाथों ने उसकी ड्रेस को पूरी तरह से उतारने में बहुत ज्यादा समय नहीं लिया और उसने भी मेरी डेनिम के साथ ऐसा ही किया।

मैंने उसके स्तनों को सहलाया और उसने मेरी तेजी के साथ प्रतिक्रिया देना शुरू कर दिया और उसके बाद सबकुछ सही हो गया। उसने अपने दोनों हाथ खींचे और मैंने उसकी ड्रेस उतार दी। दोनों के शरीरों ने एक-दूसरे का स्पर्श किया और हम एक-दूसरे में खो गए। वे पल हमारी इच्छाओं की बारिश में भीग गए थे और हमारी इच्छाएँ भी अच्छी नहीं थीं। किसी लड़की को उसकी पैंट उतारने के लिए कहना गलत बात होती है। मेरी पैंट में हाथ घुसाना उसे अच्छा लगा। दो शरीरों का तापमान एक-सा नहीं होता है, फिर इससे कोई फर्क नहीं पड़ता है कि आपके प्यार के लिए आपके शरीर में कितनी आग है। उसका स्पर्श ठंडा था, लेकिन अब उसकी क्रिया मुझे सारी आग के साथ शिखर तक पहुँचाने के लिए काफी थी।

मैंने उसकी ब्रा को खोल दिया। वह कसी हुई थी, लेकिन अभ्यास से सबकुछ ठीक हो जाता है और मैंने इसे कर दिया। उसने मेरी कमर पर चिकोटी काटी।

'आह, तुम मुझे चिकोटी क्यों काट रही हो?' मैं लगभग चीख पड़ा। उसने अपना हाथ मेरे मुँह पर रखा, 'मैंने तुम्हें चिकोटी नहीं काटी।' मैंने अपनी डेनिम अपने पैरों से निकालकर बिस्तर के दूसरी तरफ फेंक दी और वह मेरी कमर पर बैठ गई। उसने एक लंबी साँस ली और बिना मेरी नजरों से नजर मिलाए अपना सिर हिलाया। उसने अपनी दोनों हथेलियाँ मेरी गरदन पर रख दीं और मेरी गरदन पर अपने दाँत गड़ाकर प्यार से काट लिया, जैसा कि उसने पहले से तय किया हुआ था। वह मेरी छाती को पागलों की तरह चूमने और चूसने लगी और पेट तक पहुँच गई।

'हे भगवान्, क्या हुआ?' वह उठ गई।

'क्या हुआ?' मैंने पूछा।

'तुम्हारे खून आ रहा है।' वह असमंजस में थी और उसने मेरे पैरों की ओर देखा और बोली, 'क्या तुमने अपना कुँवारापन खो दिया है ?'

'वह तो कई दिन पहले ही हो चुका है।' मैं हँसा।

'चुप रहो, चादर पूरी तरह लाल हो चुकी है।' वह चिंतित हो गई। मैं मुड़ा और एक चाकू दिखा, जिसका उपयोग केक काटने के लिए किया गया था, उससे मेरी कमर पर एक छोटा सा कट लग गया था।

'हे भगवान्।' मैंने चाकू को टेबल पर फेंका।

'क्या तुम्हारे पास रुई या डिटॉल है ?' उसने पूछा, वह अब तक चादर के लाल होने से चिंतित थी।

'मुझे नहीं मालूम।'

'बिटाडिन ?'

'फ्रिज में होनी चाहिए।' मैं हँसा।

'मैं मजाक नहीं कर रही हूँ।' उसने खुद को छुड़ाने की कोशिश की।

'मैं यहाँ नहीं रहता, मुझे नहीं मालूम कि वह कहाँ है। ठीक है, यह प्लास्टिक का चाकू था।' मैंने उसे अपनी ओर खींचा।

'तुम पागल हो।' वह कमर तक गई और वहाँ चूमा, उसने मेरी आँखों में देखा, 'दर्द हो रहा है क्या ?'

'नहीं, बिल्कुल नहीं।' मैंने उसके सिर को सहलाया। वह एक मिनट तक चूसती रही और सारा खून और दर्द चला गया। मैं पीछे पलटा और उसकी जींस के बटन खोल दिए। उसने जकड़ने की कोशिश की, लेकिन शौक हर चीज पर भारी पड़ता है। मेरे पैर उसके पैरों को स्पर्श कर रहे थे, वह थरथराई, उसने लंबी साँस ली। वह मुझ पर आ गई और उसने अपने पैरों से मेरे शरीर को ढकने का प्रयास किया और अपनी जीभ को मेरी छाती से पेट तक रगड़ा। मैं उसके बाल सहला रहा था और वह नीचे और नीचे और नीचे जा रही थी। मैंने अपनी आँखें बंद कर लीं और उसके प्यार में खुद को खो दिया।

'तुम मजेदार हो।'

उसने मेरी ओर देखा, उसकी ठोड़ी मेरे पेट पर थी और उसकी नजरें तेज थीं, वह शैतानों की तरह हँसी।

'क्या तुम्हें पसंद आया ?'

'हाँ।' मैंने उसे अपने चेहरे की तरफ खींचा। मैं उसकी गरमी महसूस कर

सकता था। उसने मेरे होंठों पर शालीनता से चुंबन लिया, मेरा हाथ अपनी जींस में घुसाया और अब उसने अपनी आँखें बंद कर लीं। मुझे कुछ गरमी महसूस हुई और मैं ऊपर बढ़ा और अपने हाथ जितने अंदर ले जा सकता था, ले गया। मैंने अपनी कमर से उसकी कमर को धक्का दिया और उसने भी उसी दबाव से धक्का दिया। ऐसा कुछ समय तक चला, जब तक कि उसने कुछ तेज धक्के मेरी कमर पर न दे दिए और उसके बाद वह शांत हो गई।

'क्या तुम्हें यह पसंद आया?' मैंने उसे अपनी बाँहों में भरते हुए पूछा। वह करीब-करीब कराहने लगी और बोली, 'हाँ बेबी और मुझे तुम्हारी बहुत याद आएगी।' फोन बजने लगा।

'मेरा फोन कहाँ है, वह बज रहा है।' उसकी छोटी उँगली को अपनी उँगली में फँसाकर मैंने पूछा।

'अरे, यह यहाँ है, लेकिन मेरा फोन बज रहा है। बस चुप रहो, माँ फोन कर रही हैं।' उसने फोन उठाया, 'हैलो।'

'कुछ नहीं, बस अपनी दोस्त के साथ खरीदारी करने आई थी।' उसने मुझे देखा।

वह अभी भी बिस्तर पर थी, उसके शरीर पर कोई कपड़ा नहीं था और मैं भी इसी अवस्था में था। मैंने उसे पीछे से जकड़ा। उसने मुझे पीछे धकेल दिया।

'हाँ मॉम, मैं तीन या साढ़े तीन बजे तक घर पहुँच जाऊँगी। ठीक है मॉम, बाय।' उसने फोन काट दिया। मैं उसकी पीठ पर चुंबन ले रहा था और उसके कंधों पर अपनी जीभ रगड़ रहा था।

'अनुज, उठो, अब हमें चलना चाहिए।' वह थोड़ी खड़ी हो गई, उसने खुद को चादर से ढक लिया। उसने अंत:वस्त्र और टी-शर्ट पहनी। उसने अपने कपड़े उठाए और वाशरूम में चली गई।

'अरे, वह मेरी टी-शर्ट तुमने पहन ली है।' मैंने कहा।

'मुझे कपड़े बदलने दो, तब तक तुम नग्नावस्था में रहो।' वह हँसी और मुड़ गई। मैं अपने बाकी के कपड़े ढूँढ़ता रहा। वे चारों तरफ बिखरे हुए थे। वह कमरे में आई।

'अरे, कम-से-कम आने से पहले दरवाजा तो बजाना चाहिए।' मैं कपड़े पहन ही रहा था और नग्नावस्था में ही था।

वह हँसी, 'और कुछ मिनटों पहले क्या हो रहा था, अब मैं सारे नाम जानती

हूँ।' उसने मुझे छेड़ा और हँसी। उसने लाइट बंद कर दी। उसके गाल लाल थे और होंठ थके हुए दिख रहे थे। वह आईने की ओर गई और अपने दोनों हाथों से बाल सँवारे। उसने दृढ़ता से कहा, 'मुझे घर जाना है।'

'अभी केवल दो बजकर पचपन मिनट हुए हैं। कुछ देर आराम कर लो और उसके बाद मैं तुम्हें छोड़ दूँगा।' मैंने टेबल की घड़ी की ओर इशारा करते हुए कहा।

उसने सहमति में सिर हिलाया।

कुछ देर के लिए हमारी आँखें लग गईं।

उसने मुझे तेजी से धकेल दिया, 'अनुज, उठ जाओ, साढ़े चार बज चुके हैं और मुझे घर जाना है। माँ ने छह बार मुझे फोन किया है।' वह तनाव में थी।

मैंने कुछ नहीं कहा और अगले दो मिनट में बिना मुँह धोए तैयार हो गया। सौभाग्य से हमें समय पर मेट्रो मिल गई और मैंने उसे घर के पासवाले मेट्रो स्टेशन पर छोड़ दिया। मैंने बाय कहा और वह चली गई।

□

काश, मैं वापस जा पाता

एक सप्ताह के बाद मैं परीक्षा भवन में बैठा हुआ था, मुझे एक संदेश आया, मेरा फोन साइलेंट मोड पर था, लेकिन केवल संदेशों से कई बार फोन थरथराता था। असल में, मैंने वैसी सेटिंग कर रखी थी, ताकि वह संदेश भेजे तो मुझे पता चल जाए। मैंने खुद को छिपाते हुए, हर कोने में छह फैकल्टियों को इधर-उधर देखा।

'मेरे पापा मुझे हमेशा के लिए छोड़कर चले गए, सिर्फ तुम्हारी वजह से। मैं तुमसे नफरत करती हूँ। तुमने मुझे उस दिन घर जाने से रोका, जब माँ ने मुझे फोन किया था। यदि मैं चली जाती, तो मैं उनसे आखिरी बार मिल सकती थी। उस दिन वह अस्पताल में थे। मैं अपने जीवन में तुम्हें कभी माफ नहीं करूँगी। चले जाओ यहाँ से और अपनी सूरत मुझे कभी मत दिखाना। तुम सिर्फ मेरे नजदीक आना चाहते थे और तुमने वह पा लिया। अब मेरी जिंदगी से हमेशा के लिए दूर हो जाओ, चले जाओ!'

मुझे समझ नहीं आया कि मैं क्या करूँ? मैंने अपनी उत्तर-पुस्तिका जमा की और जल्दी से होस्टल के लिए रवाना हो गया। मैं तुरंत वाशरूम में गया। मुझे ऐसा लगा कि मैं टुकड़े-टुकड़े हो गया हूँ। मैंने अपने माथे और सिर पर मसाज करना शुरू कर दिया, लेकिन दर्द बना रहा और मेरे पूरे शरीर में सनसनी व खुजली होने लगी। मैं रो नहीं रहा था और मैं रो भी नहीं सकता था। मैं वहाँ किसी से पूछना चाहता था कि मुझे बताए कि मैं क्या करूँ, लेकिन वहाँ कोई नहीं था। मेरी नाक से खून बहने लगा और खून गरदन तक आ गया। मैं कुछ सेकंड खड़ा रहा, लेकिन पेट में मरोड़न होने लगी और आँखें बंद होने लगीं। मैंने उन्हें जोर से दबाया। मैं किसी की गोद में गिर जाना चाहता था और उसके बाद अगले ही पल मैं खड़ा हुआ और एक छोटे बैग, फोन चार्जर और बटुए के साथ कॉलेज के निकास द्वार की ओर दौड़

पड़ा। जो कुछ भी हुआ, उसके बाद मैं उसे फोन नहीं करना चाहता था। मेरा चेहरा पीला पड़ गया था और शरीर सुस्त हो गया था। ट्रेन और बसें बदलते हुए, मैं सुबह को दिल्ली पहुँचा और उसे संदेश भेजा कि मैं कहाँ आऊँ। उसने तुरंत मुक्तिधाम का पता भेजा, जहाँ वे मृत शरीर को ले जा रहे थे। मैं सीधा वहाँ पहुँच गया।

मैं वहाँ खड़ा था और मैं होश में नहीं था। मैं बस उससे मिलने जाना चाहता था, लेकिन उसने मुझे जवाब नहीं दिया और नजरअंदाज कर दिया। सब लोग चले गए और मैंने अंतिम संस्कार के बाद उससे बात करने के लिए उसे रोकने की कोशिश की।

'मैं तुमसे मिलना नहीं चाहती और कृपया मेरा पीछा करना बंद करो और मुझे हमेशा के लिए छोड़ दो। तुमने जो चाहा था, तुम्हें मिल गया, अब चले जाओ।' वह जोर से फूट पड़ी और चली गई। उसके भाई ने उससे पूछा, 'क्या कोई समस्या है ?' उसने जवाब नहीं दिया और वे सब चले गए।

मैंने बस एक संदेश उसे भेजा और वापस कॉलेज आ गया।

'मैं तुम्हारे गुजरे हुए दिन वापस नहीं ला सकता, लेकिन मैं हमेशा तुम्हारे साथ हूँ। अपनी माँ और खुद का खयाल रखो, उन्हें तुम्हारी जरूरत है। मैं तुमसे प्यार करता हूँ। तुम चीजों को और बेहतर बनाओगी। खुद को मत खोने दो।'

वह अपने गृहनगर चली गई। दिन बीतते गए, सप्ताह बीते और एक महीना बीत गया, हमने दिन में एक या दो बार फोन पर बातें करना शुरू कर दिया था।

उसने एक महीने बाद दिल्ली पहुँचने के बाद मुझे फोन किया।

'क्या तुम दिल्ली में हो ?' मैंने उससे पूछा।

'नहीं, कुछ मिनटों में पहुँच रही हूँ। तुम बताओ, तुम कैसे हो ?' उसने मुझसे पूछा। मेरे लिए उतने शब्द ही काफी थे।

ऐसा लगा, जैसे हम वापस अपने शुरुआती दिनों में पहुँच गए, जब मैं उससे बात करने के लिए बहाने ढूँढ़ता था। धीरे-धीरे और तेजी से एक बार फिर हमने अपना सफर शुरू कर दिया, लेकिन उन बाधाओं को पार करना मुश्किल था, जो हमारे रास्ते में आ चुकी थीं।

उसने कॉलेज जाना शुरू कर दिया। मैंने उसकी जिंदगी को पहले की तरह सामान्य और आसान बनाने की कोशिश की, लेकिन कई चीजें बदल चुकी थीं। मैं उसके लिए हर चीज करना चाहता था, लेकिन मैं उसे केवल नैतिक समर्थन दे सकता था।

हम हमेशा नैतिक समर्थन की बात करते हैं और ऐसा करना चाहते हैं, लेकिन सच्चाई यह है कि एक इनसान होने के नाते हमें किसी इनसान की जरूरत होती है। मैं उसके सामने मौजूद नहीं था और उन पलों में उसने मुझे याद किया था। कई महीने बीत गए, उसने सामान्य जीवन जीना शुरू कर दिया था। मैंने उसे हँसा दिया था और चीजें वापस सही रास्ते पर आने लगी थीं।

□

खुशी तब, जब मैं तुम्हारे साथ होता हूँ

वह 2011 की शुरुआत थी, जब हम सभी अपनी शिक्षा पर खर्च किए गए धन को वापस तनख्वाह के रूप में पाने के लिए एक बेहतर तनख्वाहवाली नौकरी के लिए हाथ-पैर मार रहे थे।

हम दोनों ने मुंबई जाने की योजना बनाई थी और अब मैं वहाँ नहीं जा सकता था। वह एम.बी.ए. के लिए एन.आई.एम.एस. में दाखिला लेना चाहती थी और मैं एक अच्छी नौकरी मिलने के बाद अपनी जिंदगी की शुरुआत करना चाहता था। उसकी सबसे अच्छी दोस्त नेहा मुंबई में थी और वह उससे मिलने के लिए बेताब थी।

मेरे लिए यह महत्त्वपूर्ण दिन था। मैं नोएडा स्थित श्रेष्ठ कंपनियों में से एक जे.पी. में साक्षात्कार देने के लिए तैयार हो रहा था। दरअसल वहाँ हमारी केंद्रीकृत रोजगार इकाई थी। पूरे भारत के जे.पी. ग्रुप ऑफ कॉलेज के सभी छात्रों को अपने सपनों की नौकरी पाने के लिए नोएडा आना पड़ता था।

'हे, क्या तुम आश्वस्त हो कि तुम्हें मुंबई में नौकरी मिल जाएगी?' उसने पूछा।

'मुझे उम्मीद है, आगे देखते हैं। हम कुछ-न-कुछ कर लेंगे।' मैंने कॉन्फ्रेंस हॉल में बैठकर फॉर्म में अपनी जानकारी भरते हुए जवाब दिया, क्योंकि मैंने एप्टीट्यूड टेस्ट पास कर लिया था।

'अरे सुनो, मैंने तीन प्राथमिकताओंवाली जगहें भरी हैं।' मैंने उसे फोन पर बताया।

'ठीक है, पहले मुंबई, दूसरा पुणे, क्योंकि अगर तुम्हें मुंबई नहीं मिला, तो कम-से-कम हम सप्ताहांत में मिल तो पाएँगे।'

'और तीसरा।'

'क्या तीसरा विकल्प भरना जरूरी है?' उसने असमंजस में पूछा।

'हाँ, नहीं तो वे मुझे चेन्नई भेज देंगे।'

'तब तुम दिल्ली भर सकते हो, यह उचित रहेगा।'

'उम्मीद है कि मुझे पहली प्राथमिकतावाली जगह मुंबई मिल जाएगी। मुझे तुमसे प्यार है, बाय। मुझे साक्षात्कार के लिए जाना है।' मैंने फोन काट दिया।

मेरे हाथ में एक काली फाइल, जेब में कलम, कॉलेजवाली टाई सबकुछ ठीक था, मैं एक परफेक्ट मैन की तरह दिख रहा था। हालाँकि मैं थोड़ा निराश भी था, इसलिए नहीं, क्योंकि मैं साक्षात्कार देने जा रहा था, बल्कि कुछ दूसरे सवालों की वजह से भी।

'क्या होगा अगर मेरी नियुक्ति नहीं हुई?'

'मैं काफी खर्च कर चुका था और अब मुझे साक्षात्कार निकालना ही होगा, किसी भी तरह।'

वास्तव में, भारतीय परिवार अपने बच्चों से कुछ ज्यादा की अपेक्षा रखते हैं, उस पल मुझे यह अहसास हुआ था, जब मैं साक्षात्कार भवन में दाखिल हुआ। अगर आप कुछ अलग करना चाहते हैं तो इसका कोई मतलब नहीं, क्योंकि वे आपको 'इंजीनियरिंग' और 'मेडिकल' के अलावा कुछ और करने नहीं देंगे। आप या तो इंजीनियर बनोगे या डॉक्टर। मेरा दिमाग उन सभी पाठ्यक्रमों, फॉर्मूले, नेटवर्किंग, इलेक्ट्रॉनिक्स, प्रोग्रामिंग और कई चीजें याद कर रहा था। इन सवालों ने मुझे हतोत्साहित करना शुरू कर दिया था, किसी तरह मैंने इन पर नियंत्रण पाया और सोचा, 'बस साक्षात्कार में उत्तीर्ण हो जाओ और उसके बाद तुम्हें मुंबई का टिकट मिल जाएगा...सपनों का शहर।' मैं मुसकराया।

'क्या मैं अंदर आ सकता हूँ सर?' मैंने साक्षात्कार के कमरे में प्रवेश करने से पहले अनुमति माँगी।

'हाँ, कृपया आएँ, बैठें।' तकनीशियन ने मेरी ओर देखा और मुसकराया।

'आप कैसे हैं अनुज?'

'मैं अच्छा हूँ, धन्यवाद।'

मैं साक्षात्कार के कमरे में किसी युवती के होने की कल्पना कर रहा था, अच्छा सा चेहरा, गालों में गड्ढे और अच्छी सी मुसकराहट, जैसा मेरे वरिष्ठों ने मुझे बताया था, लेकिन उस जैसा कुछ भी नहीं हुआ। मैंने अनुमान लगाया, वह 40

वर्ष का होगा। काले बाल, मूँछ, निश्चित रूप से उसने अपनी मूँछ को रँगा होगा। मैं मुसकराना चाहता था, लेकिन ऐसा नहीं कर सका, क्योंकि वह मेरी मंजिल थी।

अनुज, अब अगर तुम हँसे, तो तुम्हारा भाग्य बाकी की जिंदगी तुम पर हँसता रहेगा, मैं कोई मूर्खता नहीं करना चाहता था।

'कृपया अपना स्थान ग्रहण करो, अनुज!' उसने मेरी कलम को देखते हुए कहा, जिसे मैंने अपने ब्लेजर की जेब में लगा रखा था।

मैं कुरसी पर बैठ गया और अपनी फाइल टेबल पर साक्षात्कारकर्ता के सामने रख दी। साक्षात्कारकर्ता ने फाइल देखी, मैं उसकी ओर थोड़ा झुक गया। मेरी आँखें फाइल पर थीं, वह मेरे हर सेमेस्टर के अंक-पत्र को टटोल रहा था और उसके बाद फिर से मेरे सी.वी. पर आकर मेरी उपलब्धियाँ देखने लगा।

जब वह मेरी उपलब्धियाँ देख रहा था, तब मैं खुश था।

'मैं पढ़ाई और अतिरिक्त योग्यता में अच्छा था, जिसे मैं उत्तीर्ण कर चुका था,' मैंने सोचा।

तब उस ओर से एक सवाल आया, 'तो अपने बारे में कुछ बताइए?'

मैं तो बस इसी सवाल की प्रतीक्षा कर रहा था। यह यूनिवर्सल सवाल था, जो हर कंपनी में पूछा जाता था। मैं इसके लिए तैयार था और मैंने अपना बेहतर जवाब इसमें दिया। उन्होंने बीच में ही मुझे रोक दिया और कुछ अत्यंत तकनीकी सवाल पूछे, जिनमें से कुछ का मैंने सही जवाब दिया और कुछ का गलत, लेकिन पूरे आत्मविश्वास के साथ।

खुशी से मैंने तकनीकी राउंड खत्म कर दिया, लेकिन यह अंतिम नहीं था, मुझे एच.आर. साक्षात्कार का एक और राउंड उत्तीर्ण करना था।

'अब आप चुन लिये जाओगे, क्योंकि एच.आर. एक महिला है।' मेरे एक दोस्त ने ऐसा कहा।

'देखते हैं,' मैं हतोत्साहित था। मैंने प्रवेश किया।

कुछ औपचारिकताओं के बाद एच.आर. की महिला ने मेरे फॉर्म को देखते हुए मुझसे केवल एक सवाल किया, 'आप बरेली के रहनेवाले हो, मैंने अब तक कई साक्षात्कार लिये हैं, हर कोई विकल्प के रूप में दिल्ली को चुनता है और आप पहले व्यक्ति हो, जिसने मुंबई जाने की इच्छा जताई है, कोई खास वजह?'

मैं मुसकराया, 'मैम, ऐसी कोई खास वजह तो नहीं है, लेकिन मैंने मुंबई चुना है, क्योंकि मैं दिल्ली तो कभी भी आ सकता हूँ, लेकिन यह समय है, जब मैं खुद

को दूसरे स्थानों में आगे बढ़ा सकता हूँ और यह दिल्ली से बहुत ज्यादा दूर नहीं है। वैसे भी मेरी उम्र अभी सीखने की है।'

एच.आर. युवती मुसकराई, 'ठीक है, बहुत अच्छा, हमें आपकी तरह के युवाओं की आवश्यकता है, जो अपने काम करने की जगह आसानी से बदल लें। उम्मीद करती हूँ कि आप भी ऐसे ही होंगे।' उसने मेरे, मेरे परिवार और कंपनी के बारे में कुछ और सवाल पूछे।

मैं प्रशिक्षण और नियुक्ति को-ऑर्डिनेटर था और मैं परिणाम के आधिकारिक तौर पर प्रकाशित होने से पहले ही अपना परिणाम जान सकता था। मैंने तुरंत अपनी माँ को फोन लगाया और उन्हें यह खुशखबरी दी कि उनके बेटे ने वह कर दिखाया है, जिसकी चाह उन्होंने उससे की थी। एक और इंजीनियर।

□

यह वह चीज है,
जिसे कोई पसंद नहीं करता

बिना खट्टे के मिठास का कोई महत्त्व नहीं होता है।

बुरे के बिना अच्छे का कोई महत्त्व नहीं होता है।

आँसुओं के बिना मुसकराहट का कोई महत्त्व नहीं होता है।

सौभाग्य के बिना जीवन का कोई मतलब नहीं होता है, लेकिन एक चीज इन सबसे ऊपर होती है···प्यार और वही आपको महान् बनाता है।

अब आधिकारिक रूप से एक सम्मानजनक वेतन के साथ मैं इंजीनियर था, इसलिए मैंने रुपए गिनना बंद कर दिया था। कम-से-कम शुरू के कुछ साल पहले तक, तब तक शायद मैं शादीशुदा था। इसलिए मैंने फिल्म देखने जाने के लिए तीन टिकटें बुक कराईं। दो हमारे लिए और एक हमारे और दूसरों के बीच में जगह रिक्त रखने के लिए।

'जब उसने मेरा हाथ पकड़ा, तब मुझे लगा कि वह मेरा सच्चा दोस्त है।' थिएटर में बैठने के दौरान स्क्रीन पर देखते हुए उसने जो कहा, उसकी बात ने मुझे स्तब्ध कर दिया।

मैंने पूछा, 'कौन?'

'अर्पण, वह बहुत अच्छा लड़का है।' उसने कहा।

'हम्म, अच्छा है।'

'क्या हूँ, जल रहे हो।' उसने अपनी ठुड्डी अजीब बनाकर कहा।

'नहीं···मैं नहीं जलता।' मैं मुसकराया और आगे बढ़ गया।

'हे, तुम जानते हो कि कुछ दिन पहले उसने मुझे बाइक पर छोड़ा था और

लंबे समय के बाद मुझे खुशी हुई थी। अचानक बारिश शुरू हो गई और तब उसने मुझसे कहा था कि क्या मैं तुम्हें घर छोड़ सकता हूँ।' उसने ये बातें सामान्य रूप से कहीं, लेकिन मेरे लिए वह सामान्य बात नहीं थी, उस लड़के का खूनी बन जाना ही काफी था। चूँकि मेरे पास ज्यादा मालिकाना अधिकार नहीं थे, इसलिए मैंने किसी भी मूर्खतापूर्ण बात को कहने से पहले खुद को नियंत्रित किया, ताकि उसको दु:ख न पहुँचे। उसे अच्छा महसूस हुआ और यही मेरे लिए काफी था।

'उसने तुम्हें बाइक पर छोड़ा?' मैंने झुँझलाते हुए पूछा।

'ऐसा नहीं था।' उसने जवाब दिया।

'कुछ भी था, लेकिन वह अच्छा नहीं था। अच्छा तो अब तुम्हें पता होगा कि क्या सही है और क्या झूठ!'

'मुझे देर हो रही थी...।'

'ठीक है। उसने तुम्हारा हाथ पकड़ा और तुम्हें बाइक पर बैठाकर मेट्रो तक छोड़ा, ठीक है, पर क्या वह जानता था कि तुम किसी और से प्यार करती हो?'

'क्या इसका मतलब यह है कि हम हर किसी को बताते रहें कि हम किसी रिश्ते में हैं। वह जानता है कि तुम मेरे अच्छे दोस्त हो और जब मेरे पिता की मौत हुई थी, तब एक ही था, जिसने मेरा साथ दिया, जब भी मुझे बुरा लगता, उसने मुझे सँभाला, मुझे खुशी दी। उन दिनों तुम यहाँ नहीं थे। वह मेरा केवल दोस्त है।'

'मैं जानता हूँ कि यह गलत नहीं है, मुझे तुम पर भरोसा है, लेकिन क्या होगा अगर वह तुम्हें चाहने लगे? और तुम क्यों नहीं उसे बताती हो कि तुम मुझसे प्यार करती हो, मैं लड़कों को जानता हूँ तो भविष्य में किसी समस्या के लिए किसी से मदद पाने की उम्मीद क्यों?'

'तुम मुझ पर विश्वास क्यों नहीं करते हो? वह बस मेरा दोस्त है।' उसने प्रतिक्रिया दी।

'लेकिन तुम दूसरों से हमारे रिश्ते को क्यों छुपाती हो, क्यों? मुझे बताओ? क्या तुम मुझसे प्यार नहीं करती हो?'

'मैं तुम्हें चाहती हूँ, लेकिन मैं बताना नहीं चाहती, कृपया मेरा विश्वास करो।'

'तुमने गलत किया है और तब तुम चाहती हो कि मैं इस गलती को स्वीकार करूँ।'

'अनुज, अगर तुम मुझ पर भरोसा नहीं करते हो, तब हम रिश्ते में क्यों हैं?'

'तुमने क्या कहा ?' मैंने पूछा।

'हम क्यों इस रिश्ते में हैं, अगर तुम्हें मुझ पर भरोसा नहीं है ?' उसने फिर से दोहराया।

'हम्म¨ ठीक है, मैं जान गया हूँ, तुमने कभी मुझसे प्यार नहीं किया, हर चीज के लिए धन्यवाद।'

'अरे, तुम क्यों चिल्ला रहे हो ? ऐसा कुछ भी नहीं है, मैं तुमसे बहुत प्यार करती हूँ। मैं बस तुम्हें चाहती हूँ, मेरा भरोसा करो।' उसने मेरा हाथ पकड़ा और मैंने भी कसकर उसका हाथ पकड़ लिया और अपना सिर उसके कंधे पर रख दिया। पिता के जाने के बाद से वह बदल गई थी। उसने हमारे भविष्य के बारे में बात करना बंद कर दिया था। वह टूट चुकी थी, लेकिन मैं उसके पुराने दिन वापस लाने की कोशिश कर रहा था। अगले सप्ताह 14 फरवरी थी, यानी वैलेंटाइन डे। मैंने उससे एक दिन पहले मिलने को कहा और उसने कहा, 'क्या अपना प्यार जताना ज्यादा महत्त्वपूर्ण है ? और फिर वैलेंटाइन डे पर नोएडा और दिल्ली में शिवसेना घूमती रहती है, इसलिए हम 15 को मिलेंगे।' उसने मिलने से पूरी तरह मना कर दिया था।

हालाँकि मैं जानता था कि मैं क्या था, मैं उससे मिलना चाहता था और उसका मतलब था कि मुझे उससे मिलना था, इससे कोई फर्क नहीं पड़ता कि मैं कहाँ था। वह मेरे लिए खास दिन था। मैं सुबह जल्दी यानी छह बजे उठ गया। मैं एक फूल की तलाश में बाहर भागा, क्योंकि मैं उसके लिए मछली के आकार जैसी कानों की बालियों के साथ गुलाब के कुछ फूल खरीदना चाहता था, जिन्हें मैंने रात को ही सी.एस.एस. और टी.जी.आई.पी. मॉल की कुछ दुकानों में ढूँढ़ने के बाद पा लिया था।

मैंने मेट्रो स्टेशन से एक लाल रंग का गुलाब खरीदा और अपनी शर्ट की जेब में रख लिया, ताकि वह ताजा रहे और उसके बाद ब्लेजर पहन लिया, क्योंकि उससे मिलने के बाद मुझे कुछ प्लेसमेंट एक्टिविटी के लिए नोएडा स्थित जे.पी. कॉलेज पहुँचना था।

मैंने उसे फोन किया, 'हाय, गुड मॉर्निंग! वैलेंटाइन डे की शुभकामना, आई लव यू स्वीटी।'

'क्या हम पाँच मिनट के लिए मिल सकते हैं ?' मैंने उससे निवेदन किया, मेरी आवाज में उत्साह था।

'क्या तुम सी.पी. मेट्रो स्टेशन पर आ सकती हो, केवल पाँच मिनट के लिए?'

'मुझे कॉलेज के लिए देर हो रही है।' उसने जवाब दिया।

'ठीक है, तुम जाओ, मैं तुम्हें कश्मीरी गेट पर मिलता हूँ, ठीक है?' मैंने उससे मिलने का दूसरा रास्ता ढूँढ़ने की कोशिश की।

'तुम कश्मीरी गेट पर मत आओ, मेरे दोस्त वहाँ मेरा इंतजार कर रहे हैं, इसलिए हमारा मिलना संभव नहीं है, हम कल मिल सकते हैं।' उसने जवाब दिया।

मेरी योजना खत्म हो चुकी थी और मैंने ब्लेजर के अंदर जेब में देखा। मैंने लाल गुलाब को छुआ तो बुरा महसूस हुआ, लेकिन मैंने सोचा कि यही मौका है, खुद को साबित करने के लिए। मैं ऊर्जा से भर गया और अपनी घड़ी देखी। मैंने उसे फिर से फोन किया, 'तुम अभी कहाँ हो?' मैं जल्दी से अगली मेट्रो पकड़ने के लिए प्लेटफॉर्म पर दौड़ रहा था।

'मैं कश्मीरी गेट मेट्रो स्टेशन पहुँच चुकी हूँ, तुम कहाँ हो?' उसने जवाब दिया। मैं सी.पी. पहुँच चुका था, जो दो या तीन स्टेशन पहले था।

'मैं सी.पी. में हूँ।' नेटवर्क की समस्या के कारण मेरी आवाज कटने लगी। मैं जल्दबाजी में था।

'मुझे देर हो रही है, हम कल मिलेंगे, ठीक है, मैं जा रही हूँ।' उसने फोन काट दिया या नेटवर्क की वजह से फोन कट गया था, लेकिन उसके लिए यह दिन सामान्य दिन की तरह लगा, लेकिन मैंने इस दिन के लिए लंबे समय से इंतजार किया था।

किसी ने मुझे धक्का दिया, 'अबे दिखाई नहीं देता क्या?'

'माफ करना।'

'क्या माफ करना?'

'चुप रहो, मैंने तुम्हें धक्का दिया, क्योंकि किसी ने मुझे धक्का दिया, अब अच्छा होगा कि अपना मुँह बंद करो।' मैं चिल्लाया, मेट्रो में लोग मुझे देखने लगे।

'तुम क्या कर रहे हो अनुज, तुमसे बाद में बात करती हूँ, अभी हमारा मिलना संभव नहीं होगा।'

'ठीक है, तुम जाओ,' मेरी आवाज धीमी हो गई थी, आँखें लाल और उसके जवाब से गीली हो रही थीं, मैं निराश था, अगले स्टेशन पर मैं मेट्रो से उतर गया और वापस आ गया।

मैंने अपनी हाथघड़ी में देखा, उसके बाद स्टेशन की घड़ी देखी, आँसू पोंछे और खुद को कोसा, 'मुझे ही देर हुई, इसी वजह से मैं उससे मिल नहीं पाया, मैं ही दोषी हूँ।'

क्या वह मुझे चाहती है या मैं बहुत बुरा हूँ, अगर नहीं, तब यह सब मेरे साथ क्यों हुआ? मैंने खुद को असहाय महसूस किया, मैं कुछ समय बैठकर रोना चाहता था।

जितना आप प्यार करोगे, उतना ज्यादा रोओगे। मैं नहीं जानता क्यों?

तुम्हारे लिए मैं दौड़ा, तुम्हारे लिए रोया
तुम्हारे लिए मेरे प्यार, सबकुछ मैंने करने का प्रयास किया।
तुम्हारी मुसकराहट ने मुझे खुशी दी, तुम्हारे आँसुओं ने मुझे दुःख दिया।
तुम्हारी अनुपस्थिति ने मुझे नाखुश किया और मुझे ऐसा लगा कि मैं मृत हूँ।
वास्तव में मुझे बुरा महसूस हुआ, मैं झूठ नहीं बोलना चाहता।
तुम्हारे प्यार ने मुझे खुशी दी, तुम्हारे प्यार ने मुझे रुलाया।
मैं नहीं जानता क्यों?

मैं तेजी से सी.पी. मेट्रो स्टेशन से बाहर निकलनेवाले रास्ते पर भागा। मुझे पहले ही देर हो चुकी थी और कॉलेज के लिए मैंने ऑटोरिक्शा किया। उसमें बैठकर बाहर देखते हुए मैंने अपनी सारी लड़ाई और उस मेल के बारे में सोचा, जो उसने अजय को भेजा था। मैं खोया हुआ था, ऑटोरिक्शेवाले ने मुझे देखा और मैंने अपना मुँह दूसरी ओर घुमा लिया और कुछ मिनटों तक सामनेवाले आईने में नहीं देखा। मैं कैंपस में पहुँचा, 'जब भी मैं कुछ करने की कोशिश करता हूँ, वह मुझे मौका नहीं देती।' यह सोचते हुए मैंने उसका नंबर डायल किया।

उसने मेरा फोन उठाया, 'मैं क्लास में हूँ, तुमसे बाद में बात करती हूँ।' फोन काट दिया। मैंने उसे संदेश दिया—मैं तुमसे मिलना चाहता हूँ, अगर तुम्हारे पास मेरे लिए समय हो। मैं जानता हूँ कि तुम काफी व्यस्त हो, लेकिन जब भी तुम्हारे पास समय हो, कृपया मुझे सूचना दो।

मेरे फोन पर उसका संदेश आया—मैं कॉलेज में हूँ और क्लास में पढ़ रही हूँ, मैं शाम को इससे निकल पाऊँगी, क्योंकि एक्स्ट्रा क्लास भी है। मैं तुमसे नहीं मिल पाऊँगी। हम बाद में मिलेंगे।

मुझसे वह कानों की बालियाँ भी गुम हो गई थीं, जो मैंने कल रात उसके लिए सी.पी. से खरीदी थीं।

'अब बहुत हो गया, वह क्या कर रही है। अगर वह अपनी कक्षाओं में इतनी ही व्यस्त है तो कम-से-कम कुछ देर के लिए मुझसे बात तो कर सकती थी।' मैं दुःखी और गुस्से में भी था।

मैंने उसे फिर से फोन किया, 'मैं तुमसे केवल पाँच मिनट के लिए मिलना चाहता हूँ। कृपया कॉलेज के बाद मिलो। तुम जहाँ बुलाओगी, मैं वहाँ आ जाऊँगा।'

'तुम समझने की कोशिश क्यों नहीं करते, मैं क्लास में लेक्चर ले रही हूँ, तुमसे बाद में बात करती हूँ।' इस बार वह चिल्ला पड़ी।

'ठीक है, माफ करना।' मैंने उसे फोन नहीं करने का निश्चय किया। प्यार से ज्यादा असरदार कोई पेय पदार्थ नहीं है।

शाम को मुझे फोन पर उसका संदेश मिला और उसने मुझे अंसल प्लाजा पहुँचने को कहा। सबकुछ भुलाकर मैं वहाँ पहुँच गया।

'अनुज, यह कोई बात नहीं हुई, तुम समझते क्यों नहीं? मैं कॉलेज में थी और तुम बार-बार मुझे फोन कर रहे थे।' अभी वह सामान्य थी और मुसकराई।

'मुझे तुम्हारी याद आ रही थी।' मैंने अपनी आँखें मटकाते हुए कहा और उसे गुलाब देते हुए बोला, 'हैप्पी वैलेंटाइन डे। आई लव यू।'

'इस गुलाब के लिए तुम सुबह से मुझे परेशान कर रहे थे। अब मुझे जाना चाहिए, मुझे सिरदर्द है।' उसने सामान्य रूप से प्रतिक्रिया दी, लेकिन उसके शब्दों ने मेरा दिल दुखाया।

'तुम्हें पानी चाहिए?' मैंने उसकी ओर देखा।

'नहीं, मुझे जाना है।' मैंने उसे पानी की बोतल दी, 'थोड़ा पानी पी लो। तुम्हें चॉकलेट्स चाहिए?' मैं उसके सूखे हुए चेहरे की ओर देखकर मुसकराया।

मैं जब भी उससे मिलता था, उसे चॉकलेट देता था।

'मुझे नहीं चाहिए।' उसने बोतल का ढक्कन खोलते हुए जवाब दिया और उसमें से कुछ घूँट पानी पिया।

'इसे रख लो, तुम्हें देर हो रही है, तुम्हें घर जाना चाहिए।' मैंने उसके हाथ पर चुंबन किया।

'कृपया बुरा मत मानना। लेकिन मैं यह गुलाब अपने साथ नहीं ले जा सकती, अगर घर में किसी ने देख लिया, तो मेरे लिए मुश्किल हो जाएगी।' उसने मॉल में चहलकदमी करते हुए बाहर निकलते हुए कहा।

उसने जो गुलाब मुझे तोहफे में दिया था, उसे मैंने डायरी में रखा था और वह आज तक है। जब वह मॉल से बाहर निकली, तब मैंने हाथ हिलाकर उसे विदाई दी।

कई बार आप माफ करने का मौका नहीं देते हैं, तब आपको बस मुसकराना और उन्हें गले लगा लेना चाहिए।

□

तुम्हारे साथ होने के लिए कुछ भी

यह 2011 के वसंत की शुरुआत थी और मैं दिल्ली पहुँचकर उसे चौंकाना चाहता था। ट्रेन में जब भी मैं उसे फोन करने की कोशिश करता, तब मेरा फोन हैंग हो जाता, 'अरे, मैं तुमसे मिलने आ रहा हूँ।'

'क्या ?' वह चौंक गई।

'तुमसे बाद में बात करती हूँ, मैं अभी अपनी मामी के साथ हूँ।' उसने फोन काट दिया।

कुछ मिनटों के बाद उसके संदेश के साथ मेरे फोन में थराथराहट हुई—'मेरी दोस्त श्रुति आज मेरे घर पर ठहरी हुई है, इसलिए मैं सुबह में नहीं आ पाऊँगी। मैं 1 बजे के आसपास आऊँगी, अगर यह संभव हुआ तब।'

ट्रेन की दीवार को देखते हुए मैं उससे मिलने का अवसर सोच रहा था। मैंने उसे फिर फोन किया, 'यह ठीक नहीं है, पाखी ? तुम समय पर नहीं आ सकती हो और क्या तुम कॉलेज जाओगी ?'

'हाँ, मुझे कुछ काम है, इसलिए मैं कॉलेज जाऊँगी। मैं उसके बाद तुमसे मिलती हूँ।' उसने रूखेपन से जवाब दिया। मुझे गुस्सा आ गया और मैं निराश हो गया।

मैंने उसे अगले दो घंटे तक फोन नहीं किया और जब मैंने उसे फोन किया—आपका फोन प्रतीक्षारत है, कृपया लाइन पर बने रहें या बाद में फिर फोन करें। मैंने कुछ देर बार फिर फोन किया—आपका फोन प्रतीक्षारत है, कृपया लाइन पर बने रहें या बाद में फिर फोन करें। उसने मेरा फोन उठा लिया और यह कहने के बाद काट दिया, 'अनुज, कृपया मुझे बार-बार फोन करके परेशान मत करो।'

मैंने सोचा था कि वह मुझे कहाँ आना है, बताएगी, लेकिन ऐसा कुछ नहीं हुआ, क्योंकि उससे बुरी बात हो गई।

सुबह काफी जल्दी मैं दिल्ली पहुँच गया था। उसने मुझे फोन किया, 'तुम कहाँ हो, मैं वहाँ एक बजे तक आऊँगी। क्या तुम आनंद विहार तक आ सकते हो? हम वहाँ मिलेंगे।'

'ठीक है।' मैंने जवाब दिया। मैं उसी जगह खड़ा था, जहाँ हम पिछली बार मिले थे।

हम अंसल प्लाजा गए, जो आनंद विहार मेट्रो स्टेशन के पास था। अकल्पनीय रूप से उसने मुझसे फिल्म दिखाने को कहा। मैंने सोचा कि उसके साथ समय बिताने के लिए वह सबसे अच्छा समय रहेगा।

'हाँ, बिल्कुल।' मैंने उसकी ओर देखते हुए जवाब दिया। वैसे मेरे दिमाग में कई सवाल घूम रहे थे, मैं उससे पूछना चाहता था कि वह कल किससे बात कर रही थी, कुछ महीने पहले उसने किसे मेल किया था, लेकिन पूछ न सका, क्योंकि मैं उस पल को खोना नहीं चाहता था। हम टिकट काउंटर की ओर गए और फालतू की दो टिकटें खरीदीं, हम थिएटर के अंदर गए, जे-18 और जे-19 पर बैठ गए। अब वह खुश थी, लेकिन मैं नहीं। मेरे दिमाग में अभी भी सवाल घूम रहे थे। मेरी आँखें स्क्रीन पर थीं, लेकिन मेरा दिमाग लड़ाई, बहस और फोन वेटिंग के बारे में सोच रहा था। मैंने कई बार इन बातों से दिमाग हटाने की सोची, लेकिन कुछ तो गलत था। मुझे विश्वास था, लेकिन उससे पूछने की हिम्मत नहीं थी, क्योंकि मैं लड़ना नहीं चाहता था, मैं उसे खोना नहीं चाहता था।

अचानक उसने पूछा, 'तुम कुछ लेना चाहते हो?'

मैंने स्क्रीन की ओर देखते हुए ही जवाब दिया, 'नहीं।'

वह 15 मिनट के बाद आई। वह फिल्म का लुत्फ उठा रही थी और स्नैक्स ले रही थी, लेकिन मैं चुप था। 20-30 मिनट के बाद उसने मेरा हाथ पकड़ा और मेरी आँखों में देखा और बोली, 'आई लव यू।'

उन तीन शब्दों से मैं सबकुछ भूल गया। जब उसने मेरा सीना छुआ और जब उसने मेरे होंठों को चूमा, मैं सबकुछ भूल गया। मैंने उसका हाथ कसकर पकड़ लिया। मैंने उसके हाथ पर चुंबन लिया। उसने मेरे गालों को चूमा और मैं उसके कानों में फुसफुसाया, 'आई लव यू…'

अगले ही पल पाखी ने कहा, 'तुमने मुझ पर शक क्यों किया?'

'मुझे तुम पर भरोसा है बेबी, लेकिन जब तुमने कहा कि वह सही है, जबकि वास्तव में वह गलत था तब? यह संदेह नहीं है, मैं तुम पर भरोसा करता हूँ, बेबी!'

मैंने उसकी गरदन के पास आते हुए कहा।

प्यार उसकी आँखों में था, उसकी आवाज मीठी थी, उसकी कुछ पंक्तियों में दु:ख था, उसने कहा, 'मैं हमेशा तुम्हारे साथ हूँ, मैं कहीं नहीं जा रही हूँ। अर्पण केवल मेरा दोस्त है, उससे ज्यादा कुछ और नहीं। मैं सिर्फ तुमसे प्यार करती हूँ। लेकिन जब तुम मुझ पर शक करते हो, मुझे अच्छा नहीं लगता है।'

'क्या वह अच्छा दिखता है ?' मैं मुसकराया, दरअसल मैं उस कमीने के बारे में जानना चाहता था।

'नहीं, वह एक लड़की की तरह दिखता है, वह बॉयफ्रेंड की तरह का बिल्कुल नहीं है।' पाखी ने कहा और मुझे अच्छा महसूस हुआ, एक लड़की जैसा लड़का··· मैं हँस पड़ा।

'तब तुम्हारे टाइप का कैसे है ?'

'लाल और नीला, लेकिन बहुत ज्यादा छोटी चड्डी नहीं और बिना ब्रा का, हा ब्रा के बिना।' वह काफी जोर से हँसी। हमारे बगल में बैठा एक जोड़ा हमें देखने लगा।

'हे, मुझे बताओ न, तुम्हारे टाइप का कैसे है ?' मैंने फिर पूछा।

'एक लड़का जो तुम्हारे जैसा हो।' और उसने अपने होंठ मेरे होंठों से लगा लिये। वह जितना ज्यादा जोर से और लंबा कर सकती थी, उसने मेरे होंठों को चूमा। हम एक-दूसरे में खो गए थे, लेकिन मुझे कुछ और सवाल पूछने थे, जिन्होंने लंबे समय से मुझे परेशान किया हुआ था।

मैंने जवाब दिया, 'मैं तुम पर संदेह नहीं कर रहा हूँ पाखी, लेकिन मुझे तब अच्छा नहीं लगता है, जब तुम अर्पण के बारे में ज्यादा बात करती हो।'

'जब मैं उससे बात करती हूँ, मैं तुम्हें बताती हूँ और मुझे यह झूठ नहीं लगता।' उसने स्क्रीन देखते हुए मेरा हाथ छोड़ते हुए कहा। उसे बुरा लगा, लेकिन वह सच था, वह कई बार झूठ बोलती थी। मैंने पूछा, मैं गले लगाना और रोना चाहता था, फिर उसने झूठ क्यों बोला, 'क्या अर्पण मेरे मुकाबले ज्यादा महत्त्वपूर्ण है ?'

'यह वैसा नहीं था, लेकिन मेरी दोस्ती मेरे प्यार से ज्यादा महत्त्वपूर्ण है, क्योंकि मैं इसी बारे में सोचती हूँ। मैं अपने दोस्तों को नहीं छोड़ सकती।' उसने साफ शब्दों में कहा, उसकी आवाज में कोई पश्चात्ताप नहीं था, क्योंकि उसने अपने जीवन में कभी भी कोई गलत काम नहीं किया था, लेकिन यह रिश्ता। मैं आश्चर्य में था और मेरे पास शब्द नहीं थे।

'मैं नहीं कह रहा, मैं तुम्हारे दोस्तों के बारे में बात नहीं कर रहा हूँ, लेकिन तुम अर्पण से इतनी ज्यादा बात क्यों करती हो? अगर तुम्हारे दिल में उसके लिए कुछ है तो मुझे बता दो, मैं तुमसे दोबारा नहीं पूछूँगा।' मैंने अपने दिल में साहस जुटाकर कहा।

'ऐसा नहीं है, मैं तुमसे प्यार करती हूँ और वह मेरा केवल दोस्त है, उससे ज्यादा कुछ नहीं।' पाखी ने कहा। उसने मेरी आँखों में नहीं देखा और इससे मैं विचलित हो गया।

'पाखी, मेरे दिमाग में तुम्हारे लिए एक सवाल है, हमने एक साथ दो साल से अधिक बिताए हैं, लेकिन तुम्हारे किसी दोस्त को हमारे बारे में जानकारी नहीं है। मैं जानता हूँ कि तुम सही हो और मैं तुम पर हमेशा भरोसा करता हूँ, लेकिन मैं दूसरों के बारे में नहीं जानता हूँ। अगर तुम उसके साथ एक दोस्त की तरह बहुत ज्यादा बात करोगी, लेकिन उसे नहीं पता है कि तुम मुझसे प्यार करती हो, तब संभव है कि यह गलत रास्ता हो सकता है? और मैं लड़कों को तुमसे ज्यादा जानता हूँ।' मैंने सच्चाई बयान करने की कोशिश की।

पाखी ने कहा, 'मेरे दोस्त मेरे सबकुछ हैं। मैं उनके लिए कुछ भी छोड़ सकती हूँ।'

'पाखी, मैं यह नहीं कह रहा हूँ कि तुम्हें दूसरों से बात नहीं करनी चाहिए, लेकिन ज्यादातर बार तुम्हारा फोन व्यस्त रहता है।' मैंने जवाब दिया, इस दौरान सबसे महत्त्वपूर्ण सवाल मेरे मुँह से निकल गया।

उसने कहा, 'तो उस समय तुम्हें मुझे फोन करना बंद नहीं कर देना चाहिए, जब मुझे समय मिला, मैं तुम्हें जरूर फोन करूँगी।'

'एक बार फिर तुम गलती को स्वीकार नहीं कर रही हो। तुम गलत करती हो और यह भी कहती हो कि मुझे परेशान मत करो। क्या तुम जाना चाहती हो?' मुझे बुरा लगा और निराशा में मैं कुछ बुरी बात बोल गया।

उसने जवाब दिया, 'एक बार फिर तुम वैसा ही कर रहे हो, मुझे तुम्हें क्यों छोड़ना चाहिए?'

उसने यह भी कहा, 'मैं कुछ भी गलत नहीं कर रही हूँ। तुम कृपा करके यह भूल जाओ कि मैं तुम्हें छोड़ने जा रही हूँ। मैं बस अपनी जिंदगी जीना चाहती हूँ। तुम मुझ पर दबाव क्यों दे रहे हो?'

मैंने फिर कोशिश की, 'मैं तुम पर दबाव नहीं डाल रहा हूँ बच्चे, लेकिन यह

सही नहीं है कि तुम मुझसे प्यार करती हो और दूसरे व्यक्ति से ज्यादा बात करती हो। मैं जानता हूँ कि तुम सही हो, लेकिन तुम्हें यह समझना चाहिए कि दूसरा व्यक्ति गलत रूप में सोच सकता है···हम्म।'

कई बार दिल में लगता है कि मैं अभी भी परेशान हूँ, क्योंकि कोई भी समस्या नहीं सुलझी। मैं असमंजस में था, मैं थक चुका था, मैं रोना चाहता था, ···उसकी बाँहों में और उसके बाद···

□

हाँ, मैंने ध्यान रखा

फिल्म देखने के बाद हम महागुन मॉल गए।

'तुम क्या चाहती हो और तुम यह क्यों कर रही हो? तुम क्यों चीजें छुपा रही हो?' एक बार फिर मैंने वही सवाल पूछे, क्योंकि वे मेरे दिमाग में अभी भी मौजूद थे। पाखी ने मरे सवालों को दरकिनार कर दिया और बोली, 'तुम्हें कुछ चाहिए?'

मैंने मना कर दिया और कहा, 'नहीं, मुझे कुछ नहीं चाहिए?'

मैंने पानी-पूरी मँगवा ली है, अगर तुम चाहते हो तो तुम भी खा सकते हो और आधारहीन बातों को सोचना बंद करो।' वह मुसकराई। उसने पानी-पूरी का लुत्फ उठाना शुरू कर दिया और मैं चुप था, लेकिन गुस्से में था और अभी भी उन सवालों में अटका हुआ था।

उसने मुझसे पूछा, 'हे, क्या वह गाना तुम्हारे पास है, जो तुम थिएटर में गा रहे थे।'

'हाँ, मेरे पास है।' मैंने सेलफोन निकाला और वह गाना ट्रांसफर करने लगा, तभी स्क्रीन पर एक इनकमिंग कॉल आई। वह अर्पण था। जो गुस्सा मैंने अंदर छिपा लिया था, वह मेरे चेहरे पर आ गया और मैंने पाखी से पूछा, 'यह क्या है?'

'मेरा सेलफोन वापस दो।' वह मेरी बातों को लेकर सावधान थी।

'माफ करना, मैं नहीं दे सकता, कम-से-कम मुझे तुम्हारा फोन देखने का अधिकार है।' मैंने कहा और उसकी कॉल काट दी। मैंने उसे दिल से गाली दी, उसके लिए काफी बुरा सोचा, जितना सोच सकता था।

मैंने उसके कुछ संदेश देखे, वे संदेश मेरे गुस्से को बढ़ाने के लिए काफी थे। उसके फोन पर फिर से संदेश आया, मैंने फिर काट दिया।

वह मुझ पर चिल्लाई, 'तुम मेरे सेलफोन के साथ क्या कर रहे हो? मेरा फोन दो, अनुज!'

मैंने जवाब दिया, चेहरे के सारे भाव सामने आ गए, 'मैं नहीं दे सकता, माफ करना।' अगले ही पल एक संदेश उसके सेलफोन की स्क्रीन पर आया—क्या हुआ, मेरा फोन उठाओ स्वीटी।

उस शब्द 'स्वीटी' ने कुछ ही सेकंड में मेरे दिमाग में कई समस्याएँ उत्पन्न कर दीं। मैं तुरंत चिल्ला पड़ा, 'पाखी, यह क्या है? और तुम क्या कहना चाहती हो?'

पाखी ने ऐसे प्रतिक्रिया दी, जैसे यह सब चीजें उसके लिए सामान्य बात हो, 'क्या हुआ, यह तो एक सामान्य संदेश है। इसमें परेशानी क्या है?'

'क्या मुझे उससे बात करनी चाहिए?' मैंने उसे चेतावनी दी। उसने अपना गुस्सा दिखाया, 'क्या बकवास है, तुम यहाँ क्यों कोई सीन बनाना चाहते हो?'

'मैं कोई सीन नहीं बना रहा हूँ, तुम कृपया बताओ कि यह क्या है?' मैंने उसका फोन अपने हाथ में पकड़ते हुए पूछा।

वह पानी के लिए खड़ी हो गई, मैंने अपनी उँगलियाँ क्रॉस कर लीं और अर्पण का नंबर लिया।

यह सही था या गलत, लेकिन प्यार और जंग में सबकुछ जायज होता है।

हम रेस्तराँ से निकले और आ गए। मैंने उसे फोन नहीं दिया, क्योंकि मैं बात करना और सबकुछ स्पष्ट करना चाहता था।

मैंने कहा, 'तुम क्यों मुझे नहीं सुन रही हो, तुम कहाँ जा रही हो? मुझे बात करनी है, अगर तुम जवाब नहीं दे सकती, तो मैं तुम्हें सेलफोन भी नहीं दूँगा।'

कई बार आप अपने प्यार को छिपाने के लिए गलत चीजें करते हो, लेकिन कोई भी आपकी ओर नहीं देखता है।

मैंने उसे कुछ मिनट तक रोकने का प्रयास किया, लेकिन उसके पास कुछ ही शब्द थे, 'मैं तुमसे बात नहीं करना चाहती। मुझे जाना है। मुझे देर हो रही है।'

वह मेरे पास आई और बोली, 'तुम चाहते क्या हो?'

'तुम क्या चाहती हो?' वही सवाल मैंने भी उससे पूछा। उसने मेरी आँखों में देखा और बोली, 'मैं कुछ भी नहीं चाहती। मुझे जाना है। मैं थक गई हूँ।'

मैंने उसकी आँखों में देखा और निवेदन किया, 'कृपया सुन लो, यह क्या है? यह उचित नहीं है। तुम मेरे लिए चिंता नहीं करती हो।'

'मैं तुम्हारी चिंता करती हूँ और आई लव यू।' वह मुसकराई और मुझे खुश करने के लिए उसकी मुसकराहट ही काफी थी, लेकिन मेरी समस्याओं को हल

करने या मेरे गुस्से को खत्म करने के लिए नहीं।

हम मॉल से बाहर आ गए। वह अपने घर चली गई और मैं अपने अनुत्तरित सवालों के साथ पूरी तरह अकेला था।

'पाखी, मैं तुमसे प्यार करता हूँ, लेकिन तुमने गलत बातें कीं और उसके बाद बोली कि मैं सही कर रही हूँ, यह शक नहीं है, बल्कि यह काफी साफ चीज है और मैं तुम्हारे साथ हमेशा रहना चाहता हूँ।'

उसने जवाब दिया, 'तब तुम कृपा करके ज्यादा फोन करना बंद करो। हमें खुद को समय देना चाहिए। अब मुझे तुमसे थोड़ा दूर रहने दो, नहीं तो हम केवल लड़ते रहेंगे।'

मैं तिलक नगर में अपने दोस्त के घर ठहरा था और उन सभी वादों को याद कर रहा था, जो हमने किए थे और जब मेरे हाथ थामकर उसने कहा था, 'मुझे कभी अकेला मत छोड़ना, मैं तुम्हारे बिना जी नहीं पाऊँगी, तुम मेरी जरूरत हो, मैं तुमसे प्यार करती हूँ,' ये बातें कही थीं।

मैं उसके स्पर्श को महसूस करना चाहता था, उसके सारे वादों को याद किया और अंत में वह मेल, जो उसने अजय को किया था, उसने मुझे चोट पहुँचाई।

रात के आठ बजकर पचपन मिनट हुए थे, जब उसका फोन आया।

'क्या तुम्हारे पास मेरा मैट (एम.ए.टी.) का फॉर्म है?' उसने जल्दबाजी में पूछा।

कमरे से बालकनी में आते हुए मैंने जवाब दिया, 'नहीं, मेरे पास नहीं है। क्या हुआ?'

उसने मुझसे फिर से पूछा, 'देखो, अपने बैग में देखो। मैंने इसे तुम्हारे बैग में ही रख दिया था।'

'मेरे पास नहीं है, तुमने मुझे दिया था और मैंने तुम्हें तब इसे वापस लौटा दिया था, जब तुम महागुन मॉल में बैठी थी। तुम फिर भूल गई, ठीक है?'

मैंने फिर पूछा, 'क्या मुझे जाना चाहिए?'

उसने कुछ नहीं कहा और कुछ देर चुप रहने के बाद वह बोली, 'कल आखिरी तारीख है और मैंने अंतिम समय में इसे खो दिया।'

'तुमसे बाद में बात करता हूँ। मुझे जाना होगा और देखना होगा।' मैंने कहा और फोन काट दिया।

'ब्रो, मुझे जाना होगा, यह जरूरी है।' मैंने अपने दोस्त से माफी माँगी, क्योंकि

मेरी उसके साथ बाहर जाने की योजना थी।

'अनुज, यह सही नहीं है, तुमने मुझसे वादा किया था।' उसने आधी बंद आँखों से मुझे देखते हुए कहा।

डेनिम और टी-शर्ट पहनते हुए मैंने जवाब दिया, 'सच में मुझे माफ कर देना यार, कृपया मुझे समझो। मैं जानता हूँ कि हमने कुछ योजना बनाई थी, लेकिन चिंता मत करो, मैं कुछ ही देर में वापस लौटूँगा।'

'लेकिन इस समय, तुम कब वहाँ पहुँच पाओगे?' आनंद विहार से दूरी एक घंटे से भी अधिक थी और फिर मॉल तक पहुँचने में समय लगेगा। इस समय वहाँ जाने का कोई मतलब नहीं, वैसे भी मॉल दस बजे बंद हो जाता है, तुम कल जा सकते हो।' उसने कहा।

मैंने बीच में ही उसे टोका और निवेदन किया, 'कृपया समझने की कोशिश करो, यह वाकई जरूरी है, मुझे जाना ही होगा।'

वह मुसकराया और जवाब दिया, 'वाकई तुम पागल हो! उसने एक गलती की और अब तुम उसे भोग रहे हो।'

'उसने कुछ नहीं किया है। उसे भूलने की आदत है, हो सकता है कि मेरी वजह से भूली हो।' मैं मुसकराया और बोला, 'मैं कुछ समय बाद वापस आ जाऊँगा और उसके बाद हम इंडिया गेट जाएँगे। मुझे दस बजे से पहले पहुँचना होगा, नहीं तो…' मैं मुसकराया और सीढ़ियों की ओर भागा।

मुझे देखकर उसकी आवाज धीमी हो गई, 'यह संभव नहीं है, लेकिन तुम कोशिश करो, जल्दी वापस आना और अपना खयाल रखना।'

मैं नीचे से चिल्लाया, 'कम-से-कम मैं कोशिश तो कर सकता हूँ।'

अगर मैं मेट्रो ट्रेन का इंतजार करता तो वहाँ समय पर पहुँचना मुश्किल लग रहा था।

मैंने एक रिक्शेवाले से पूछा, 'आनंद विहार?'

कुछ सेकंड तक उसने कोई जवाब नहीं दिया, उसके बाद उसने मुझे देखा और बोला, 'हम्म।'

'कितना लोगे?' मैंने अपनी घड़ी देखते हुए पूछा। वह मुझे बेवकूफ बनाने के लिए तैयार था और बोला, '400 रुपए।'

मैंने उसके सामने गिड़गिड़ाते हुए कहा, 'कृपया 350 ले लो।'

उसने कहा, '375 से कम नहीं हो पाएगा।' मेरे पास जेब में केवल 350 रुपए थे और जेब व बटुए से सारे सिक्के निकाले और मैं 369 रुपए ही जुटा पाया।

मैं कुछ नहीं बोला और रिक्शा में बैठ गया। जब मैं सिक्के गिन रहा था, तब उसने मुझे देखा था, उसने कहा, '375 से कम नहीं होगा।'

मैं उतर गया और उसने अपने रिक्शा को कुछ आगे बढ़ा दिया।

'फक यू।' मैं चिल्लाया।

मैंने मेट्रो ट्रेन पकड़ने के लिए तिलक नगर मेट्रो स्टेशन की ओर दौड़ने का निश्चय किया। मैं वहाँ पहुँचा और स्वचालित सीढ़ियों की ओर दौड़ पड़ा।

किस्मत से मैं मेट्रो में चढ़ने में कामयाब हो गया, जो छूटने ही वाली थी। मैंने एक लंबी साँस ली। अब मैं मिनट और सेकंड गिन रहा था। तिलक नगर और आनंद विहार के बीच 18 से 20 स्टेशन पड़ते थे। मैं तीन मिनट प्रति स्टेशन गिन रहा था और मैंने अनुमान लगाया कि मुझे आनंद विहार पहुँचने में एक घंटा लगेगा और उसके बाद आनंद विहार मेट्रो स्टेशन से महागुन मॉल तक पहुँचने में 15 मिनट लगेंगे।

मैंने उसका नंबर डायल किया, 'आपका फोन इंतजार पर है, कृपया लाइन पर बने रहें या बाद में पुनः प्रयास करें।'

'यह क्या बकवास है!' मैं मेट्रो में चिल्लाया। मेरे बगल में बैठी एक आंटी मुझे देखने लगीं।

उस समय मैं अपने होश खो बैठा, 'मैं उसके लिए भाग रहा हूँ, कोशिश कर रहा हूँ, सबकुछ कर रहा हूँ और वह किसी और के साथ व्यस्त है।'

मुझे वह संदेश याद आया, जिसे मैंने दोपहर में देखा था। मेरा दिमाग फट पड़ा। मैंने कुछ नहीं सोचा और अर्पण का नंबर डायल किया, 'आपका फोन इंतजार पर है, कृपया लाइन पर बने रहें या बाद में फोन करें।'

स्थिति अब और खराब हो गई थी, मैं खुद को और मूर्ख नहीं बना सकता था कि वह इस समय किसी और से बात कर रही थी। दोनों एक-दूसरे से बात कर रहे थे और यह मुझे स्वीकार करना होगा। कुछ चीजें तो स्पष्ट थीं, लेकिन मैं उसके जवाब का इंतजार कर रहा था।

मैंने फिर से पाखी को फोन किया, मेरे कानों में फिर से वही आवाज आई और कुछ मिनटों के बाद एक बार फिर मैंने अर्पण को फोन किया।

उसने मेरा फोन उठाया, 'हैलो।'

मैंने अपनी उँगलियाँ क्रॉस कीं और जवाब दिया, 'हैलो! क्या उधर अर्पण है? मैं अनुज।'

अर्पण ने फोन काट दिया। अगले ही पल मेरा फोन बजा।

पाखी ने किया था, 'क्या हुआ, क्या तुम वहाँ पहुँच गए?'

'तुम किससे बात कर रही थी?' मैंने गुस्से में और एक ही साँस में पूछ लिया।

'मैं माँ से बात कर रही थी।' उसने विश्वास के साथ जवाब दिया। मैंने फोन काट दिया, क्योंकि उसने झूठ बोला था।

मैंने होंठ चबाते हुए और आँखें तिरछी करते हुए अर्पण को फोन किया, 'हाय अर्पण! अनुज हूँ, मैं समझता हूँ कि तुम मुझे अच्छी तरह जानते हो।'

उसने जवाब दिया, 'हाँ, जानता हूँ।'

मैंने काफी विनम्रता से उसके बारे में पूछा। उसने मेरे बारे में पूछा, 'तुम कहाँ से हो? तुम क्या कर रहे हो?'

तब मैंने पूछा, 'पाखी और मैं, हम दोनों कई वर्षों से रिश्ते में हैं। तुम पाखी के दोस्त हो ना?'

'हाँ।'

'अर्पण, मैं जानता हूँ कि तुम दोनों अच्छे दोस्त हो, लेकिन कुछ बातें अच्छी नहीं हो रही हैं और मैं तुम्हारी दोस्ती का सम्मान करता हूँ। एक दोस्त होने के नाते तुम्हें उसकी मदद करनी चाहिए। वह काफी लापरवाह है, उसने अपना फॉर्म खो दिया है और मैं उसे ढूँढ़ने के लिए मेट्रो से जा रहा हूँ। मेरा तुमसे निवेदन है कि तुम उससे बात करो, क्योंकि इसको लेकर हमारे बीच झगड़ा हो गया है। मैं यह नहीं कह रहा हूँ कि तुम्हें उससे बात नहीं करनी चाहिए, लेकिन तुम्हें कृपया हमारे रिश्ते के बारे में सोचना चाहिए।'

अर्पण समझ गया कि मैं क्या कहना चाहता था।

उसने जवाब दिया, 'हाँ, ठीक है, मैं इसका ध्यान रखूँगा, तुम चिंता मत करो। मैं उससे कुछ नहीं कहूँगा।'

उसकी आखिरी लाइन, 'मैं उससे कुछ नहीं कहूँगा,' मुझे पची नहीं।

पाखी बार-बार मुझे फोन कर रही थी और तब मैंने उसका फोन उठाया, मैंने कहा, 'मैंने अर्पण से बात की है।'

उसने सोचा कि मैं मजाक कर रहा हूँ। उसने इस बारे में कुछ भी नहीं कहा,

लेकिन मेरे पास कुछ सवाल थे, पहले खिड़की की और उसके बाद रूट चार्ट की ओर देखते हुए मैंने पूछा, 'पाखी! तुम चाहती क्या हो और तुम क्या कर रही हो, वाकई मुझे अच्छा नहीं लगा।'

'कृपया मुझे परेशान मत करो अनुज, मैं कोई भी गलत काम नहीं कर रही हूँ।'

मैंने उससे सबकुछ साफ करने को कहा और एक बार फिर मेरे चेहरे पर चिंता की लकीरें आ गईं, 'तब तुमने झूठ क्यों बोला?'

पाखी ने जवाब दिया, 'मैं झूठ नहीं बोल रही हूँ और मैंने कोई भी गलत काम नहीं किया है, तुम हमेशा अर्पण के बारे में बात क्यों करते हो? अर्पण केवल मेरा दोस्त है, उससे ज्यादा कुछ नहीं।'

'तुम जानते हो कि क्या सही है और क्या गलत और आई लव यू, क्योंकि जब तुमने पहली बार कहा था, कृपया मुझे कभी मत छोड़ना, उस दिन मैंने निश्चय किया था कि मैं तुम्हारे लिए जान दे दूँगा, लेकिन तुम्हारा साथ कभी नहीं छोड़ूँगा, इसलिए अगली बार के लिए ध्यान रखना कि मैं तुम पर भरोसा करता हूँ।' मैंने अपनी घड़ी की ओर देखा, नौ बजकर 45 मिनट हो चुके थे।

'मैं अभी पहुँचा ही हूँ, तुमसे बाद में बात करता हूँ।' फोन कट गया।

मैं आनंद विहार मेट्रो स्टेशन पहुँच रहा था।

मैंने रिक्शा तक पहुँचकर रिक्शेवाले से पूछा, 'भैया, महागुन मॉल चलोगे?'

वह नींद में था, मेरी आँखों में देखते हुए बोला, 'हाँ...'

सभी रिक्शेवाले सो रहे थे।

मैंने कुछ भी नहीं पूछा, रिक्शा में बैठते हुए बोला, 'भैया, कृपया जल्दी चलो।' मैंने अपनी घड़ी को छोड़कर सी.डी.एम.ए. सेल फोन की घड़ी में देखा, जो सैटेलाइट का समय बताती थी और उसमें समय था, 10 बजकर 05 मिनट।

'फक।' मैं बोला।

वह मुड़ा और पूछा, 'क्या हुआ?'

'भैया, थोड़ा जल्दी चलो।' मैंने रिक्शेवाले से कहा।

उसने चिढ़कर कहा, 'चला तो रहा हूँ, अभी पाँच मिनट और लगेंगे।'

प्रवेश द्वार पर पहुँचने से पहले ही मैं रिक्शा से कूद पड़ा और गेट की ओर भागा और पीछे मुड़कर बोला, 'वापस भी जाना है।'

उसने कहा, 'भैया, कुछ तो दे दो।'

मैंने उसे 100 रुपए दिए और बोला, 'इसे रखो, मेरे पास खुल्ले नहीं हैं, मैं अभी आ रहा हूँ।' मॉल में कुछ जोड़ों को देखकर मैंने सोचा कि मॉल अभी भी खुला हुआ है।

मैं स्वचालित सीढ़ियों की ओर भागा और दूसरे तल्ले पर पहुँचा। मैं बाईं ओर कुछ जगहों की ओर मुड़ा, जहाँ हम दोपहर में एक साथ बैठे थे। मैंने वह रेस्तराँ भी ढूँढ़ लिया और काउंटर पर बैठनेवाले उस लड़के की ओर देखा, जिससे पाखी ने अपना ऑर्डर लिया था।

मैंने उसे पहचान लिया, 'सर, दोपहर में टेबल पर मैं एक फॉर्म भूल गया था।' मैंने पास के एक टेबल की ओर इशारा किया। उसने विनम्रता से जवाब दिया। रेस्तराँ के सारे कर्मचारी प्रशिक्षित और विनम्र होते हैं, एक सेकंड के लिए मैंने सोचा।

'हाँ, मेरे पास है।' उसने फॉर्म मुझे दे दिया और मैंने एक लंबी साँस ली। उससे एक गिलास पानी माँगकर मैंने उसे धन्यवाद दिया, 'आपका बहुत-बहुत धन्यवाद सर, बहुत-बहुत धन्यवाद।'

उसने मुसकराकर कहा, 'आपका स्वागत है, सर!'

'आपका बहुत-बहुत धन्यवाद, सर!' मैंने एक बार और कहा और रेस्तराँ से निकल गया।

अब मैं मुसकराहट के साथ निकास द्वार की ओर जा रहा था, क्योंकि मैंने यह कर लिया था। मैं उस रिक्शे की ओर देख रहा था, लेकिन मुझे वह नहीं दिखा। दरअसल वह मेरे 100 रुपए लेकर भाग चुका था।

'घटिया इनसान' मैंने गाली दी तो एक दूसरा रिक्शा मेट्रो स्टेशन के लिए लिया। मैंने पाखी को फोन किया तो उसने मेरा फोन उठा लिया और इससे पहले कि मैं कुछ कह पाता, उसने पूछा, 'क्या तुम्हें फॉर्म मिल गया?' मैंने वाक्पटुता से जवाब दिया, 'मैंने उस लड़के से जानकारी ली, जिससे तुमने ऑर्डर लिया था, लेकिन उसने कहा कि वहाँ कोई फॉर्म नहीं मिला, जब आप उस जगह से गए थे।'

'यह कैसे हो सकता है, हमने केवल वहीं फॉर्म छोड़ा था। क्या तुम फिर से देख सकते हो? मैं केवल वहाँ गई थी।'

'लेकिन मैंने वहाँ देखा तो वहाँ कोई फॉर्म छूटा नहीं था और सभी जगह मेरी मौजूदगी में उसने ढूँढ़ा।' मैंने चतुराई से कहा।

'तुमने ठीक से नहीं ढूँढ़ा होगा, कृपया तुम वापस जाओ और फिर से ढूँढ़ो।' उसने हाँफते हुए कहा।

'मुझे कल फॉर्म जमा करना है, अब मैं क्या करूँगी?'

'तुम क्या कह रही हो? मैंने देखा और मुझे फॉर्म मिल गया। जब मैं तुम्हारे साथ हूँ, तो तुम्हें चिंता नहीं करनी चाहिए।' मैं हँसा और माइक्रोफोन के पास आकर उसे चुंबन दिया, रिक्शेवाले ने मेरी ओर देखने का प्रयास किया, लेकिन उसे यातायात के नियमों का पालन भी करना था और वह पीछे नहीं देख पाया।

□

मेरी गलती क्या थी ?

अगले दिन मैं अपने घर वापस आ गया था। हालाँकि कुछ चीजें बिगड़ी हुई थीं, लेकिन मैं पूरी तरह आश्वस्त था कि मैं उन चीजों को पहले की तरह सामान्य बना दूँगा। मैं खाने की टेबल पर दोपहर के खाने के लिए अपने परिवार के साथ बैठा हुआ था।

उसने मुझे फोन किया। मैंने क्षमा माँगी और फोन रिसीव किया तो गुस्से में वह बोली, 'तुमने क्या किया है ? तुमने अर्पण को फोन किया, है ना ? तुम क्या सोचते हो, अनुज ! तुमने झूठ बोला और अपना घटियापन दिखाया। मैं तुमसे नफरत करती हूँ, नफरत करती हूँ।' वह चिल्लाई और मुझे रोना आ गया।

'मेरी जिंदगी से बाहर निकल जाओ। मैं जिंदगी भर तुम्हारा चेहरा नहीं देखना चाहती।' उसने चीजों को और मुश्किल बना दिया।

मुझे पछतावा हुआ कि मैंने आखिर उसे फोन क्यों किया ? मैं चीजों को सामान्य बनाना चाहता था, लेकिन मैंने इसे और बुरा बना दिया।

'क्या हुआ ?' सोचते हुए मैंने पूछा।

'क्या हुआ, तुमने मेरे लिए समस्याएँ खड़ी कर दीं। तुमने मेरा जीवन उजाड़ दिया और तुम पूछ रहे हो कि तुमने क्या किया है ? तुम हमारी दोस्ती क्यों तोड़ना चाहते हो ?' उसने वह कहा, जो वह कहना चाहती थी।

'लेकिन अर्पण हमारे बारे में जानता है, तब क्या समस्या हो गई ?' मैंने लॉन में इधर-उधर टहलते हुए और खिड़की से अंदर झाँकते हुए पूछा कि खाने की टेबल से मुझे देख न सके।

'लेकिन मैंने तो उसे केवल यही बताया कि हम अच्छे दोस्त हैं, किसी रिश्ते में नहीं हैं।' उसने आक्रोश भरी प्रतिक्रिया दी।

'पाखी, तुमने मुझे बताया था कि अर्पण हमारे रिश्ते के बारे में जानता है।' चीजें उसके बात शुरू करने के तरीके से बिगड़ने लगी थी।

'बस चुप हो जाओ अनुज और कृपया मुझे अकेला छोड़ दो, बस मेरी जिंदगी से बाहर निकल जाओ। मैं जिंदगी भर तुम्हारा चेहरा नहीं देखना चाहती हूँ।' पाखी काफी तेजी से चिल्लाई और उसने वही शब्द दोहराए।

'इस तरह से बात मत करो, आई लव यू।' मैंने परिस्थिति को सामान्य बनाने की कोशिश की, लेकिन वह चिल्लाती रही। उसने फोन काट दिया। मैंने फिर से उसका नंबर लगाया, लेकिन उसने कहा, 'मैं अब तुम्हारे साथ और नहीं रहना चाहती। मैं तुम्हारी सोच से नफरत करती हूँ, मैं तुमसे नफरत करती हूँ। तुम हमेशा गलत सोचते हो। बस मेरी जिंदगी से निकल जाओ, मेरी जिंदगी मत उजाड़ो, प्लीज, मैं तुमसे भीख माँगती हूँ।' उसने गुस्से में कहा।

'कृपया इस तरह से बात मत करो, मैं वास्तव में तुमसे प्यार करता हूँ।' मैं काफी दु:खी था।

'लेकिन मैं तुमसे नफरत करती हूँ, अनुज!' उसने फोन काट दिया।

मैंने उसे फिर फोन किया—आपका फोन प्रतीक्षा पर है, कृपया लाइन पर बने रहें या बाद में दोबारा प्रयास करें।

मैं दीवार पर झुक गया, आँसुओं ने मेरे गाल और जमीन गीली कर दी थी।

मैंने उसे फिर से फोन किया, उसने मेरा फोन उठाया, मैंने पूछा, 'अर्पण से बात कर रही थी?'

'हाँ।' पाखी ने जवाब दिया।

'जब ऐसा कुछ भी नहीं था, तब तुमने यह सब क्यों किया?' मैंने घुड़की दी।

'मैं कोई गलत काम नहीं कर रही हूँ। तुमने मेरी जिंदगी उजाड़ने की कोशिश की, अब कृपया मेरी जिंदगी से बाहर निकल जाओ।'

'तुम इस तरह से बात क्यों कर रही हो?' मैंने निवेदन किया।

वह चिल्लाई, 'क्योंकि मैं ऐसा ही चाहती हूँ। एक लड़का, जिसे मुझ पर भरोसा नहीं है, मैं कैसे उसके साथ जिंदगी बिताने का सोच सकती हूँ?'

'मैं तुम पर भरोसा करता हूँ···कृपया इस तरह से बात मत करो?'

'अनुज, जो कुछ भी है, लेकिन मैं तुमसे बात नहीं करना चाहती।'

'तब तुम अर्पण से इतनी ज्यादा बात क्यों करती हो।' आखिर मैंने भी काफी

ज्यादा निराश होने के बाद अपना गुस्सा प्रकट कर दिया। किसी भी चीज को बर्दाश्त करने की एक सीमा होती है।

मैं और ज्यादा बरदाश्त नहीं कर सकता था और मैं फट पड़ा।

'यह मेरी जिंदगी है, मैं किसी को ऐसा करने का अधिकार नहीं देती हूँ, ठीक है, इसलिए अच्छा होगा कि तुम अपनी जिंदगी का लुत्फ उठाओ और कृपया मुझे अकेला छोड़ दो।'

'क्या ऐसा करना संभव है ? मैं तुम्हें नहीं छोड़ सकता।' मैंने कहा।

'मैं तुमसे बात नहीं करना चाहती, अब मैं अपना भविष्य तुम्हारे साथ नहीं देखती हूँ।' मैं क्या कहना चाह रहा था, वह नहीं सुन रही थी।

'और पिछले दो सालों से क्या चल रहा था ?'

जब हमारे अच्छे दिन थे, हर एक दिन अच्छा था और अब समय पलट गया था।

'मैं नहीं जानती।' उसने जवाब दिया, लेकिन उसके बाद देने को जवाब ही नहीं था।

'आखिर तुम्हें क्यों नहीं पता ? पाखी, तुम्हें सबकुछ पता है, अगर तुम्हारे दिल में किसी के लिए भावनाएँ हैं, तब मुझे बताओ। मैं तुमसे वादा करता हूँ कि मैं तुमसे कभी बात नहीं करूँगा, मैं कभी तुम्हें फोन नहीं करूँगा, लेकिन कम-से-कम मुझे तो बताओ।'

एक पल के लिए मैंने सोचा कि मैंने ज्यादा प्रतिक्रिया दे दी, लेकिन कुछ सवाल थे, जिनका जवाब आना था।

'बस चुप रहो! मेरे दिल में किसी के लिए कोई भावना नहीं है और यही बात है, मैं वास्तव में तुम्हारी सोच और तुम्हारे चिड़चिड़े व्यवहार से नफरत करती हूँ।'

'हाँ, मैं घटिया हूँ। एक लड़की, जो कहे कि मुझे अकेला मत छोड़ना, मैं अकेली नहीं जी पाऊँगी। अब वह कह रही है कि मेरी जिंदगी से बाहर निकल जाओ। हाँ, मैं घटिया हूँ।' मैंने धीमी आवाज में एक हाथ और सिर दीवार पर टिकाते हुए कहा, 'कृपया, मुझे फोन मत करना।'

उसने फोन काट दिया। वह मेरी जरूरत थी और मैं उसके लिए पागल था। मैंने अपने दोस्तों, अपनी पढ़ाई, हर चीज उसके लिए छोड़ी और मैं अपनी जिंदगी में बस उसे पाना चाहता था। मेरी आँखें गीली थीं। इस बात का उसे अहसास दिलाने के लिए कि मैं एक घटिया इनसान नहीं हूँ, मैंने उसे फिर से फोन किया, लेकिन

उसका नंबर अभी भी व्यस्त था। वे एक-दूसरे से बात कर रहे थे। मैं चिल्लाया, दरवाजे और अलमारी पर पैर मारा और दीवार पर किक मारी। मैंने दीवार पर अपना सिर दे मारा और उसमें से खून बहने लगा।

मैं निराश था, लेकिन मेरा निराशाजनक महसूस करना भी एक सकारात्मक संकेत था। समस्या का हल था, लेकिन हम वर्तमान में जो कर रहे थे, वह काम नहीं कर रहा था। यह मेरे लिए था कि मैं और ज्यादा लचीला बन जाऊँ और मैं जो कर रहा था, उसके लिए दूसरे रास्ते तलाशना आरंभ कर दूँ। कई बार आप जितनी जल्दी समस्या को हल करना चाहते हो, वे उतनी ही ज्यादा आपको तकलीफ देती हैं, यहाँ तक कि आपकी मुसकराहट भी छीन लेती हैं और मैंने समस्याओं को खत्म करने की कोशिश करने का निश्चय किया।

मैंने उसे फिर फोन किया, उसने मेरा फोन उठाया, उसकी आवाज में ढिठाई थी, 'तुमने उसे फिर से फोन किया?'

मैं हताश हो चुका था। मैंने दीवारों की ओर देखते हुए जवाब दिया, 'हाँ और तुम बार-बार उससे बात कर रही थी।'

'तो?'

मैं बेचैन होकर लॉन में टहल रहा था। पिछले कुछ मिनटों में मॉम ने मुझे पूछा था कि मैं किससे बात कर रहा हूँ। मैंने खुद को छिपा लिया और पुराने कमरे में चला गया, जहाँ बहुत कम आता था। यह स्टोर रूम नहीं था, लेकिन इसे पुराने सामान रखने के लिए उपयोग में लाया जाता था। मैं अपना फोन छिपाते हुए इस कमरे में घुसा। मैंने एक शीशे में, जो आधा टूटा हुआ था और जिसमें मैं अपना आधा चेहरा देख सकता था, देखते हुए उसे काफी विनम्रता से बताने की कोशिश की और उसकी भी प्रतिक्रिया की उम्मीद की।

सच्चाई का हमेशा अलग जवाब होता है और मैं दूसरी ओर मुड़ गया, 'पाखी, तुम गलत कर रही हो और उसके बाद तुम इस तरह बात कर रही हो, क्या यह सही रास्ता है?' जब मैंने एक बार फिर आईने में देखा तो परेशान हो गया और उसमें लात मार दी। वह जमीन पर गिर गया और टुकड़े-टुकड़े हो गया।

'हाँ, यह सही है। मैं जो चाहती हूँ, वही करती हूँ, तुम मुझे रोकनेवाले पहले इनसान नहीं हो। तुम्हें जो करना है, तुम करो और चीजों को तोड़कर तुम मुझे नहीं पा सकते हो।' ऐसा महसूस हुआ कि उसने मुझसे बात नहीं करने का निर्णय ले लिया है।

दूसरे कमरे से मॉम चिल्लाई, 'तुम उस कमरे में क्या कर रहे हो ?'

'कुछ नहीं मॉम, पिछली बार जब मैं छुट्टियों में आया था और यहाँ जो नोटबुक रखी थी, उसे ढूँढ़ रहा हूँ, मुझे उसकी जरूरत है।'

जब मैं मॉम को जवाब दे रहा था, उसने फोन काट दिया।

उसने अपना फोन बंद कर लिया था और अब मुझे दोषी को पकड़ना था। मैंने अर्पण को फोन किया।

'हैलो, क्या अर्पण वहाँ है ?'

'हाँ, अर्पण हूँ, आप कौन ?'

मैं गुस्से में बोला, 'मैं हूँ अनुज।'

उसने विनम्रता से जवाब दिया और ऐसा लगा कि उसने बहुत ज्यादा शिक्षित और विनम्र बनने का प्रयास किया, 'हाँ अनुज, बोलो।'

मैंने सीधे पूछा, 'तुम्हारे और पाखी के बीच में क्या चल रहा है ?'

उसने जवाब दिया, 'अनुज, तुमने मुझे बताया था कि तुम दोनों रिश्ते में हो, लेकिन वह इसे स्वीकार करने के लिए तैयार नहीं है।'

मैंने कहा, 'हाँ, हो सकता है, उसे तुम्हारे साथ सुकून नहीं मिलता हो। वह तुम्हें बताना नहीं चाहती हो, लेकिन मैं तुम्हें बता रहा हूँ।'

'फिर तुम झूठ क्यों बोल रहे हो कि तुम और वह रिश्ते मैं हैं।' उसने कहा।

एक तीसरा व्यक्ति मुझे बता रहा था और हमारे रिश्ते पर सवालिया निशान लगा रहा था, वह मुझे गहरा दु:ख देने के लिए काफी था। कैसे चीजें बदल जाती हैं, कैसे लोग बदल जाते हैं, मैं वह महसूस कर सकता था।

'मुझे नहीं मालूम कि वह क्या कह रही है, लेकिन हम दोनों पिछले दो वर्षों से रिश्ते में हैं, इसलिए कृपा करके तुम उससे दूर रहो।' और ज्यादा बहस करने से पहले मैंने उसे स्पष्ट रूप से कहा।

'तुम इसे साबित कर सकते हो क्या ?'

'यार, मैं तुम्हें नहीं जानता हूँ, लेकिन मैं उसे जानता हूँ और वह काफी है।'

'इसे साबित करो और फिर मैं उससे कभी बात नहीं करूँगा।' वह मुझसे साबित करने को कह रहा था, जो कि गलत था।

तब कैसा महसूस होता है, जब कोई आपसे अपने प्यार को साबित करने को कहे। मैंने उसे खारिज कर दिया।

'क्या मैं उसी लड़की से प्यार करता था, जिसके लिए मैं सबकुछ था और

जिसके लिए मैंने सबकुछ किया?' एक पल के लिए मैंने सोचा।

मैं उस पर गुस्सा करना चाहता था।

मैंने आईने में दिख रहे अपने चेहरे को छुआ, अपने आँसुओं को देखा।

'मेरा प्यार ऐसे मोड़ पर था, जिसे किसी अनजान चेहरे के सामने सुबूत देने की जरूरत थी और वह मेरे सामने कुछ भी नहीं था।' मुझे लगा कि मैं धरती पर सबसे दुर्भाग्यशाली लड़का हूँ।

'तुम क्या जानना चाहते हो, मैं कैसे प्रमाणित कर सकता हूँ?' मैंने पूछा और उसे आश्वस्त करने की कोशिश की कि मैं सही था।

उसने तुरंत खुलेपन से कहा, 'वह किसी भी बात को स्वीकार करने को राजी नहीं है, तुम इसे साबित करो और फिर मैं उससे कभी बात नहीं करूँगा।'

मैंने पूछा, 'और कुछ?'

उसने घमंड से जवाब दिया, 'और कुछ मैं उससे बात करूँगा, क्योंकि वह मेरी अच्छी दोस्त है। क्या तुम कॉन्फ्रेंस पर उसके साथ अपनी कॉल डाल सकते हो और उससे बात कर सकते हो। या तुम एक काम कर सकते हो कि अपनी बातचीत रिकॉर्ड करके मुझे भेज दो।'

'माफ करना, मैं कुछ भी रिकॉर्ड नहीं कर सकता। मैं तुम्हें अच्छी तरह जानता हूँ। मैं कॉन्फ्रेंस पर कॉल डाल सकता हूँ, यह सही रहेगा।'

जब आपके पास किसी समस्या का हल नहीं होता है और अगर आपको दो गलत हल मिल जाएँ, उनमें से एक सही निराकरण दिखाई देता है और समय सही हो, वास्तव में ऐसा नहीं है। मैं इस जाल में फँस गया था।

मैं निराकरण के साथ अच्छा महसूस करता, लेकिन मैं जालसाज नहीं बनना चाहता था।

'मैं उस रास्ते पर खुद को साबित नहीं करना चाहता हूँ, जैसा तुमने दिखाया है, मैं उसके साथ दो वर्षों से हूँ, मैं इस तरह का कोई काम नहीं कर सकता, मैं उससे धोखा नहीं कर सकता, माफ करना।'

'तुम उससे केवल बात करो, यही सही है। मैं बस जानना चाहता हूँ। उसमें कोई समस्या नहीं है।' उसने कहा।

उसका व्यवहार सामान्य था और वह विनम्र भी था।

'मैं उसके सामने तुमसे बात कर सकता हूँ, लेकिन मैं ऐसा नहीं कर सकता हूँ, तुम नहीं समझ पाओगे।' मैंने जवाब दिया।

'अरे शांत रहो, इसमें समस्या क्या है ? यह कोई बड़ी बात नहीं है। उसे अपने कॉल में जोड़ो, मैं कुछ भी नहीं कहूँगा और इसमें कुछ गलत नहीं है। अगर वह तुम्हारे साथ है, तो मैं उससे कभी बात नहीं करूँगा।' उसने दरअसल ऐसे मदद की, जैसे दोस्त करते हैं।

मैंने सारी समस्या को हल करने के लिए कॉल को कॉन्फ्रेंस पर डालने की कोशिश की, लेकिन जब बुरा समय आता है तो बिना चेतावनी दिए आता है। जिस समय उसने फोन उठाया, उसने फोन पर कहा, 'क्या हो रहा है पाखी ?' और उसने कॉल छोड़ दी। उसने भी फोन काट दिया।

मेरा फोन उसकी कॉल से बजा और मैंने उठाया। मैं उसे गाली देने के लिए तैयार था कि मैं इस समय कैसा महसूस कर रहा हूँ और उसने ऐसी बात की, जिससे सबकुछ गड़बड़ हो गया।

'अनुज, अब तुम कुछ नहीं कर सकते। तुम्हें जो करना था, वह तुम कर चुके, अब मेरी बारी है। मैं अर्पण रवि, तुम्हारे दोस्त मैडी का दोस्त।'

'क्या ?' मेरे पूरे शरीर में करंट दौड़ गया और एक पल के लिए मेरी आँखों के सामने अँधेरा छा गया।

'हाँ, खेल खत्म। मैं मैडी को जानता हूँ, वह मेरा दोस्त है और मैं तुम दोनों के बारे में हर चीज जानता हूँ, लेकिन अब वह तुम पर भरोसा नहीं करेगी। उससे अब दूर रहो, वह मेरी है।' वह हँसा।

'कमीने, गधे, तुम बहुत बेकार आदमी हो, मैं तुम दोनों को देख लूँगा।' मैंने फोन काट दिया और मुझे पछतावा भी हुआ कि मैं वह बातचीत रिकॉर्ड कर लेता, लेकिन निराशा में मैं ऐसा कुछ भी नहीं कर पाया।

सारे बिंदु एक साथ मिल गए थे और मैं उन दोनों के बिछाए जाल में फँस चुका था। मैडी और अर्पण एक-दूसरे को जानते थे। कई बार मैंने देखा था कि जब मैं पाखी से बात करता था, तो मैडी मेरी बात सुनता था, लेकिन मैं उसे नजरअंदाज कर देता था। सभी संदेह अब साफ हो गए थे। उसने अर्पण को मेरे बारे में बताया था। उसने अर्पण को मेरे और पाखी के बारे में कुछ महीने पहले बताया था। मैं पाखी को सच बताना चाहता था, लेकिन वह मेरी बात पर विश्वास नहीं कर रही थी।

रात भर में चीजें बदल गई थीं, वादे टूट गए थे। कॉलेज का सत्र शुरू हो चुका था और अगली सुबह मुझे निकलना था। यह सबसे दुःखदायी सफर था, जब मेरे साथ कोई नहीं था, टूटे हुए वादों के सिवा।

प्यार ही क्यों किया, जब रुलाना ही था?

थामा था क्यों मेरा हाथ, जब छोड़ना ही था?

सुबह जल्दी या देर रात में जब कभी भी मैं उसे फोन करता, उसका नंबर व्यस्त आता था।

'क्या यह प्यार है?' मैंने खुद से पूछा। लड़के आसानी से नहीं रोते, अगर वे ऐसा करते हैं तो इसका मतलब है कि उन्हें गहरा दुःख पहुँचा है।

मैं उसे बार-बार फोन करता रहा और उसके बाद उसने अपना फोन स्विच ऑफ रखना शुरू कर दिया। मुझे हर वह पल याद है, जब हम एक साथ टहलते थे, मुझे उसका पहला चेहरा याद है, उसका पहला स्पर्श और उसका पहला चुंबन और मेरी आँखों के आँसू याद हैं। एक बार फिर मेरी आँखें गीली और लाल हो गई थीं। जब कोई मेरे होस्टल के कमरे में आता, तभी मैं अपना चेहरा उधर घुमाता था। मैंने अपनी बालकनी में ताला लगा दिया था और जब उसकी याद आती, तब रोने लगता था।

मैं यह विश्वास करने को राजी नहीं था कि पाखी मेरे साथ नहीं रहना चाहती है।

'मुझे अपने प्यार पर भरोसा था, मुझे तुम पर विश्वास है भगवान्।' मैंने आसमान की ओर देखा, मैंने अपने कंधे उचकाए। मेरी अकेले रहने की इच्छा थी, मैंने अपने दोनों हाथ जोड़कर अपने प्यार को वापस पाने की भीख माँगनी शुरू कर दी और मैं उसके बिना नहीं रह सकता था।

'मुझे उसकी जरूरत है, प्लीज... मुझे उसकी जरूरत है।' मैंने जमीन पर बैठकर अपील की।

मैंने वह बात याद की, जब हम थियेटर में थे और मैंने कहा था।

पाखी ने कहा था—'हो सकता है कि वह दिन आए, जब हम लड़ेंगे, लेकिन आज मुझसे वादा करो कि तुम कहीं भी रहो, मुझे नहीं छोड़ोगे।

'मैं जानती हूँ कि कोई भी मुझसे इतना प्यार नहीं कर सकता, कोई भी मुझे इतना अच्छा अहसास नहीं करा सकता। कोई भी मुझे खुश नहीं कर सकता। कोई भी मुझे रुला नहीं सकता, इसलिए इसी तरह मुझसे हमेशा प्यार करते रहना, क्योंकि मैं केवल तुम्हारा बच्चा हूँ।' और मेरा जवाब भी ऐसा ही रहता था, यह हमेशा ऐसा होता था, मैं तुम्हें कैसे छोड़ सकता हूँ? आई लव यू, तुम बहुत अच्छी हो। मैं वास्तव

में तुमसे प्यार करता हूँ और मैं तुम्हारे बिना नहीं रह सकता।

मैं खड़ा हुआ, अपने कमरे में गया और जमीन पर गिर गया, अपने हाथ रगड़ने लगा। अगले पाँच मिनट तक अपना सिर दीवार पर मारा। प्यार क्या था ? जब जमीन पर मेरे चारों ओर खून बहने लगा, जमीन पर रगड़ने से दोनों हथेलियाँ खून से सन गईं, दीवार पर सिर मारा, तब मुझे पता चला कि मैं घायल हो गया हूँ, उसके लिए रो रहा था···प्यार के लिए। मेरे होंठ सूखे थे, बाल बिखरे थे, शरीर आधा ढका था, चेहरा सूखा था। यह किसी की मृत्यु पर रोने जैसा था।

यह काफी दुःखदायी होता है, जब भाग्य से आप हार जाएँ। अब इसका एक ही हल है कि मैं सारी समस्याओं को सुलझाने के लिए बालकनी से नीचे कूद जाऊँ। मैं बालकनी में आया और बाहर देखा, अँधेरा था। मैंने उसे यह बताने के लिए कि मैं तुमसे बहुत प्यार करता हूँ, फोन किया, लेकिन वह फोन पर थी और मैंने बालकनी से अपना दाहिना पैर नीचे लटका दिया, मैंने सोचा, 'हमेशा के लिए शर्मिंदा होने से अच्छा है कि मैं मर जाऊँ।'

'अरे अनुज, तुम वहाँ क्या कर रहे हो ?' कमरे में घुसते ही मेरे एक दोस्त ने मुझे ढूँढ़ते हुए पीछे से मुझसे पूछा, वह मेरे खून से सने हाथ और घायल सिर को नहीं देख सका।

'कुछ नहीं, बस नीचे देख रहा हूँ, मैं मॉम के साथ फोन पर बात कर रहा हूँ, क्या तुम थोड़ी देर के बाद आ सकते हो।' मैंने अपनी आवाज को बदलकर मजाकिया होने का अहसास कराया।

उसने कमरे से आवाज दी, 'मैंने सोचा कि तुम कूद रहे हो, कूदो, कूदो।' वह हँसने लगा और बिस्तर पर लेट गया। वह अब तक नहीं देख सका था, क्योंकि बालकनी के दरवाजे बंद थे।

मैंने बाहर से ही उससे पूछा, 'तब क्या होगा ?'

उसने कहा, 'कुछ नहीं, अगर यहाँ से कोई कूदेगा, तब दो तरह की ही संभावना होगी, या तो तुम मर जाओगे या नहीं मरोगे। अगर तुम मर गए, तो कुछ नहीं होगा, सबकुछ खत्म हो जाएगा और अगर तुम नहीं मरे तो तुम हारे हुए कहलाओगे। एक बार कोशिश करो।' वह हँसा और कमरे से बाहर चला गया।

'अगर मैं नहीं मरा, तब ?' मेरे दिमाग में दूसरा विचार आया।

'मैं हारा हुआ नहीं हूँ, बस कुछ चीजें गलत हो गई हैं, क्या मुझे खुद को खत्म कर लेना चाहिए ?'

यह बात सोच रहा था कि इसने मुझे एक हारे हुए व्यक्ति होने का अहसास कराया। मैं अपने कमरे में वापस आया और बिस्तर पर लेट गया और रोने लगा।

मौत आसान होती है, लेकिन मैंने जीने का निर्णय किया।

उसे यह बताने के लिए कि मैंने उसे कितना प्यार किया था।

□

500 दिन

अगर तुमसे प्यार करना मेरी गलती थी, तब मुझे अपनी बाकी की जिंदगी में दोबारा प्यार करना होगा।

दो लोगों के प्यार में एक का धैर्य रखना ही जरूरी होता है। मैं जानता हूँ कि एक दिन मैं सारी चीजें सँभालने में सक्षम हो जाऊँगा। मैं बस उससे प्यार करता था… उसके अलावा कुछ नहीं। मैं एक चीज अच्छी तरह जानता था, 'अगर मेरा प्यार सच्चा है, तो वह मेरी जिंदगी में निश्चित रूप से वापस आएगी।' एक बार फिर मैं उसे बताना चाहता था कि मैं उससे कितना प्यार करता था।

वह 15 मई, 2011 का दिन था और अगले दिन हम इस सफर के 500 दिन पूरे कर रहे थे, जिसने हमें बदल दिया था, वह सफर जिसने हमें बनाया और वह सफर जिसने हमें एक-दूसरे के साथ होने की वजह दी और उसके बाद अचानक मुझे महसूस हुआ कि वह मेरे साथ नहीं रहना चाहती थी।

'मेरी गलतियाँ कहाँ थीं?' फूले हुए नथुने, लाल आँखें, मैं सोच रहा था। मुझे उसकी ओर से पता भी नहीं चला, लेकिन मेरी ओर से मैं अभी भी उसके प्रति समर्पित था। मैंने उससे वादा किया कि हर यादगार दिन और मुमकिन दिन मैं उसके सामने उसे चौंकाने के लिए आऊँगा और उससे अपने रिश्ते के 500वें दिन पूरे होने पर मिलने का मौका खोना नहीं चाहता था।

हो सकता है कि 500वें दिन का जश्न मनाना या पहले चुंबन की वर्षगाँठ मनाना या जिस दिन तुम पहली बार मिली थी, उसका जश्न मनाना मजाकिया या अजीब लगे। हालाँकि ऐसा कम ही होता है कि पहले चुंबन का जश्न मनाया जाए और उसी दिन मिलने का समारोह मनाया जाए, लेकिन वास्तव में मैंने उसका चुंबन लेकर अपनी पहली मुलाकात का जश्न मनाया था।

भले ही हम इन चीजों को परिपक्व रिश्ते या लंबे चलनेवाले वादे के नाम पर खत्म कर देते हैं, लेकिन सच तो यह है कि इन चीजों के लिए धैर्य, साहस और समर्पण की जरूरत होती है, ताकि किसी के लिए कुछ किया जा सके और उसके बाद जीवन भर इसे करते रहें।

हम सभी प्यार कर सकते हैं, हम सभी साथ सो सकते हैं, हम सभी संभोग कर सकते हैं और हम सभी जीवन का लुत्फ उठा सकते हैं, लेकिन जब हमेशा के लिए एक-दूसरे का हो जाने की बात आती है, तब असल में इस बात से फर्क पड़ता है कि आप इन चीजों को कैसे देखते हैं।

बिना कोई विचार दिए मैंने दिल्ली जाकर उससे मिलने का निर्णय किया, भले ही वह मुझसे मिलने को तैयार हो या न हो, क्योंकि वह दूसरी चीजों में व्यस्त थी। मैं उन चीजों का जिक्र कभी नहीं करना चाहता।

मैं सी.पी. में एक किताब की दुकान के सामने खड़ा था। वह कॉलेज में थी, इसलिए मैंने उसे संदेश भेजना उचित समझा, क्योंकि मैं उसे परेशान नहीं करने के सारे संभावित रास्तों को अपनाने की कोशिश कर रहा था।

हे, मैं सी.पी. में जैन बुक डिपो के सामने खड़ा हूँ।

क्या जब तुम्हें समय मिलेगा, तब तुम यहाँ आ सकती हो?

आज 500वाँ दिन है।

500 दिन कहना ही उसके समझने के लिए काफी था कि हमने कितनी सारी यादों के साथ एक लंबा समय कैसे बिताया था। भले ही हम एक-दूसरे से बातचीत नहीं कर रहे थे, लेकिन मुझे उसका संदेश मिला—क्या तुम कश्मीरी गेट के नीचे आ सकते हो?

मैं कश्मीरी गेट मेट्रो स्टेशन पहुँचा और कुछ देर इंतजार किया। करीब आधे घंटे के इंतजार के बाद वह आई और वह मेरे जीवन का सबसे अच्छा पल था। मैं उसे देखकर खुश था।

हम सीढ़ियों से नीचे गए और एम.सी.डी. में बैठे, जो मेट्रो स्टेशन के बिल्कुल पास था। वह खुश नजर नहीं आ रही थी और उसके पास इसके साफ कारण थे। उसके चेहरे की सिलवटें मैं साफ देख सकता था, वह थकी हुई दिखी और आँखों के नीचे काले घेरे थे। मैंने सोचा कि वह परीक्षाओं से घिरी हुई है, इसलिए उसकी ठीक तरह से नींद पूरी नहीं हुई है। मैं जानता था कि वह परीक्षा के दौरान मेरी कमी

महसूस करती होगी, क्योंकि मैं उसे हमेशा सुबह जल्दी उठा देता था।

हममें से कई लोग सोचते हैं कि रिश्ता एक जिम्मेदारी होता है। यह कोई जिम्मेदारी नहीं होता है, बल्कि यह आपस में प्यार, आकर्षण, समर्पण और दर्द बाँटते हुए जीने का एक समान रास्ता होता है।

फिर भी उसकी तरफ से कई चीजें बदल गई थीं और वह भी काफी ज्यादा बदल गई थी, मैं उसके शब्द सुन सकता था, जब उसने कुरसी पर बैठते हुए कहा, 'अनुज! समझने का प्रयास करो कि मैं तुम्हारे साथ नहीं आ सकती।'

मैंने उसकी आँखों में देखा और उसके बाद चारों ओर देखा। मैं यह सुनना नहीं चाहता, 'क्या हुआ पाखी, तुम यह सब बातें क्यों कह रही हो? अगर तुम कुछ और समय चाहती हो तो हम इस बारे में सोच सकते हैं, लेकिन इस तरह से मत बोलो, प्लीज।'

'मैं नहीं सोचती कि तुम्हारे साथ रहना मेरे लिए संभव होगा, हम काफी ज्यादा लड़ाई कर चुके हैं। मैं सोचती हूँ कि हमने अपनी सीमाएँ पार कर ली हैं और एक-दूसरे का अपमान करना शुरू कर दिया है। मैं वैसा नहीं करना चाहती हूँ, इसलिए मुझे अकेला छोड़ दो और मुझे ज्यादा फोन भी मत करो।'

मैंने अपने बैग की जिप खोली और उसे उसकी पसंदीदा चॉकलेट दी और एक खूबसूरत कार्ड, जिसे मैंने रात को बनाया था और उसके पिछले हिस्से में एक लंबा संदेश लिखा था और उसके सामनेवाले हिस्से पर प्यार भरे संदेशों के साथ तितलियाँ थीं। मैं यह पढ़ना नहीं चाहता था, मैं चाहता था कि वह खुद पढ़े और महसूस करे कि मैं उसे कितना चाहता हूँ।

वह मुसकराई, लेकिन उसके चेहरे पर वैसी चमक नहीं आई, जैसी मैंने पिछली बार उससे मुलाकात के दौरान देखी थी।

'हे, हमने आज 500 दिन पूरे कर लिये हैं और यह तुम्हारे लिए है,' मैंने उसकी आँखों में झाँकने की कोशिश की और फुसफुसाया, 'आई लव यू।'

'नहीं, यह मैं नहीं चाहती हूँ। कृपया समझने की कोशिश करो और मुझे अकेला छोड़ दो। और मैं यह कार्ड नहीं ले सकती, क्योंकि किसी ने देख लिया तो मेरे लिए समस्या खड़ी हो जाएगी।' उसने उसकी कुछ पंक्तियाँ पढ़ीं और खुद को जबरदस्ती खड़ा कर लिया।

'ठीक है, लेकिन कम-से-कम चॉकलेट तो रख लो।'

वह मुसकराई और चॉकलेट ले ली। एक बार फिर मैंने उसके हाथ को छूते हुए कहना चाहा, 'आई लव यू और मैं तुम्हें छोड़ना नहीं चाहता।'

'अनुज, लेकिन यह संभव नहीं है।' उसने मुझे देखा, आगे बढ़ी और चली गई···

□

आखिरी संदेश

ऐसा मैंने कभी सोचा नहीं था। अंतिम दिन, जब 500वें दिन मैं उससे मिला था, तब उसने एक पत्र मेरे बैग में डाला था, जब मैं पानी का गिलास लेने गया था, ऐसा मैंने अनुमान लगाया था। मैं उस पत्र को देखकर खुश था, लेकिन जब मैंने उसे पढ़ा तो वह दर्द भरा था। पत्र में लिखा था—

हाय अनुज,

कृपया इसे धैर्यपूर्वक पढ़ो। तुम एक अच्छे इनसान हो या मैं कह सकती हूँ कि तुम किसी भी लड़की के लिए सपनों के जैसे हो। जैसा तुमने मुझसे प्यार किया है, वैसा कोई और नहीं कर सकता। अब मेरी इच्छा है कि तुम्हें अपने जीवन में मुझसे बेहतर लड़की मिले। पिछले कुछ महीनों में मेरा जीवन काफी बदल गया है। मैंने अपने पिता को खो दिया और मैं उन्हें देख पाती, अगर उस दिन मैं तुम्हारे साथ नहीं होती। जब मुझे फोन आया था और हम बिस्तर में थे, लेकिन मैं फोन उठा न सकी। मैंने उन दोस्तों को खो दिया, जो मुझे पुचकारा करते थे। अब वे मुझसे नफरत करते हैं, क्योंकि मैंने उनकी दोस्ती के साथ तुम्हारे प्यार की तुलना की और तुम हमेशा जीते और धीरे-धीरे मैंने उन्हें खो दिया। मैं नहीं जानती कि एक दिन परिस्थितियाँ ठीक होंगी या नहीं, लेकिन मैं नहीं चाहती थी कि जिंदगी में ऐसी परिस्थितियों का सामना करूँ।

मानसिक और शारीरिक रूप से मैंने अपनी चेतना खो दी है। अब न तो मैं किसी चीज को महसूस कर सकती हूँ और न ही सूँघ सकती हूँ। मैं किसी पर आरोप नहीं लगा रही हूँ, मैं तो हर किसी से दूर जाना चाहती हूँ और मैं तुम्हारे साथ अब और नहीं रह सकती।

मैं अपनी माँ को कमरे के कोने में रोता हुआ नहीं देख सकती, मुझे कुछ चीजों को हटाने की जरूरत है। मैं नहीं जानती कि कैसे मैं इन चीजों को सँभालूँगी,

लेकिन मैं उनके दिन वापस लाने का प्रयास करूँगी। अगर किस्मत ने हमारे लिए कोई योजना बनाई है, तब हम एक बार फिर मिलेंगे, लेकिन मैं नहीं जानती कि यह कैसे सही होगा, इसलिए अच्छा होगा कि तुम मुझे भूल जाओ और अपनी जिंदगी में चले जाओ। कई लोग हमारे जीवन में आते हैं और चले जाते हैं। तुम मेरी जिंदगी में मुझे प्यार का अहसास कराने आए थे, लेकिन मेरा मानना है कि मैं वह भाग्यशाली नहीं हूँ, जो इसे उम्र भर लेकर चले।

तुम हमेशा उस मेल के बारे में पूछते रहे, जो मैंने अजय को भेजा था। मैंने किसी और से प्यार नहीं किया है। मेरे मेल बॉक्स में तुमने जो मेल देखा था, जो अजय को 16···@gmail.com भेजा गया था, वह मेरी गलती थी, जिसे मैंने महसूस किया, क्योंकि मैं शांति चाहती थी, परंतु जितनी ज्यादा मैं शांति की तलाश करती, उतनी ही ज्यादा मैं खाली हाथ रह जाती।

मैंने अपनी जिंदगी में तुम्हारे सिवाय किसी और से प्यार नहीं किया है। मैं भी एक इनसान हूँ। मेरी भी भावनाएँ हैं। मैंने सिर्फ तुमसे प्यार किया और हमेशा करती रहूँगी।

एक सफल इनसान बनने के लिए शुभकामनाएँ और खुद को मत बदलो, क्योंकि तुम प्यार, जिंदगी और समर्पण की प्रेरणा हो।

जब तुम इसे पढ़ रहे होगे, मैं कसकर गले लगाने का इंतजार कर रही होऊँगी। तुम्हें प्यार और अपना खयाल रखना।

तुम्हारा प्यार

मैं जब वह पत्र पढ़ रहा था, तब अपनी साँस रोके उन लम्हों को याद कर रहा था। अगर आप किसी चीज के लिए पागल हैं तो वह निश्चित रूप से आपके पास आएगी। अब वह जी-मेल, फेसबुक या किसी और सोशल मीडिया पर थी। मैंने उसके नंबर पर फोन लगाया, लेकिन वह मौजूद नहीं था। मैंने उसके सारे नंबर पर फोन लगाने का प्रयास कर लिया, लेकिन कोई बात नहीं बनी। मैं असहाय था। अगर मैं मेल करने का प्रयास करता, तो वे रद्द हो जाते। मेरे कई दोस्तों ने मुझसे चलने को कहा, क्योंकि वे मेरे दर्द को देख नहीं सकते थे। मैं उस भीड़ का हिस्सा बनना नहीं चाहता था, जहाँ लोग प्यार करते हैं और भूल जाते हैं। मैंने एक बार प्यार किया था और मुझे एक बार जीना था।

□

नो रिप्ले, नो रिवाइंड

आखिर क्यों भगवान् हमें निर्दयी दोस्त देता है? कॉलेज में अपने पहले जन्मदिन पर मैंने ऐसा कहा था, जब मेरे दोस्त जन्मदिन पर मेरे पिछवाड़े पर टक्कर मार रहे थे। अब मैं कम-से-कम एक ऐसे इनसान की तलाश कर रहा हूँ, जो मेरे दर्द और अनुभवों का साझेदार बने और मैं असहाय था। समय बदला, लोग बदले और मेरी जिंदगी भी बदल गई।

वह वीडियो अभी तक उसी फोल्डर में था, जिसका नाम विन 32 था, जिसे मैंने उसके लिए बनाया था। अब यह मुझे रुलाने के लिए काफी था। मैं अभी तक जिंदा था। मैं साँस ले सकता था। मैं खा सकता था। मैं टहल सकता था, तथापि जब मैं साँस लेता था; तो हवा में कोई खुशबू नहीं थी। जब मैं खाता था, लंबे समय तक चबाता था, जब मैं टहलता था, मेरे पैर पीछे खींचते थे। दिन काफी लंबे थे और हर रात मुझे रुलाती थी। अब मेरा फोन कभी रोमांटिक गानों की रिंगटोन के साथ नहीं बजता था। मेरे फोन के इनबॉक्स में रोमांटिक संदेश नहीं आते थे। मैंने अपने दोस्तों की ओर से आनेवाले किसी भी संदेश का जवाब देना बंद कर दिया था, मैं अपना फोन ले जाना भूल जाता था, क्योंकि आखिर किसके लिए मैं फोन अपने साथ रखता?

जब वह मेरे साथ थी, तब मैंने हर चीज के साथ समझौता कर लिया था, पर अब मेरे साथ कुछ भी नहीं था।

मुझे सोना अच्छा लगता था, लेकिन मैंने रातों और बिस्तर से नफरत करना शुरू कर दिया था। अचानक मैं रात को उठकर उसे ढूँढ़ने लगता था और रोने लगता था, क्योंकि जब मैं उसका नंबर डायल करता था, या तो वह व्यस्त रहती थी या फिर वह फोन नहीं उठाती थी। मुसकराहट ऐसी लगती थी, जैसे मैं भूल गया था कि

मुसकराया कैसे जाता है। हर दिन मैं रोता था, कमरे में कचरे के बीच इधर-उधर देखने लगता था, टहलता और फिर अपने बिस्तर पर आ जाता, मैं रोने लगता था, लेकिन वहाँ मुझे सुनने के लिए कोई नहीं था और उसके बाद मैं अपने तकिये को सिर पर रखकर सो जाता था और इसी तरह अपनी रातें बिताता था।

जो वॉयसमेल उसने मुझे भेजे थे और जिन्हें मैंने लैपटॉप में सेव किया था, उन्हें मैं रात को सुनता था और तसवीरें देखकर रो पड़ता था। कई बार मैं अच्छा महसूस करने के लिए उससे नफरत करने लगता, लेकिन मैं ऐसा कर नहीं पाता था। मैं कमरे में अकेले चिल्लाता था। खुद को दीवारों पर मारता था तथा आँसुओं और गीले तकिये के साथ सोता था। मैं रात को तीन बजे टहलता था, क्योंकि मुझे लगता था कि मैं इस दुनिया में अकेला हूँ''बिल्कुल अकेला।

मैंने उसकी तसवीर देखने के लिए सुबह काफी जल्दी लैपटॉप लॉग-ऑन किया और यह देखने के लिए कि उसने मुझे चौंकाने के लिए वॉयसमेल किया होगा, मेल चेक किया, लेकिन मैं भूल गया था कि कोई मुझे याद नहीं करता, मेरी ओर देखने के लिए वहाँ कोई नहीं था।

मैंने अपने लैपटॉप से सारी रोमांटिक फिल्में डिलीट कर दी थीं। मैंने सारे गाने डिलीट कर दिए थे, लेकिन वह वीडियो डिलीट नहीं किया, जो मैंने उसके लिए बनाया था। मैं हमेशा वह वीडियो देखता रहता था। मैं खेलने के लिए लंबे वॉयसमेल बार-बार भेजता था।

मैंने अपनी आँखें बंद कर लीं और कल्पना की कि वह मेरे सामने खड़ी है और मेरे गाल पर चुंबन ले रही है, मेरे हाथ पकड़े हुए है और फुसफुसा रही है—आई लव यू, मैं तुम्हें कभी नहीं छोड़ूँगी। तथापि जब मैं हकीकत में वापस आया, तो एक बार फिर मैंने अपनी आँखें बंद कीं, लेकिन इस बार अपने आँसू छिपाने के लिए। मुझे जब भी उसकी याद आती, मैं तकिये को सीने से लगा लेता था। मेरी जिंदगी परेशानी भरी हो गई थी। मेरे जीवन में कुछ भी शेष नहीं था, सबकुछ खत्म लग रहा था। मैं समय पर सोने की कोशिश करता, लेकिन मैं ऐसा कर नहीं पाता था, क्योंकि न तो रात को बातें होती थीं और न फोन आते थे। मैंने यह देखने के लिए कि उसका संदेश और फोन तो नहीं आया है, अपने फोन को कई बार देखा, लेकिन हर बाद मुझे अपने आँसू ही पोंछने पड़े। मैं अपने कमरे के कोने में एक जगह बैठा और हमारे बीच में जो कुछ भी हुआ, उसके बारे में सोचा। कई बार आँसू की एक बूँद भी मेरे गालों से नीचे नहीं उतरी, मेरे आँसू सूख चुके थे, मुझे काफी दुःख पहुँचा था।

वादों का महल, इरादों की एक तसवीर बनाई थी,
तेरे हाथों में रख, अपने हाथों की लकीर बनाई थी,
यूँ उम्मीद ना थी अचानक, महल खँडहर में बदल जाएगा,
जो भी बनाई थी हमने, अपनी जिंदगी को तेरी जागीर बनाई थी,
वो सफर, वो कारवाँ, वो मंजिल तक हमसफर बने रहने का वादा भी किया था तुमने,
पर अफसोस कि तुमने धागे की तरह तोड़ा,
और हमने उसे जिंदगी के दरिया को पार करने की जंजीर बनाई थी।

मेरा सबकुछ उसके साथ चला गया था, मेरे सपने, मेरी खुशियाँ, मेरी मुसकराहट, मेरा अहसास, मेरा भविष्य और उससे भी बहुत ज्यादा। मैं काफी अधिक बदल चुका था। मैं वह लड़का था, जो अपने दोस्तों के साथ हमेशा लुत्फ उठाता था, लेकिन अब मेरे दोस्तों ने यह कहना शुरू कर दिया था, 'क्या हुआ अनुज, क्या तुम ठीक हो?'

मैं बस उन्हें अपनी बनावटी मुसकराहट दिखा देता था। मुझे बनावटी मुसकराहट लाना सीखना पड़ा, लेकिन यह दर्दपूर्ण और मुश्किल था। जब भी मैं खुश होने और मुसकराने की कोशिश करता, मुझे पाखी के साथ बिताए हर खुशी के पल याद आ जाते, मुझे उसकी अल्टो याद आती और मैं रुआँसा हो जाता। मैंने फोन उठाना बंद कर दिया था और जब मेरी माँ मुझे फोन करती, मैं अपना चेहरा धो लेता, ताकि वह समझ न सके कि मैं रो रहा था। जब उसने पूछा, 'क्या हुआ बेटा, क्या तुम रो रहे हो?'

'नहीं माँ, कल रात से ठंड ज्यादा है इसलिए। मैं बिल्कुल ठीक हूँ, तुम कैसी हो?' और फोन काटने के बाद मैं पाखी के साथ बिताए अपने सारे पलों को याद कर अपने बिस्तर में जोर से रो पड़ा।

मैंने अकेले रहना शुरू कर दिया था और जब मेरे दोस्त मुझसे बात करते थे, मैं उन पर चिल्लाने लगता था। मेरी दोस्ती गलत रास्ते पर चली गई थी और मैंने अपने कई दोस्त खो दिए थे। कोई भी मुझसे बात करना नहीं चाहता था, क्योंकि किसी को कुछ मालूम नहीं था।

□

हारने के लिए कुछ भी नहीं छोड़ा

एक महीने बाद

मेरे आँसू सूख चुके थे और भीड़ होने के बावजूद भी मैं अकेला था। जब दिल से न आए, तो मुसकराना भी कठिन होता है। इसके बाद अगली सुबह मैं घर पहुँचा। पिछले कुछ दिनों से मैंने महसूस किया था कि मेरे लिए जीना कठिन है, इसलिए मैंने सोचा कि उसके लिए भी जीना कठिन होगा और वह वापस आ सकती है, लेकिन इस तरह का कुछ हुआ नहीं। एक महीने से अधिक समय बीत गया, मैं उसे फोन लगाने की कोशिश कर रहा था, लेकिन वह पहुँच से बाहर था।

मैंने एक संदेश उसके लिए छोड़ा—

क्या मेरे बिना तुम खुश हो ? क्या मेरे बिना तुम अपना जन्मदिन मना सकती हो ? तुम्हारे बिना सबकुछ अधूरा है। मेरे पास केवल तुम्हारे इ-मेल हैं, जिन्हें तुमने हमारी लड़ाई के बाद मुझे भेजा था और मैं खुश हो गया था। मैं जानता हूँ कि तुम ही हो, जो कई बार चिल्लाई, लेकिन मुझे अब उन सभी चीजों की कमी खल रही है, कृपया वापस लौट आओ। मेरे गालों पर आँसू बह रहे हैं और तुम्हारे द्वारा महीनों पहले भेजे गए इ-मेल्स में से किसी एक पर क्लिक करने से पहले वे आँसू मेरी उँगलियों पर गिरते हैं—

हाय अनुज,

कृपया धैर्यपूर्वक इस मेल को पढ़ो।

अनुज, मैं जानती हूँ कि पिछले कुछ दिनों में हमारे बीच कई बार झगड़े हुए हैं। मैं तुम्हारे साथ कई बातें बाँटना चाहती हूँ। अनुज, मैं जानती हूँ कि मैं ही सारी लड़ाइयों की जड़ हूँ, लेकिन यह सही है कि मैंने अपनी जिंदगी में किसी और से

कहीं ज्यादा तुमसे प्यार किया है। जब मैंने अपने प्यार के लिए खुद को बदल लिया, तब कुछ गलत हो गया और उसके बाद मैंने अपने रिश्ते के लिए कोई भी काम करना बंद कर दिया। अनुज, मैं तुमसे बहुत प्यार करती हूँ और मैं तुम्हें खुश देखना चाहती हूँ। कृपया मुझे अपने दिमाग से निकाल दो, मैं तुम्हें छोड़ना चाहती हूँ।

मैं तुम्हें क्यों छोड़ना चाहूँगी?

हम एक-दूसरे से बहुत प्यार करते हैं और तुम्हें छोड़ने का कोई कारण नहीं है। एक लड़का, जो मेरे जीवन में हर एक चीज का खयाल रखता है, मैं उसे क्यों छोड़ूँगी। एक लड़की देखभाल करनेवाला, समझनेवाला, प्यार करनेवाला लड़का अपने जीवन में चाहती है और तुम एक संपूर्ण व्यक्ति हो। तुम्हारे साथ रहना एक लड़की के लिए सपना होगा।

अनुज, एक तुम ही हो, जो मेरे लिए सुबह जल्दी उठ जाते हो, जो मेरे सोने जाने से पहले मेरे लिए गाता है, जब मैं दुःखी होती हूँ, तो जो मुझे हँसाता है और अपने प्यारे चौंकानेवाले अंदाज से मुझे रोने को मजबूर कर देता है। तुमने एक छोटे बच्चे की तरह मुझे सहलाया है, बिल्कुल वैसा जैसे मेरे पिता करते थे। इसी कारण मैंने कई बार तुमसे निर्दयतापूर्ण तरीके से बात की, लेकिन वास्तव में मैंने तुमसे प्यार किया। सच कहूँ तो मैं तुम्हारे बिना कुछ भी नहीं हूँ, अनुज! मैं तुम्हारे बिना अपने जीवन की कल्पना भी नहीं कर सकती हूँ। मुझे तुम्हारा साथ चाहिए। उम्मीद है कि इसे पढ़ने के बाद हम कसकर गले मिलेंगे। मैं तुम्हारे गले लगाने का इंतजार कर रही हूँ।

तुम्हारी प्यारी, पाखी

मैंने हर पंक्ति को कई बार पढ़ा। मैंने कार्ड उठाया, जो मैंने उसके लिए तब बनाया था, जब मैं हमारे रिश्ते के 500वें दिन पर उससे मिला था। उसने तब वह कार्ड यह कहते हुए स्वीकार नहीं किया था कि कोई घर में उसे कार्ड के साथ देख सकता है। मैं एक बार फिर गीली आँखों और नाउम्मीदी से गुजरा कि वह मेरे जीवन में वापस आएगी।

हाय पाखी,

मैं जानता हूँ कि तुम मुझसे बिल्कुल प्यार नहीं करती हो। अगर तुम मुझे प्यार करती तो मेरी आँखों के आँसुओं को पोंछती। जब तुम ई.डी.एम. मॉल में मुझसे मिलने आई थी, तुम थकी हुई थी।

तुम एक छोटी लड़की हो। तुम्हें अपना खयाल रखना चाहिए। मैंने तुम्हारी आँखों के चारों ओर काले घेरे देखे थे। तुम्हारे होंठ सूखे हुए थे। तुम खुश दिखने का अभिनय कर रही थी, लेकिन मैं जानता हूँ कि तुम खुश नहीं थी।

तुमने वैसा कुछ नहीं किया था, इसके बजाय तुम बिना किसी माफी या बाय कहे वहाँ से चली गई। तुमने अपने सारे झूठों के साथ मेरे दिल को काफी दुःख दिया। मैंने कुछ नहीं किया था, लेकिन रोया, मैं सोच रहा था कि हर चीज तुम्हारे लिए मजाक थी। तुमने मेरे प्यार, मेरी भावनाओं का फायदा उठाया।

आज मैं बस पूछना चाहता हूँ कि क्या मैं इसी सबके लायक था। मैंने तुमसे एक प्यार भरे जीवन और खुशी का वादा किया था और इसके बदले में तुमने मुझे दर्द और दुःख के अलावा कुछ नहीं दिया। हम दोनों ने एक-दूसरे को दुःख पहुँचाया है। इसमें एकमात्र अंतर यह है कि जब तुम किसी और के साथ होगी, तो तुम बुरी तरह हारी हुई, असमंजस में और दुःखी होगी। तुम्हें नहीं मालूम होगा कि तुम क्या कर रही थी और तुमने क्यों यह किया? क्या मुझे सचमुच तुम्हें माफ कर देना चाहिए?

बहरहाल, मैंने पहले ही कर दिया है। तुम जानती हो क्यों, क्योंकि मैं तुमसे प्यार करता हूँ। जब आप किसी से बेहद प्यार करते हो, जैसा मैं तुमसे प्यार करता हूँ, तब तुम बुरी चीज की ओर नहीं देखती, जो किसी ने तुम्हारे साथ किया था। मैं सारे अच्छे समय में आँखें बंद किए रहा, हर समय जब तुम मेरे चेहरे पर मुसकराहट लाती थी और कैसे मेरी जिंदगी में तुम्हारी खुशी ने मुझे खुश बनाया। मैं जानता हूँ कि तुम मुझे माफ नहीं करोगी, वरना तुम हँस सकती थी और मेरी आँखों में देखती (मैं तुम्हें देख रहा था और तुमने मेरी आँखों में अपने आँसू से भरी आँखों से देखा और अब तुमने कहा, मैं तुमसे नफरत करती हूँ। तुम मुझसे प्यार करती हो, बेबी!)

मैं आज भी तुमसे उसी तरह प्यार करता हूँ, जैसा दो साल पहले करता था। मैं आज भी तुमसे प्यार करता हूँ, जैसा मैं हर दिन से लेकर अब तक करूँगा। मेरा प्यार फर्जी नहीं है। मेरा प्यार परिपक्व है और अब हर चीज समझता है। एक दिन तुम महसूस करोगी कि मैं तुमसे प्यार करता हूँ और हमेशा करता रहूँगा।

मैंने कुछ नहीं कहा, क्योंकि मैं तुम्हारी उत्सुकता देखना चाहता था। एक लंबी लड़ाई के बाद मैं जानता हूँ कि तुम मुझे बहुत याद करोगी। तुम्हारी मुझसे मिलने की उत्सुकता, तुम्हारी मुझसे बात करने की उत्सुकता तुम्हारे चेहरे पर थी, लेकिन तुम झूठ बोल गई कि तुम्हें देर हो रही है और तुम्हें जाना होगा।

मैं जानता हूँ कि तुम काफी दयालु स्वभाव की हो, मैं यह देखने के लिए इंतजार कर रहा हूँ।

आई लव यू! मिस यू अ लॉट। कृपया मेरे जीवन में वापस लौट आओ।

अरे, रोना मत बेबी! तुम मेरी बच्ची हो, तुम जानती हो ना। तुम्हारी रीढ़ की हड्डी तुम्हारे फोन का इंतजार कर रही है। पहले खड़ी हो जाओ, पानी पियो और अपना चेहरा धो लो। तुम जानती हो कि तुम बहुत मूर्ख हो। रोने की जरूरत नहीं है, ठीक है, मैं तुमसे बहुत प्यार करता हूँ।

तुम्हारी रीढ़ की हड्डी, अनुज

मैंने उस डायरी में लिखना शुरू किया था और अचानक मुझे सच्चाई का पता चला, जब रश्मि ने मुझे सूचना दी कि उसकी जाँच और रिपोर्ट के अनुसार मैं उच्च रक्तचाप की समस्या से जूझ रहा हूँ। डॉ. रश्मि मेरी पारिवारिक डॉक्टर थी। इसी वजह से मेरा परिवार मुझे अस्पताल ले गया। रश्मि उन चंद लोगों में से है, जो मेरी जिंदगी और समस्याओं के बारे में जानती है। वे कह रहे थे कि सांस्कृतिक रूप से मेरे साथ अच्छा व्यवहार नहीं किया गया था, इसी वजह से मेरे साथ ऐसा हुआ।

प्यार करना इस समाज में पाप करने की तरह है। जब आप जीवन में असफल होते हो, तो लोग आप पर इल्जाम लगाना शुरू कर देते हैं। कुछ लोग आपका समर्थन करते हैं और आपको फिर से खड़ा होने में मदद करते हैं।

डॉक्टरों ने पहले ही कह दिया था कि मुझे अपने चारों ओर नकारात्मक बातों के बिना अपनी दवाइयों की मात्रा बढ़ानी होगी। मैंने उन्हें यह भी बता दिया था कि मुझे ठीक करने का प्रयास करने के स्थान पर उन्हें उससे बात करनी चाहिए और उसे यहाँ बुलाना चाहिए। पिछले 19 दिनों से रश्मि वार्ड इंचार्ज थी और एक फैमिली डॉक्टर होने के कारण मेरी रिपोर्ट और मेरी जिंदगी उसके माध्यम से ही देखी जाती थीं। मुझे डर था कि कहीं वह मेरे परिवार को मेरे बारे में सबकुछ बता न दे।

'अनुज, तुम्हें बस अपना खयाल रखने की जरूरत है, सबकुछ ठीक हो जाएगा।'

उसने अपना हाथ मेरे सिर पर रखा।

'क्या यह उच्च रक्तचाप का गंभीर स्तर है?' मैंने उससे पूछा। जिस तरह से उसने मेरा खयाल रखा, उसके लिए मैं अपने चेहरे पर मुसकराहट लाना चाहता था, लेकिन मुझे इतनी अधिक थकावट थी कि मैं अपने होंठों पर तनाव भी नहीं ला पाया।

'किसने कहा यह ?' उसने कहा, शायद मैंने जो कहा, उसने नहीं सुना था या फिर उसके पास इसका जवाब नहीं था।

'वे नर्सें, जो सुबह जल्दी सफाई के लिए आती हैं।' मैंने कहा और अपनी आँखें बंद कर लीं।

'मैंने के.जी.एम.सी. से एम.बी.बी.एस. किया है और हर साल गोल्ड मेडलिस्ट रही हूँ, मुझे उम्मीद है कि मुझ पर भरोसा करने के लिए इतना बताना काफी है, वह रिपोर्ट पर कुछ लिखते हुए मुसकराई।

'मुझे ऐसा क्यों लग रहा है कि मैं बस सोना चाहता हूँ और अगर मैं हमेशा के लिए सो जाऊँगा तो कोई दर्द नहीं रहेगा।'

उसने मुझ पर ध्यान नहीं दिया और एक बार फिर मैंने उससे पूछा, 'डॉक्टर, क्या जो लोग किसी को सचमुच प्यार करते हैं, वे मर जाते हैं ?' मेरे सूखे चेहरे और गीली आँखों से उसकी आँखें भी गीली हो गईं।

'तुम जैसा अच्छा व्यक्ति मैंने अब तक नहीं देखा। तुम्हारा पंद्रह दिन में छह किलो वजन कम हुआ है। मैं बस चाहती हूँ कि तुम सकारात्मक सोचो और अपना खयाल रखो।'

उसने मेरा हाथ पकड़ा और उसने ऐसे देखा, जैसे वह कुछ कहना चाहती हो, लेकिन वह रुक गई।

'क्या तुमने अपने जीवन में किसी से प्यार किया है ?' मैंने उससे पूछा।

'मैं चार वर्षों तक रिश्ते में रही थी और जब मैंने उस पर शादी के लिए दबाव डाला, तो वह मुझसे लड़ने लगा। मैं समझ गई कि चार वर्षों तक क्या होता रहा…' वह बीच में ही रुक गई और बोली, 'अब यह सब बंद करो और आराम करो। दोपहर के तीन बज चुके हैं, तुम्हारी माँ जरूर आ रही होंगी।'

'डॉक्टर, मैं वादा करता हूँ कि मैं अच्छा हो जाऊँगा। बस एक निवेदन है कि मैं अपना लैपटॉप उपयोग करना चाहता हूँ।'

'नहीं अनुज, मैं इसकी इजाजत नहीं दे सकती, तुम्हें आराम की जरूरत है, इसलिए अच्छी नींद लो और जल्दी अच्छे हो जाओ।'

'कृपया, एक दिन में कुछ ही घंटों के लिए और मेरे परिवार को भी बता दो, ताकि पापा के चिल्लाने पर भी मैं उसका उपयोग कर पाऊँ। असल में मैं सबकुछ लिखना चाहता हूँ और…'

'और क्या…' उसने आश्चर्यचकित होकर पूछा।

'मैं एक दिन तुम्हें जरूर बताऊँगा।'

वह वार्ड से चली गई।

अकसर वह कहती है कि दूसरी प्रेम कहानियों से हमारी यात्रा कुछ अलग थी, इसलिए सबसे शीर्ष पर मैंने शीर्षक लिखा, 'जर्नी ऑफ टू हार्ट्स' और मैंने लिखना शुरू कर दिया और नोट्स, संदेश और चैट्स के साथ अपनी जिंदगी की कहानी मिलाने लगा। अब मुझे उम्मीद थी कि सुबह जल्दी उठकर उन लमहों और दूसरी चीजों के बारे में लिखने की वजह मिल जाएगी और उन लोगों के बारे में भी लिखने का मौका मिलेगा, जिन्होंने हमें अलग करने की कोशिश की थी। पंद्रह दिनों का समय ऐसे बीता, जैसे मैं बिताना चाहता था। मैं बिस्तर पर हाथ में लैपटॉप पकड़े और दूसरी ओर लैपटॉप रखकर सिर रखनेवाले हिस्से पर सो गया था। सपने में अचानक अवांछित आवाज आने की वजह से मेरी नींद खुल गई। घड़ी में डेढ़ बजे थे।

रश्मि ने मुझे घर जाने की इजाजत दे दी।

'मि. तिवारी, कल से आप घर पर रहने का लुत्फ उठा सकते हैं।' वार्ड में डॉ. रश्मि ने घोषणा की। मैंने अपनी आँखें आधी खोलीं और उसकी ओर देखने का प्रयास किया। मैंने अपनी जीभ होंठों पर फिराई, क्योंकि मेरा मुँह सूखा था। पिछले एक महीने से मैं अवसाद में था, लेकिन अब मैं अच्छा था, हालाँकि मैं अभी भी परेशानी से जूझ रहा था।

'अब तुम ठीक हो।' उसने मेरे सिरहाने की ओर आकर कहा। उसने मुझे देखा और मुझे खुश करने का प्रयास किया।

'तुम्हारा आर.बी.सी. (रेड ब्लड सेल्स), डब्ल्यू.बी.सी. (व्हाइट ब्लड सेल्स), इलेक्ट्रोलाइट्स, लीवर फंक्शन और किडनी की गतिविधियाँ सबकुछ बिल्कुल ठीक है।' उसने अपना हाथ मेरे माथे पर रखकर मेरी ओर देखा।

'तुम्हारा वजन 56 किलो है, जो ठीक नहीं है, अनुज।' वह मुसकराई और साथ ही बोली, 'इसलिए अच्छा होगा कि जो चाहते हो, करो, इसके लिए किसी परचे की आवश्यकता नहीं है।'

मैं भी धीरे से मुसकराया।

'लेकिन डॉक्टर, क्या मैं अपने गुजरे हुए दिन वापस लाने के लायक हो जाऊँगा?' उसकी आँखों में आँसू थे, लेकिन उसने उन्हें मेरे सामने नहीं आने दिया।

माँ अंदर आईं।

'तुम कैसे हो, मेरे बेटे?' माँ ने पूछा।

'हम्म''' अब मैं इस सख्त डॉक्टर को तकलीफ नहीं दूँगा और कल मैं घर आ सकता हूँ।' मैं मुसकराया, डॉक्टर और माँ दोनों ने मेरी ओर देखा। वे खुश थे।

'हाँ, अनुज कल आपके साथ घर जा सकता है, वह अब ठीक है और यह मेरा कर्तव्य है कि तुम्हें देर रात तक जागने न दूँ, इसलिए मुझे सख्त होना पड़ता है।' वह मुसकराई और माँ से कुछ बात करने लगी।

माँ बिस्तर के बाईं ओर बैठ गईं और अपने हाथ मेरे पैरों पर रख दिए।

'तुम क्या कर रही हो, माँ?' मैंने पूछा।

एक समय था, जब मैं उन्हें शांति से सोने के लिए उनके पैरों और सिर की मालिश किया करता था। इसलिए जब उन्होंने मेरे पैर छुए तो मुझे अजीब लगा। मैं उनकी भावनाओं को महसूस कर सकता था। मैंने दीवार का सहारा लेते हुए बैठने की कोशिश की और मैं बैठने के लिए खुद से संघर्ष कर रहा था, माँ की आँखों में आँसू आ गए थे। उन्होंने कुछ भी नहीं कहा और अपने आँसू पोंछ लिये।

'माँ, क्या हुआ, तुम रो क्यों रही हो?' मैंने कहा और खुद को मजबूत बना लिया, ताकि उनके सामने मुझे रोना न आए।

'मैं तुमसे प्यार करती हूँ बेटा, तुम ही मेरे सबकुछ हो, तुम्हारे बिना मैं नहीं जी सकती।' माँ ने कहा तो मैं रो पड़ा, क्योंकि मेरे लिए अपना दर्द छिपाना और मुश्किल था।

मैं उसे हर वह बात बताना चाहता था, जो मुझ पर बीती थी और उनकी बाँहों में कुछ समय बिताना चाहता था।

'मैं भी तुमसे प्यार करता हूँ माँ, तुम दुनिया की सबसे अच्छी माँ हो।' आँसुओं ने मेरे गाल भिगो दिए थे और वह अपने हाथों से मेरे आँसू पोंछ रही थीं। मैं अपने उन विचारों से जूझ रहा था, जिनके लिए मैंने अपने प्यार को वापस पाने के लिए सबकुछ किया था, यहाँ तक कि अपनी माँ से झूठ भी बोला और न तो वह मेरे साथ थी और न ही मैं अपनी माँ से आँखें मिला पा रहा था। मैं अपने उन विचारों से जूझ रहा था, जिन्होंने मुझे चोट पहुँचाई थी।

अपने आँसू पोंछते हुए माँ बोली, 'उठो और कुछ खा लो। तुम सबसे अच्छे बेटे हो।'

माँ मेरी ओर आई। मैंने उन्हें अपने सिर की ओर इशारा करते हुए बैठने को

कहा, 'हाँ, बोलो बेटा।' तब मुझे ऐसा लगा कि मेरे अंदर कुछ भी कहने का साहस नहीं है।

'माँ, मैं तुम्हें गले लगाना चाहता हूँ।' मैं जोर-जोर से रोने लगा और माँ ने मुझे कसकर गले से लगा लिया। जिस समय उसने गले से लगाया, मुझे वे सारे पल याद आ गए, जब उन्होंने मुझे दुलार किया था और जब भी मैं उदास होता था, मुझे प्रेरणा देती थी। मैं जितना ज्यादा हो सकता था, उतना रोया और ऐसा करते हुए मैंने कई वर्षों के बाद प्यार को महसूस किया। मैं नहीं जानता था कि कहाँ और कब मैं था, लेकिन यह क्या था, मुझे उनकी बाँहों में जीवन मिला था।

'मैं हमेशा तुम्हारे साथ हूँ। मत रोओ।' उन्होंने मेरी पीठ थपथपाई और अपने हाथों से मेरे बाल सहलाने लगीं और मेरे व अपने आँसू पोंछे।

'मुझे माफ कर दो, माँ! मैं जानता हूँ कि मैंने कई बार गलतियाँ की हैं। कृपया मुझे माफ कर दो। मैं तुमसे वादा करता हूँ कि मैं अब ऐसा कुछ नहीं करूँगा। मैंने आपको रुलाया है। मैंने झूठ बोला। मैंने आपको दुःख पहुँचाया।'

मैंने अपने दो हाथ कसकर बाँध लिये और अपनी छाती पर रख लिये और अपनी आँखें बंद करके, जितनी जोर से दबा सकता था, दबाया।

'मैं तुम्हें कैसे माफ कर सकता हूँ?' मेरी आँखें आँसुओं से भरी थीं।

'माँ, तुमने जिंदगी में मुझे सबकुछ दिया है, लेकिन मुझसे कभी उसका मूल्य नहीं माँगा। तुम इस दुनिया की सबसे अच्छी माँ हो।' मैंने उनके हाथों को अपने आँसुओं को भिगो दिया था। माँएँ ऐसी ही होती हैं।

मैं रश्मि की आँखों में भी आँसू देख सकता था।

'डॉक्टर, तुम क्यों रो रही हो?'

मैं मुसकराया।

'तुम मूर्ख हो।' डॉ. रश्मि ने कहा।

मुझे ठीक-ठीक पता तो नहीं है, लेकिन मैंने अनुमान लगाया कि डॉ. रश्मि ने इस बारे में मेरी माँ को कुछ बता दिया है। हालाँकि मेरी माँ ने इस बारे में मुझसे कुछ नहीं पूछा था।

अगले दिन सुबह जल्दी डॉ. रश्मि मेरे वार्ड में आई।

'अनुज, तुम्हारी यहाँ अब आखिरी सुबह है।' वह मुसकराई।

'मैं यहाँ हमेशा के लिए रह सकता हूँ, क्या ऐसा करना चाहिए?' मैंने डॉ. रश्मि से पूछा।

'कोई जरूरत नहीं, मैं अब तुम्हें प्यार नहीं करती हूँ, तुम्हें जाना होगा।' उसने रिपोर्ट देखते हुए और पन्ने पलटते हुए जवाब दिया।

अगले ही पल, 'तुम कुछ कहना चाहते हो,' रश्मि ने मेरी ओर देखते हुए पूछा, मैंने सिर हिलाया।

वह मेरे पास आई, 'सबकुछ अच्छा है, ठीक है, कोई चिंता मत करो। कुछ वर्षों पहले मैं भी तुम्हारे जैसी हालत में थी। अब मैं डॉक्टर हूँ और तुम्हारे जैसे लोगों का इलाज करती हूँ, उम्मीद है कि तुम भी एक दिन लोगों को शिक्षा दोगे। इसलिए बहादुर बनो और कुछ ऐसा करो कि लोग तुम पर गर्व महसूस करें। लेकिन यहाँ फिर से आने की कोई जरूरत नहीं है।' वह फिर मुसकराई और उसने पलक झपकाई।

'तुम तीस वर्ष के हो, मैं 21 वर्ष की, हम दोनों में नौ वर्षों का अंतर है। इसका मतलब यह है कि तुम्हें या मुझे मेरी माँ से तुम्हारे बारे में बात करनी चाहिए?' हम दोनों ने हँसने की कोशिश की।

'अनुज, वह तुम्हारी डॉक्टर है।' माँ बोलीं।

'माँ, मुझे यह डॉक्टर पसंद है, उम्र में नौ वर्षों का अंतर तुम्हें चलेगा क्या?'

चूँकि मेरा गला सूख गया था, तो मैंने अपनी गरदन झुकाई और पानी की एक बोतल उठाई।

'यह तो बहुत अच्छा रहेगा, लेकिन अभी के लिए हमें निकलने की जरूरत है।' माँ ने कहा।

डॉक्टर और माँ ने कुछ देर तक बात की। मुझे नहीं मालूम था कि वे किस बारे में बातें कर रही थीं, हालाँकि निश्चित रूप से वे मेरे ही बारे में बातें कर रही थीं। एक कैब अस्पताल में आई और हम घर के लिए निकल पड़े।

□

उपसंहार

तीन महीने बाद

बतौर सॉफ्टवेयर प्रोफेशनल मैं सपनों के शहर मुंबई में अपने जीवन की शुरुआत करने का प्रयास कर रहा था। हम दोनों ने मुंबई आने की योजना बनाई थी, लेकिन मैं आया और वह नहीं।

मैं ऑफिस जाने के रास्ते पर था, तभी मेरे सेलफोन पर अनुष्का की कॉल आई। मैंने कॉल उठाई। बिना कुछ कहे, उसने पूछा, 'तो तुम्हें किताब के लिए कोई प्रकाशक मिला।'

'सात प्रकाशकों ने मुझे मना कर दिया है, कुछ के जवाब आने बाकी हैं। मुझे नहीं लगता कि उनमें से कोई मेरी किताब प्रकाशित करना चाहता है, अगर उनके पास कोई विचार है, तो कम-से-कम मुझसे बात जरूरी करनी चाहिए।' जिस तरह से प्रकाशकों की प्रतिक्रियाएँ मिल रही हैं, मैं तो सारी उम्मीद खो चुका था।

'हाँ, मैंने गूगल पर इस बारे में खोजबीन की और मैंने सोचा कि यह पूरी तरह कमर्शियल होना चाहिए। तो उन्होंने इस बारे में बात भी नहीं की?' उसने पूछा।

'नहीं, उन्होंने बात नहीं की। मैं इसे प्रकाशित भी नहीं करना चाहता हूँ, ऐसी मेरी कोई इच्छा नहीं है, मैं तो उसे अपने जीवन में वापस लाना चाहता हूँ या कम-से-कम मैं उसे इस किताब के जरिए यह बताना चाहता हूँ कि मुझे अपनी जिंदगी में उसकी जरूरत है। मैंने नोएडा स्थित एक प्रिंटिंग प्रेस से बात की है। वे एक हजार कॉपियाँ छापने के लिए राजी हैं, लेकिन उन्हें एडवांस में अस्सी प्रतिशत पेमेंट चाहिए और अपनी सारी सेविंग्स की गणना करने के बाद मैंने पाया कि इतनी राशि के लिए कुछ महीने और बचत करनी होगी।' मुझे अब भी उम्मीद है कि मेरी किताब एक दिन उसके हाथ में पहुँचेगी।

'वास्तव में, समस्या क्या है, क्या वे किताब को खारिज कर रहे हैं? उन्हें

किताब को प्रकाशित करने का असल कारण मालूम नहीं है।' उसने ऐसा सवाल पूछा, जिसका जवाब मेरे पास भी नहीं था।

'मुझे लगता है कि उन्हें सच्ची कहानियों के प्रति रुचि नहीं है और व्यावसायिक रूप से यह किताब उनके पैमाने के मुताबिक नहीं है, लेकिन ठीक है। प्रकाशक ने कहा है कि वह मेरे लिए अच्छी गुणवत्ता के साथ प्रकाशित करेगा।' मेरी आँखों में आँसू थे, क्योंकि इस दुनिया में आपकी भावनाओं की कद्र नहीं है, वे वही करते हैं, जो उन्हें पसंद होता है और यह सही भी है। हर किसी का सामना जीवन की वास्तविकता से होता है।

'एक दिन तुम्हारी इच्छा जरूर पूरी होगी, बस अपना ध्यान रखो और उम्मीद करती हूँ कि तुम अपनी दवाइयाँ ले रहे हो।' उसने कहा और साथ ही बोली, 'तो तुम दिल्ली कब आ रहे हो?'

'अगले महीने नव्या की सगाई का समारोह है, इसलिए संभवत: मैं दिल्ली आऊँगा।' तभी मेरे दिमाग में एक खयाल आया और मैंने कहा, 'अनुष्का, अगर इस किताब के प्रिंटआउट मैं दिल्ली के कॉलेज में बँटवा दूँ, तो एक दिन यह उसके हाथों में जरूर पहुँचने में कामयाब हो जाएगा।'

मैंने पहले भी यह सुझाव उसको दिया था, लेकिन हम इसे अमल में नहीं ला पाए, क्योंकि यह अप्रायोगिक था, लेकिन मैं किसी भी तरह अपने कदम पीछे नहीं खींचना चाहता था। मैं कभी यह पश्चात्ताप नहीं करना चाहता था कि मैंने कोशिश नहीं की, इसलिए अगले दो महीने के लिए हर शनिवार मैं दिल्ली विश्वविद्यालय जाऊँगा और इस किताब के कुछ पन्ने विश्वविद्यालय के गेट के बाहर बाँटूँगा। कई बार मना करने के बाद मुझे इसे किताब के रूप में प्रकाशित करने की वजह मिली, ताकि अंतत: यह किसी दिन उसके हाथों में पहुँच जाए।

आँसुओं से होंठों को भिगोने के बाद आप प्यार की मिठास का स्वाद चख सकते हो। जीवन में कम-से-कम एक व्यक्ति आपके जीवन में एक बार आता है और बाकी जीवन के लिए आपको बदल देता है, जैसे—एक कुम्हार मिट्टी लेता है और इसे एक उचित आकार देता है और आग में डाल देता है। उसके बाद यह संभव नहीं होता है कि वह वापस अपने प्राकृतिक रूप में आ जाए⋯प्यार का भी ऐसा ही स्वभाव होता है और मैं जीवन की उस सच्चाई से अनछुआ नहीं रह गया।

□□□